U0030002

剪刀石頭布

Rock Paper Scissors

晨羽

暖淚系青春愛情

我最害怕的是時間會過去，而你不會。
不能相愛，也不能忘記。

出．版．緣．起

三百六十度全媒體出版

城邦原創創辦人　何飛鵬

當數位變革浪潮風起雲湧之際，做為一個紙本出版人，我就開始預想會不會有數位原生內容出版社出現？如果會的話，數位原生出版會以什麼樣貌出現？而我又將如何面對這種數位原生出版行為？

就在這個時候，我看到了大陸的起點網，這個線上創作平台，聚集了無數的寫手，形成數量龐大的創作內容，無數的素人作家在此找到了夢許之地，也成就了一個創作與閱讀的交流平台，而手機付費閱讀的習慣養成，更讓起點網成為全世界獨一無二、有生意模式的創作閱讀平台。

基於這樣的想像，我們決定在繁體中文世界打造另一個線上創作平台，這就是POPO原創網誕生的背景。

做為一個後進者，再加上我們源自紙本出版工作者，因此我們在POPO上增加了許多的新功能，除了必備的創作機制之外，專業編輯的協助必不可少，因此我們保留了實體出版的編輯角色，讓有心成為專業作家的人，能夠得到編輯的協助，我們會觀察寫作者的內容、進度，選擇有潛力的創作者，給予意見，並在正式收費出版之前，進行最終的包裝，並適當的加入行銷概念，讓讀者能快速認識作者與作品。

這就是POPO原創平台，一個集全素人創作、編輯、公開發行、閱讀、收費與互動的一條龍全數位的價值鏈。

經過這些年的實驗之後，POPO已成功的培養出一些線上原創作者，也擁有部分對新生事物好奇的讀者，不過我們也看到其中的不足──我們並未提供紙本出版服務。眞實世界中，仍有許多作家用紙寫作，還有更多讀者習慣紙本閱讀，如果我們只提供線上服務，似乎仍有缺憾。

爲此我們決定拼上最後一塊全媒體出版的拼圖，爲創作者再提供紙本出版的服務，讓所有在線上創作的作家、作品，有機會用紙本媒介與讀者溝通，這是POPO原創紙本出版品的由來。

如果說線上創作是無門檻的出版行爲，而紙本則有門檻的限制，線上世界寫作只要有心，就能上網、就可露出，就有人會閱讀，沒有印刷成本的門檻限制。可是回到紙本，門檻限制依舊在。因此，我們會針對POPO原創網上適合紙本出版的作品，提供紙本出版的服務，我們無法讓所有線上作品都有線下紙本出版品，但我們開啓一種可能，也讓POPO原創網完成了「三百六十度全媒體出版」的完整產業及閱讀鏈。

不過我們的紙本出版服務，與線下出版社仍有不同，我們提供了不同規格的紙本出版服務：（一）符合紙本出版規格的大眾出版品，門檻在三千本以上。（二）印刷規格在五百到二千本之間的試驗型出版品。（三）五百本以下，少量的限量出版品。

我們的宗旨是：「替作者圓夢，替讀者服務」，在作者與讀者之間搭起一座無障礙橋梁。

我們的信念是：「一日出版人，終生出版人」、「內容永有、書本不死、只是轉型、只是改變」。

我們更相信：知識是改變一個人、一個組織、一個社會、一個國家的起點。讓想像實現、讓創意露出、讓經驗傳承、讓知識留存。我手寫我思，我手寫我見，我手寫我知，我手寫我創，變成一本本的書，這是人類持續向前的動力。

我們永遠是「讀書花園的園丁」，不論實體或虛擬、線上或線下、紙本或數位，我們永遠在，城邦、ＰＯＰＯ原創永遠是閱讀世界的一顆螺絲釘。

楔子

在我小學六年級時，住在隔壁的大哥哥，被他父親用木棍從屋內追打到屋外。

他背著行囊跑來，留了兩枚十元硬幣在我手中，隨即跑開，邊跑還不忘邊回頭對我揮手，笑容裡滿是狼狽。

他越跑越遠，他父親的咆哮聲，最終也在遠方被風吹散。

直到隔天，再也沒看見大哥哥的身影後，我才知道，那時他是在對我告別。

第一章

「永恩學妹在不同的人面前，好像會有不同的樣子。」

看到芮娜在台上被處罰，我突然沒來由地想起最後一次見到大哥哥的情景。

虎姑婆舉起藤條往芮娜的掌心接連揮下，把她原本白皙漂亮的手抽打出一大片紫紅，芮娜渾身的血液彷彿全湧上了那雙手，遠看就像顆隨時會轟然爆破的紅色氣球，飛濺出一大攤滾燙的鮮血。

由於這幕景象實在太過駭人，我終究還是稍稍別開了眼眸，無法直視到最後。

虎姑婆將芮娜的考卷揉成一團，丟到地上，準備趁她彎身撿拾考卷時再譏諷她幾句。這是虎姑婆羞辱學生的一貫方式，將對方的尊嚴狠狠踩在腳底，讓他們再也抬不起頭來。

她總是梳著高聳堅挺的包包頭，一副嚴肅的黑框眼鏡，配上一雙冷冷的眼，形象十足殘酷冷血；再加上她姓胡，所以學生私底下都稱呼她為「虎姑婆」。只要是被她教訓過的學生，沒有一個不被她的尖酸刻薄逼出眼淚。

除了芮娜。

在當時，班上唯一不懼怕她的學生，就只有芮娜。

她沒有撿起虎姑婆扔在地上的考卷，反而一腳踩在上頭，用腳尖左右搓揉，動作優雅得像在跳芭蕾舞。

紙張與地面摩擦，發出比剛才的鞭打還要刺耳的聲響，更襯托出教室內的緊繃死寂，我甚至感覺此時班上同學全都屏住了呼吸。

虎姑婆沉默地瞅著芮娜的舉動，像是早猜到她不會乖乖順服，因此並未立即大發雷霆，只是問：「崔芮娜，妳有什麼意見？」

「沒有呀。」她抬起水汪汪的大眼，「因爲老師妳不喜歡我的考卷，我也不喜歡我的考卷；妳把它丟掉，那我就把它踩爛。這樣我們都吐了心中的怨氣，不是很好嗎？」

「妳似乎搞不清楚重點在哪裡。」虎姑婆的口氣冷若冰霜，「以妳這種腦袋，將來出社會，大概也只會淪爲耍嘴皮子、被別人哄騙的白痴罷了。妳遲早會因爲妳的愚蠢和無知吃盡苦頭，一輩子沒出息！」

「我現在就嘗到苦頭啦，妳看，我不是已經被老師妳打成這樣了？」芮娜攤開又紅又腫的雙掌。「而且，要是我將來變成白痴，應該也會是個非常快樂的白痴。就算沒出息，還是可以活得好好的啦，謝謝老師關心，妳不用擔心我。」

這番話終於讓虎姑婆臉色發青，她惡狠狠地瞪著芮娜，眼神充滿憤怒與輕蔑。

「滾出去。」她不願浪費時間再與芮娜爭辯，硬聲命令。

於是芮娜離開了，一個俐落轉身，她的長髮和制服裙也跟著甩出一道漂亮的弧度。那曼妙的身影直到她走出教室，都還牢牢繫著眾人的目光。

「謝永恩！」虎姑婆霍地大吼，「上來把正確答案寫在黑板上！」

我離開座位，到講台前接過考卷。如夢初醒的同學們也趕緊動作，從筆盒拿出紅筆的聲音此起彼落。

「這次的成績，全班就只有謝永恩考到九十分以上，你們其他人是怎麼回事？腦神經是打結了？還是全斷掉了？」虎姑婆疾言厲色地咆哮：「錯的部分回去統統罰抄五十遍，明天早上交給班長！誰敢遲交，我就讓他假日來學校抄完再回去！現在再不拚，將來就只有當輸家的份。要是你們也想過那種廢物一樣的人生，就一輩子站在門外吧。沒有自知之明跟危機意識的人，註定被這個社會淘汰！」

此時，我朝窗邊偷覷了一眼。

在走廊罰站的芮娜，正定睛仰視在她頭上飛舞的一隻黃色蝴蝶，我看不見她的表情，僅捕捉到她上揚的脣角。

即使是在這種時候，她依然自在愜意，彷彿置身於另一個不同的世界。面對虎姑婆毫不留情的羞辱，她從來不曾難過。

虎姑婆的飆罵直到下課才總算停止，她抱著藤條和課本氣呼呼地走出教室，我也寫完答案準備回座，卻發現芮娜的考卷還皺巴巴地躺在腳邊。

我再度往窗口望去，芮娜已經不在外面，只剩那隻蝴蝶仍在原處飛舞，直到下個鐘聲響起才翩然離去。

◆

美酒加咖啡　我只要喝一杯　想起了過去　又喝了第二杯
明知道愛情像流水　管他去愛誰　我要美酒加咖啡　一杯再一杯

充滿顫音的淒切歌聲伴隨著深沉暮色傳來。

我一秒就聽出是誰在唱歌，晚餐時間還沒過，這天家裡的客人似乎來早了點。經過一間雜貨店，一名頭髮微亂、個子瘦小的中年男子正在店門口和人聊天，他的嗓門之大，乍聽會覺得好像是在跟對方吵架似的，說到興高采烈處，他笑岔了氣，猛拍自己的大腿。

當年他將大哥哥趕出家門的回憶在今日驀然被翻出，此時在我腦中仍十分鮮明，讓我不禁停下腳步，多瞧了他幾眼。

叔叔一發現我就揮手高喊：「永恩，放學回來啦！」

「對啊，連叔叔吃飽了沒？」我跟著扯開嗓門。

「吃飽啦。對了，梅子阿姨去妳家唱歌嘍！」

「我知道，我聽見了。」我指向不斷傳出歌聲的家裡。

「神經病，一天到晚都在唱〈美酒加咖啡〉，唱了八百年還是這一首。妳聽聽她那要死不活的聲音，別人聽了，還以爲我眞的在外面亂搞哩。他馬的！」

連叔叔罵人時必帶三字經，我從小就聽習慣了，雖然不雅，但他幽默的口吻總能讓我嘴角失守，這一次也不例外。

等到我站在家門前，才發現屋內除了梅子阿姨，還有其他人的聲音。

得知今天客人不少，我便不走大門，改從後門的樓梯回到二樓。

自我讀幼稚園開始，父母就在家裡經營卡拉OK店，全盛時期還有販售餐點、附設小型電影院。當時主要的客戶幾乎都是軍人，一群阿兵哥經常來店裡徹夜高歌，吵得我睡不著覺，連做夢都聽得見歌聲。直到後來軍人紛紛撤離，家中生意因此大受影響，漸漸每況愈下，最後不得已收起電影院，只剩卡拉OK還在經營，客源也從軍人變成附近鄰居。

父親自覺體力已大不如前，曾想過把店關了，但他心腸軟，不忍讓鄰居朋友失望，最後仍勉力經營，爲那群叔叔阿姨保留一處可以歡快唱歌喝酒的場所。

家中一樓是卡拉OK店，若碰上客人不少的時候，我就會從後門回到二樓，換好衣服後再到一樓廚房吃晚餐。

但這次我只想待在自己房裡，今天虎姑婆在課堂上那場咆哮，讓我的胃到現在還處於緊繃狀態。儘管我幾乎沒被她罵過，但她每次氣到五官扭曲的面孔，總會讓我聯想到某個人，下意識只想躲避她的視線，把自己藏起來。

我用手機打給父親，告訴他今晚不下樓吃飯，然後從書桌抽屜裡拿出一顆胃錠吞下，一邊等待藥物發揮效用，一邊寫功課。

兩個小時過去，胃部的不適感已經消失，隔天考試的內容也溫習得差不多了。

我摘下眼鏡，稍微按摩眼周，這時，有人進到房裡。

「怎麼沒下去吃飯？」還穿著制服的芮娜靠在門邊，語氣慵懶。

「我不太餓。」我頭也不抬，接著揉起了太陽穴，「樓下還有人嗎？」

「沒啦，都走光了。」她捧著魷魚絲吃個不停，正要走掉時卻被我叫住，我把一團又髒又皺的東西拋給她。

「妳再不訂正行嗎？虎姑婆不是要我們把錯的地方罰寫五十遍？」

芮娜攤開我丟去的紙團，發現是她今天的考卷，嘴角一勾，「妳還幫我撿回來呀？」

「已經八點了，妳再不抄，明天會來不及交出去。」

她完全不著急，將考卷丟到我旁邊的另一張書桌，豁達地說：「算了啦，妳看我這種成績，就算給我十隻手，明天早上也不可能抄得完。況且我得趕快下去看連續劇，今天就要演到重頭戲了，我才不想錯過呢！」

得到這種回應雖然不意外，我還是又提醒了她一次：「這樣妳假日得要到學校去罰抄喔。」

「是！知道了，班長大人！」她作出敬禮的手勢，隨即消失在門口。

洗澡前，我走下樓去，爸爸和芮娜的注意力都放在電視劇上，沒有發現我的到來。我繞進廚房微波牛奶，一名高瘦女子從隔壁房間走過來。

「胃還在痛嗎？」她打開冰箱，拿出一盒海蜇皮。

「不會。」

「餓不餓？要不要幫妳弄點吃的？」

「不用了，二媽，我喝杯熱牛奶就行了。」

她「嗯」了一聲，端著海蜇皮回到隔壁房間，麻將洗牌的聲音不時從那扇門後傳出。

她是芮娜的媽媽，我的繼母。

爸媽在我小學畢業時離了婚，國二那年，芮娜和她媽媽搬進了這個家。對於這個繼母，我倒是沒什麼敵意，她對待我和芮娜向來一視同仁。雖然無法喚她「媽媽」，但她也欣然接受「二媽」這個稱呼，第一次這樣叫她的時候，她還笑了。

家裡原先用來經營小型電影院的房間，變成二媽的麻將間，每晚都會有人來打麻將，而且一打就是通宵，那是只有熟客才能得其門而入的小型賭場，也是現在家裡的另一個收入來源。

洗完了澡，芮娜還沒回房間。

今晚卡拉OK店裡的客人早早就散了，因此我很快就睡著，卻又在半夜裡忽然醒來，赫然發現忘了關掉書桌上的檯燈。

上完廁所回來，瞥了眼手機，有一通簡訊。

「永恩，恭喜妳有手機了。明天中午我們一起到圖書館旁邊的涼亭吃飯吧？」

我忍不住微笑，正要回覆訊息，睡在上鋪的芮娜此時忽然一個大翻身，左手伸出了床外。

幽暗光線中，我看見她掌心裡的一塊淡青色瘀青，上頭還有幾道細細紅紅的傷痕。想起她今天被虎姑婆那樣毒打，我不禁定定地凝視她的手，過了片刻，才放下手機，關燈躺回床上。

翌日中午，我提著便當去到三年忠班的教室門口。

羽菁學姊一看到我，便開心地說：「永恩，妳還特地上來等我呀？」

「對呀，我想跟學姊一起過去。」

我們兩人前腳剛要離開，就有人叫住她。

「羽菁，我要去買便當，順便去繳志願表，妳繳了沒？」一個留著俐落短髮的高䠷女生上前問。

「啊，我還沒繳。曼曼，妳可以幫我繳一下嗎？我跟永恩約好了要一起去吃午飯。」她合掌請求。

「嗯。」對方掉頭離去前，視線剛好落在我的臉上。

那道銳利且直接的目光，讓我沒來由一凜，下意識迅速低下頭。

坐在圖書館旁的小涼亭裡，羽菁學姊見我異常沉默，關心地問道：「怎麼啦？妳臉色怪怪的。」

我抿抿脣，帶著幾分遲疑地說：「沒有，只是覺得曼書學姊似乎不怎麼喜歡我。」

「曼曼？爲什麼？」

「我也不知道怎麼說，但曼書學姊每次看到我，好像都不是很高興的樣子……」

她噗哧一笑，「沒這回事。曼曼本來就是一個很酷的女生，尤其不笑的時候看起來特別冷漠。其實她個性很體貼，又很會照顧人。而且妳又沒有做什麼壞事，她幹麼平白無故討厭妳？永恩，妳想太多了！」

我點點頭，卻還是忘不了方才與曼書學姊對到眼的心驚。

畢竟曼書學姊是羽菁學姊的好朋友，我不希望讓羽菁學姊覺得我在說她朋友壞話，只是在聽完她的解釋後，我也無法就此感到安心。

我始終沒辦法向羽菁學姊坦承，其實我很怕曼書學姊。

「永恩，我有東西要送給妳。」學姊從口袋掏出一樣東西，「是手機吊飾，慶祝妳有新手機的禮物，跟我的一樣喲！」

「謝謝妳，學姊。」我驚喜。

「不客氣，妳有新手機我也很高興啊，這樣以後聯絡起來就方便多了。」她拿起我放在桌上的手機，直接幫我繫上吊飾，「這是妳爸爸送妳的生日禮物對不對？」

「嗯，他說我平時很少要求他買東西，所以我一跟他說想要手機，他馬上就答應了。我也是覺得這樣可以直接聯絡學姊，才決定跟他開口的。」

「糟糕，妳爸爸該不會以爲是我慫恿妳的吧？」

「才不會呢！」我們相視而笑。

我在這所學校第一個認識的人，就是羽菁學姊。

高中開學的第一天，我被虎姑婆指派爲班長，和我同班的芮娜很快就交到一群朋友，我卻只能在虎姑婆的命令下四處奔波，根本來不及好好認識同學。

那天，嚴格的虎姑婆準備發給每個人一本《K字7000》的英文單字書，要求我們每天背五頁，並宣布往後每個早自習都要小考。

當我扛著一箱單字書正要回教室發放給同學時，替騰不出手的我打開導師辦公室大門的人，就是羽菁學姊，不僅如此，她還親切地幫我搬了一部分的書，並陪我一起走回教室。

「妳是新生吧？你們導師一定是胡老師，對不對？」羽菁學姊問。

「妳怎麼知道？」我詫異。

她發出銀鈴般清脆的笑聲，「她是我一年級的導師，那時她也是給全班每人一本單字書，然後每天抽考，非常嚴格呢！」

我和大我兩歲的羽菁學姊十分聊得來，也從那天起建立了深厚的情誼。

在班上，我與其他同學相處得還算融洽；只有少數幾個跟芮娜要好的女生，她們似乎因爲我是虎姑婆的「手下愛將」，又總是一副乖寶寶的正經模樣，所以看我不是很順眼，也可能是芮娜私底下有對她們說過什麼。

除了羽菁學姊，我沒有向別人透露我和芮娜的關係，但芮娜就不一定會隱瞞了。

無論如何，能夠認識羽菁學姊，我已經相當滿足，這更是我目前的高中生活裡，覺得最快樂的一件事。

吃完中飯，我和羽菁學姊正要走回教室，不經意瞥見某個熟悉的身影。芮娜正和朋友往福利社的方向走，發現我跟學姊時，她視線一停，旋即又傲然地轉頭離去。

見我和芮娜互動冷淡，羽菁學姊好奇：「妳跟崔芮娜吵架了嗎？」

「沒有吵架，只是……」我無奈回應：「我不曉得該怎麼跟她相處。」

「妳們感情一直都不好嗎？」

我頓了頓才說：「我們個性相差太多，想法跟價值觀也完全不一樣。」

「原來如此，不過這樣有點可惜呢，雖然妳們不是親姊妹，但我一直覺得擁有兄弟姊妹是件非常棒的事。我是獨生女，從小就很想要有個姊妹，所以我其實很羨慕妳。」

我望著她的笑顏，沒有接話。

「永恩。」

「嗯？」

羽菁學姊陷入沉思，一副欲言又止的樣子，隨後又搖搖頭，「沒什麼，以後有機會再跟妳說吧。對了，這次段考結束後，妳要不要到我家玩？下個月的第一個週末我爸媽不在，妳來我家過夜，我們可以聊天聊到天亮喔！」

我眼睛一亮，「可以嗎？」

「當然可以，我很希望妳來。那就這麼說定嘍！」

午休鐘聲響起，看著學姊布滿喜悅的臉，讓我很快就忘了方才她欲言又止時，眼中那一閃而逝的黯淡。

放學回家途中，我走進巷子，沒多久，就聽到有人從背後叫住我。

芮娜跟上來，突然沒頭沒腦地說：「妳好像老是跟那個女的在一起耶。」

「哪個女的？」

「劉羽菁啊。眞搞不懂妳怎麼會喜歡跟那種女生膩在一塊？」

「哪種女生？」我擰眉。

「看起來沒什麼特別，說話小小聲又嬌滴滴的，感覺超做作。」

我停下腳步瞪她，「妳憑什麼這樣說別人？」

「本來就是呀，看她那樣子一定非常會撒嬌，天天說一堆奉承別人的好聽話，不然怎麼會連妳這個無聊到不行的書呆子，都被她哄得團團轉？」她邊說邊笑。

「妳少胡說八道，管好妳自己就行了！」我怒火中燒，「妳要是再隨便亂說她的壞話，我不會原諒妳！」

我頭也不回地把她拋在身後。芮娜對羽菁學姊的惡意批評令我怒不可遏，氣得好一陣子都不肯跟她說話。

段考前一週的自習課，虎姑婆把我叫去導師辦公室。

辦公室裡只有我跟虎姑婆兩個人，這讓我有些不自在，畢竟要跟她單獨相處，並不是一件容易的事。

「謝永恩，這個週末到學校念書吧。」她推了推眼鏡，對我說。

我點點頭，「是要大家一起來準備考試嗎？我知道了，那到校時間——」

「不是，我是叫妳一個人來。」她口氣略顯不耐，「明後天妳都來學校，到時候我也會在，替妳做個別指導。」

我愣了一會兒，「為什麼？」

「當然是為了讓妳更專心念書。妳現在不是跟崔芮娜住在一起嗎？要是她影響到妳，讓妳沒辦法好好念書，名次退步了怎麼辦？」

「不會，她不會影響我，我可以待在家裡念書就好。」我完全不敢想像要和虎姑婆在學校單獨相處兩天。

「總之妳就來吧，如果有什麼問題我還可以指導妳，這樣妳的成績——」

「可是老師，這麼做會不會不太好？」情急之下，我硬生生打斷她的話，「如果老師只針對我做個別指導，這樣對其他同學……不是很不公平嗎？而且要是被其他同學知道，恐怕會有很多人說話，到時候也很難解釋……」

這是我第一次看見虎姑婆對我露出如此難看的表情。

我這樣斷然拒絕她，想必讓她心裡十分不是滋味，也讓她沒有台階可下。明知應該有更好的說法，我卻選擇了最糟糕的那種。我的不情願表現得太明顯，連傻瓜都能感覺得出來。

虎姑婆鐵青的面孔讓我心跳加快，胃也因為過度緊張而突然絞痛了起來，難受得快令我喘不過氣。

「算了，既然妳那麼不想來，那就別來了！」虎姑婆的目光冷酷銳利，彷彿可以一眼刺穿我，「這次考試妳就自己看著辦，最好別給我退步！」

走出辦公室，我整個人一陣虛脫無力，心臟卻仍劇烈地跳個不停。

一股強烈的挫敗及不安，讓我的雙腳像被綁上鉛塊似的，連行走都覺得困難。

虎姑婆最後的眼神讓我不得不承認，自己已經開始被她討厭了。

「永恩，回來啦？怎麼無精打采的呀？」

經過雜貨店，坐在櫃檯記帳的連叔叔見我面色黯淡，把我喚了過去。

「碰到什麼不開心的事了嗎？」

「沒有啦。」我勉強勾起嘴角，往屋內張望，「梅子阿姨不在嗎？」

「跟朋友出去吃飯了。」他從冰箱裡拿出一瓶果汁給我，「來，這個拿去喝。」

「叔叔，不用了。」

「沒關係，妳最近應該被妳阿姨的歌聲吵得不能睡覺吧？這個給妳壓壓驚。」

我忍不住笑了笑，接過果汁，目光落向擺在門口的長凳。

想到芮娜可能已經回到家，原本抑鬱的心情便更加沉重，不想這麼快回去。「叔叔，我可以在這裡坐一會兒嗎？」

「當然可以，妳想坐多久都沒問題！」

於是我在門口的長凳上坐下，一邊啜飲果汁，一邊眺望懸掛在天際的火紅夕陽。

今年的夏天走得遲，明明已經十一月了，白天卻依然炎熱。黃昏之際，氣溫倒是不冷也不熱，徐徐晚風不時吹起我的頭髮和裙襬。

舒爽寧靜的氛圍，讓我原本浮動的心情，不知不覺漸趨平靜。

「永恩啊，我去上個廁所，妳幫叔叔顧一下店。」

「好。」我起身步入店內，電視正好在播放MV，一聽到旋律，我馬上轉頭去看。MV的歌手名叫周杰倫，是今年剛出道的新人。

這個月他發行第一張專輯，音樂台經常會播放他的歌。獨特的唱腔和曲風，很快就在年輕族群中引起迴響，不只班上的男同學會偷偷帶隨身聽來學校，就爲了可以天天聽他的歌，連羽菁學姊都跟我討論過他。

只是在長輩眼中，這樣新穎的風格並不怎麼吃香。當連叔叔上完廁所回來看到電視上的周杰倫，馬上批評：「妳看看，唱的這是什麼？歌不好好唱，咬字不清不楚的，完全聽不懂到底在唱什麼？一看就知道紅不久，現在的年輕人眞是……」

我笑著聽連叔叔不斷叨念，視線落在櫃檯後的玻璃櫃上。

幾張舊照片黏貼在玻璃櫃的門後，除了連叔叔全家的合照，還有一張我十歲時拍的照片。

照片裡除了我，還有大哥哥。

他坐在我剛才坐的長凳上，而我就站在他身邊，我們吃著店裡賣的棒棒糖，開心地對鏡頭比出勝利的手勢。

秋日陽光爲我和大哥哥染上一身金黃，也讓那張照片在多年以後看起來還是明亮溫暖。

而大哥哥在我記憶中的笑顏也依然燦爛如昔。

◆

我小時候是個運動神經不好、反應也特別慢的小孩。

每天我都會和住在附近的小孩子一起玩，只要遊戲時猜拳決定誰當鬼，輸的幾乎都是我。

不是我猜拳運氣特別差，而是我出拳的時機往往慢別人一拍，當所有人齊聲喊出「剪刀石頭布」的時候，我總是在眾人喊完的下一秒才跟著喊出來，永遠追不上大家。

就因爲總是在大家喊完布之後，我那聲「布」才姍姍來遲，大哥哥便替我取了一個綽號，叫做「布布」。

大哥哥的名字叫連彥桀，大我五歲，有一個姊姊。

大哥哥經常跟我們玩在一起，是我們這群小孩中年紀最長、人緣也最好的。他個性調皮愛搞怪，卻不失溫暖風趣，因此小男生都很崇拜他，想變得和他一樣高大強壯；小女生則傾慕於他，成天爭論著誰長大最有資格嫁給他。

我很早以前就知道，大哥哥跟班上那些愛欺負女生的臭男生完全不一樣，他有時頑皮淘氣，有時卻又穩重可靠，給人強而有力的安全感。每次他蹲下直視我的眼睛，露出陽光又有點痞痞的笑容對我說話時，我都會莫名緊張，心臟撲通撲通跳得極快。

當時，我就像其他女孩子一樣，深深崇拜並戀慕著他。

我和大哥哥家住得最近，見到他的機會也最多。我們會一起上學、一起在家門口玩；爸爸媽媽發生爭執的時候，他會帶我到他家裡，抓一把店裡賣的糖果給我吃，再帶我去他房間，炫耀他蒐集的籃球明星卡片，或是讓我看他最近新買的搞笑漫畫。

大哥哥就像挺身保護我的超人，不管我是被調皮的男生弄哭、被母親責罵，還是因爲父母吵架而怕得不敢回家，大哥哥都會適時伸出援手，提供我一個庇護之地。

在我心中，他一直是最勇敢、最棒的超人，不過在我的印象裡，大哥哥和連叔叔的關係卻不怎麼好，總是衝突不斷。

連叔叔跟爸爸喝酒聊天時，常會抱怨大哥哥不好好讀書，一天到晚蹺課和同學鬼混，很擔心他再這樣下去會考不上大學。偏偏大哥哥就是不喜歡讀書，也沒意願繼續升學，打算高中畢業後就直接出社會工作，父子倆時不時爲此爭吵，脾氣火爆的連叔叔甚至多次氣到動手教訓兒子。

「你不好好讀書，以後就不會有出息，會像我和你媽一樣靠勞力討生活。只有讀書將來才會有出路，才可以出人頭地，不會被人瞧不起。你這個死囝仔爲什麼就是講不聽？」

「誰說只有讀書才會有出息？一定要讀書才不會被別人瞧不起嗎？到底是誰瞧不起我

們了?你不要老是拿你那一代的觀念來套在我身上!」

他們父子之間的爭執,在當時鬧得街坊鄰居皆知,大家除了勸叔叔別太逼迫兒子,也會勸大哥哥別跟長輩嘔氣,乖乖去上課,考上大學讓父母安心。

某日放學,我在回家途中看到大哥哥站在巷口的自動販賣機前。

我開心地跑上前叫他,他卻沒有反應,對著販賣機發呆,直到我提高音量再叫了他一聲後,他才回過神來。

「嗨,布布。」他爽朗地向我打招呼,伸手摸向口袋,「妳想不想喝飲料?我請妳喝。」

「我不渴。」我搖搖頭,仔細打量他的臉,「大哥哥,你是不是心情不好?」

「爲什麼這麼問?」大概是在口袋裡沒摸到零錢,他改翻起了書包。

「因爲你看起來很沒精神,而且我爸爸說,你昨天又跟叔叔吵架了……」

他笑而不答,臉上突然浮現一絲疑惑,「奇怪,錢被我放到哪裡去了?難道我今天忘了帶錢包出門?」

聽大哥哥這樣說,我馬上從自己的小皮包裡拿出兩枚十元銅板遞給他,「大哥哥,我這裡有二十塊,我借你!」

他臉有些紅,似乎覺得不好意思,「謝謝妳,布布。」他嘆一口氣,垂頭自言自語:「眞是遜斃了呢。」

我望著他，小心翼翼地問：「大哥哥在生叔叔的氣嗎？你會討厭他嗎？」

「我沒有生氣，也不會討厭他，畢竟他是我爸嘛。」他將銅板放進販賣機的投幣孔，若有所思地說：「我知道他是為我好……但我就是做不到。不過有時我會覺得，也許是我根本就都不想照著他的要求去做……」

見我一臉茫然，大哥哥又笑了，摸摸我的頭，「沒事，聽不懂沒關係，其實我自己也不太懂。」他扳開汽水罐的拉環，仰頭喝下一大口，「布布很聰明，頭腦也很好，妳以後一定不會像我一樣過得亂七八糟的，妳這樣很好。」

「為什麼？」不知為何，他這番話帶給我一種若有似無的疏離感，心裡也升起一股小小的不安。

「因為如果像我一樣，長大就會沒出息，會被別人瞧不起。」他故意模仿連叔叔的口氣，眼裡有著淘氣的光芒，「開玩笑的。我相信布布不管做什麼事，都可以做得很好，完全不需要讓人擔心，就算哪天大哥哥沒辦法陪在妳身邊，妳也能過得很堅強、很開心！」

還沒從他的話中反應過來，他已經伸手輕輕牽著我一起往家的方向走。

「謝謝妳的二十塊，明天大哥哥就會把錢送去妳家還妳，假如妳媽媽問起，妳就這樣跟她說，布布就不會挨罵了。」

那時我並不擔心這件事，大哥哥本來就是一個守信用的人，而且就算他不還我錢，我也不覺得有什麼關係。

可是我很後悔。

後悔那個時候，我沒來得及讀懂大哥哥話裡的訊息。

隔天上午，我在家門口澆花，突然聽到隔壁傳來連叔叔憤怒的咆哮，沒多久，我便看見大哥哥直直地朝我奔來。

他背著老舊的灰色大背包，喘吁吁地跑到我面前，迅速拉起我的右手，將二十塊錢放上我的掌心，然後再用雙手牢牢握住我的右手。

他握得非常緊，緊到足以令我疼痛的程度。

他揚起狼狽卻燦爛的笑容對我說：「布布，我來還妳錢了，謝謝妳。」

我一時之間反應不及，只能傻愣愣地問：「大哥哥，你怎麼了？」

他沒回答我，騰出一隻手握成拳頭，「布布，我們來猜拳吧。來！」

我不明所以，眼看他馬上就要出拳，連忙慌慌張張地跟著出拳，但我太過緊張，反而不小心搶先一步，和他同時出拳，沒有像往常那樣遲了一拍。

我出布，大哥哥出石頭，那是我第一次贏他。

大哥哥臉上的笑意更深了，我甚至從他眼裡瞥見感動，他快速地說：「布布，剛剛我在心裡跟自己打了一個賭，只要妳猜拳贏了我，我們就會很快再見面。妳要好好保重，成為一個比我更好更棒的人，知道嗎？」

語畢，他捧住我的雙頰，在我額頭用力印上一個吻便轉身跑開，這時連叔叔也衝了過來，手持棍子追在他後頭。

「你這個不肖子，有種就不要再回來，我他媽沒有你這個混帳兒子！你要是敢再踏進這裡一步，我就打斷你的狗腿！」

連叔叔追著大哥哥從街頭跑到街尾，一直到我再也看不見大哥哥的身影，我才怔怔然地攤開手，低頭注視那兩枚仍留有大哥哥手心餘溫的銅板。

後來我才知道，大哥哥決定不再繼續念書，打算離開家鄉。他連夜打包好行李，還沒離去就被連叔叔發現，氣得叔叔大發雷霆，直接把他轟出家門。

沒人知道大哥哥去了哪裡，幾日後我聽爸爸提起，他似乎去台北找他在那裡讀大學的姊姊。

大哥哥這一走，我的日子便從此轉爲黯淡，時常覺得孤單。爸媽吵架時，再沒人會帶我離開，我只能自己走到隔壁，坐在他家門口一邊吃糖，一邊思念著他。

他離開的這四年間，我鮮少再聽聞他的消息。他不曾打電話給我，也不曾回來，所以我也沒能再和他分享我生活裡的重要大事，包括爸媽離婚，以及後來搬進家中的二媽跟芮娜。

當年他還給我的那兩枚硬幣，依舊靜靜躺在我記憶裡的右手掌心。

只要回想起這段往事，我彷彿還能感受到那時銅板的溫度，時間越久就越是灼熱，幾乎足以灼傷我的手。

◆

星期一中午，我走向學校舊教學大樓的某個偏僻角落。

還沒看見人，一道熟悉的嗓音就先從茂密的芒草叢中傳出，「謝永恩，妳有幫我買汽水嗎？」

我暗自嘆氣，撥開芒草堆，對窩在裡頭的那人說：「你可不可以不要這麼大聲叫我的名字？萬一來的人不是我怎麼辦？」

「不會啦，除了我們，還有誰會來這種鳥不生蛋的地方？」他笑得露出一口白牙，烏黑的眼睛神采奕奕，「妳有看到我傳給妳的簡訊？」

「不然呢？以為我突然好心想請你喝汽水？」我把手上的飲料朝他拋去，「以後別太常傳簡訊給我，尤其是在學校的時候，要是不小心被別人看見就麻煩了。」

「誰會看見？」

我頓了頓，懶得解釋，「反正別太常傳就對了，就算再小心，也可能百密一疏。」

「真不愧是謝永恩，做事情永遠這麼謹慎，什麼狀況都會考慮到。」他大口咬下熱狗麵包，「可是妳都已經有手機，聯絡也方便多了。要是哪天誰沒辦法過來，只要傳簡訊通知對方就好，不是嗎？」

「我之前說過，只要十分鐘內我沒到，你就不用繼續等。如果我沒辦法來，也會事先傳簡訊給你，你不用回覆我。」

「妳不讓我打電話給妳，要是哪天換我沒來？妳不就得在這邊乾等？」

「你想太多了，等十分鐘你沒出現，我也會走人。」

「好嘛，既然妳這麼怕我打給妳，乾脆把我的來電顯示設成『虎姑婆』，保證絕對沒人敢偷接妳的電話！」

見我橫了他一眼，他又兀自笑個不停。

每個星期一中午，我和陳易楷都會約在這個地方見面。

這裡是全校最人跡罕至之處，因此我們每星期都會找一天約在這裡一起吃中飯，每星期只見這一次面；我跟他約好，其他時候在學校裡撞見對方，都要假裝互不認識，就算在校外巧遇，也不可以打招呼。

「陳易楷，你幹麼靠我這麼近？」

「因爲妳便當裡的香腸看起來好好吃，可不可以分我一塊？」他的手正要伸過來，立刻被我狠狠拍開。

「不可以！」

「就讓我吃一塊嘛，不然我直接跟妳買一個便當？」

「想得美。」

他是一年級後段班的學生，打架、抽菸樣樣來，蹺課紀錄更是屢創新高，成天被訓導主任和教官追著跑，每個月的記過懲處名單更是少不了他。

認識他的那天，我人在外掃區打掃，不小心撞見他和別班女生躲在音樂教室後面親熱，當時訓導主任正好往這裡走來，我立刻出聲提醒，結果那女生倉皇地落荒而逃，留下他一個人。

等到訓導主任走遠，陳易楷挑了挑眉，「沒想到妳這麼好心耶，謝永恩。」

「我是在幫那個女生。雖然你是公告欄上懲處名單的常客，但對方可是孝班的副班長，不像你一樣可以對記過滿不在乎。」說到這裡，我有點納悶，「你怎麼知道我的名字？」

他深深一笑，眼睛瞇成兩道細細彎彎的弦月，「因爲妳的名字也常出現在公告欄上啊。全校前三名的常客，一年忠班的班長，謝永恩。」

音樂教室後面空曠安靜，種了一整排桃花樹，花樹盛開的時候非常漂亮，因此成了學生情侶的約會聖地。有次一對情侶在桃花樹下發生了逾矩的親密行爲，被主任當場抓包，從此學校明令禁止學生在音樂教室後方流連，並派糾察隊每天巡邏，只要抓到就是大過一支。

當時前科累累的陳易楷，只要再一支大過，就會被勒令退學。

不知道是不是因爲這樣，隔天陳易楷開始在我打掃的地方出沒，追問我有沒有向老師打小報告。我可不想讓別人發現我和他有交集，要是傳進虎姑婆耳裡，我往後的日子就難過了。

我並不討厭陳易楷，幾次閒聊下來，意外發現他還挺好聊的，而他也不排斥和我相處，只是礙於兩人在學校「身分」不同，我只願意在舊教學大樓和他私下見面。原本以爲他會爲此生氣，覺得我很跩、瞧不起他，但他沒有，反而很乾脆地答應我的要求。

這種明明不是瞞著眾人相戀，卻得偷偷摸摸見面的關係，不知不覺也持續了兩個多月，每次陳易楷不是趁我不注意偷吃我的便當菜，就是拜託我多做一份便當給他。

「好了。」吃完午餐，他伸了個懶腰，朝我伸出手，「今天要嗎？」

見我沒有立刻回應，他不像之前總等著我把手交給他，索性主動拉起我的右手，緊緊握住，而我也沒反抗。

「謝永恩，妳的手眞的很冰耶！妳的血液究竟是不是冷的？」

「要你管。」

第二次在這裡見面時，我問陳易楷願不願意牽我的手？

他先是擺出一副「妳吃錯藥了嗎？」的表情，隨即恍然大悟，「謝永恩，原來妳喜歡我！」

「並沒有。」我冷淡以對，後悔向他開這個口，「不願意沒關係，當我沒說過。」

他露齒一笑，牽起我的右手。他溫暖的手才碰觸到我的掌心，我便低下頭怔怔望著兩人相握的手。

「這樣可以嗎？」他眼裡帶著好奇，正確地說，是對我這個人的好奇，「爲什麼突然想這麼做？」

我從恍然中回過神，穩住聲音，「沒爲什麼。」

「之前也有人像這樣握妳的手嗎？」

我盯著兩人映在地上的影子，沒有答腔。

他貼近我，「妳默認嘍？是前男友嗎？他是怎麼牽妳的？這樣？還是這樣？」他一下舉高我的手，一下對我十指緊扣，我不悅地把自己的手抽出。

這樣牽手過幾次，偶爾陳易楷也會得寸進尺。

有一次他一邊牽著我的手，一邊把臉湊了過來，那時我正好面對他，雖然嚇了一跳，但如果想躲開還是有機會的，然而我就這麼讓他吻上我的脣。

幾秒鐘後，他微微退開，那雙明亮的眸子眨呀眨的，專注地看著我，那樣的目光一度讓我動彈不得。

「怎麼樣？」他問我感覺，難得露出認眞的神色。

我雖然故作冷靜，聲音卻不由得帶點乾啞：「你嘴巴好臭。」

「最好是啦，我又沒吃什麼重口味的東西，而且我剛剛才嚼過口香糖耶！」他跳起來嚴正反駁。

我忍不住掩嘴而笑，這時，他又冷不防摘掉我的眼鏡，我慌了手腳，「陳易楷，你幹麼？」

他舉高眼鏡不讓我搶回去，同時仔細端詳我的臉，「謝永恩，妳應該盡量少戴眼鏡，多點笑容，這樣就不會輸給你們班的班花了。」

「你是指誰？」

「崔芮娜啊。妳幹嘛非得把自己打扮成書呆子？像她那樣穿著時髦些，人家就會說妳有腦袋又有臉蛋，不是很好嗎？」

我眉一挑，饒富興味地問：「你喜歡她？」

「誇她不代表喜歡她好嗎？崔芮娜是很漂亮，不過不是我喜歡的型。」他搖搖食指。

「那你跟孝班的副班長怎麼樣了？」

「就那樣啦，不然還能怎樣？喂，幹麼突然問這麼殺風景的問題？虧我們剛剛才接過吻。」

「是你先開始的。」

但從那天之後，我就不讓他再這麼做了，否則他會越來越沒分寸。

關於我的事，陳易楷知道的並不多，就連我和芮娜住在一起，我也沒有對他提起過，主要是我不覺得自己的事有什麼好說的，不過陳易楷倒是不吝於和我分享他的事。

他告訴我，從幼稚園到國中，他搬家的次數已經多到十根手指頭都數不完。父親的工作經常要四處輪調，連帶影響他在學校的人際關係，總是好不容易才與同學混熟，就得再度轉學，讓他始終無法跟任何人建立長久的情誼。

久而久之，這樣的生活模式也造就他豁達坦蕩的個性，讓他凡事都看得很開、不執著勉強，卻也難以與他人眞正親近。

這明明聽起來是一件悲哀的事，我卻有點羨慕這樣的他。

眼看這天的午餐時間就要結束，我拎起便當盒，「要打鐘了，我先走了。」

「還有點時間吧？這麼急著回去當書呆子？」

「不高興的話，下禮拜可以別來。」

「呵呵，不會啦。不過妳沒有因爲下禮拜段考就要取消見面，那就表示妳對這次的考試很有信心，應該不會出什麼意外吧？」

「這個不需要你擔心。」我拋下這句話，轉身離開。

但人生確實有發生意外的時候。

段考結束的隔週，我僵著臉瞪視公告欄上的成績，簡直不敢相信自己的眼睛。看到自己的名字落在第六名，我頓覺一陣天旋地轉，頭昏目眩，一股強烈的寒意更是從腳底一路竄至頭頂。過去始終位居前三名的我，這次竟被一腳踹下，雖然從總分看來我沒有退步，甚至還比上次段考進步十幾分，可是那些原本落後我的人卻忽然突飛猛進，以極小差距勝過了我。

之後的課堂上，我完全沒辦法面對虎姑婆的臉。

因爲不想參加她的私人特訓，我還向她保證不會因此影響成績排名，可是我卻搞砸了，不用想就知道她會怎麼對待我。結果也如我預料，虎姑婆從此不再正視我，上課時她偶爾掃過我的目光，就如同她平常看向芮娜的眼神。

毫不避諱的冰冷、漠然，以及參雜著鄙夷的厭惡。

虎姑婆當著全班同學面前對我冷嘲熱諷時，我渾身緊繃，胃絞痛到整個人如坐針氈，在這最難受的時刻，我的眼角餘光還瞥見芮娜和幾個女同學幸災樂禍的笑臉。

羽菁學姊後來再找我吃午餐，我一到圖書館旁邊的涼亭，竟發現曼書學姊也在場。

「虎姑婆這幾天有沒有找妳麻煩？」得知這次我段考名次退步，羽菁學姊特別出言關心。

但在曼書學姊面前，我完全無法暢所欲言訴苦，只能勉強勾起脣角。

羽菁學姊看出我在強顏歡笑，柔聲安慰：「永恩，別在意虎姑婆對妳的態度，雖然名次掉了，但妳的總成績並沒有退步不是嗎？聽說虎姑婆本來就會找幾個她喜歡、功課又好的學生私下特別輔導，甚至還會洩題給他們呢。雖然我不敢說她這次一定有這麼做，但我認爲是有可能的。」

我驚訝不已，「這是眞的嗎？」

「是呀，就像曼曼，她去年讀數理資優班，有一次，虎姑婆也要她放學留校，說是要一對一指導她，但是曼曼拒絕了，還當場指責虎姑婆的做法很卑鄙，結果曼曼也被她打入冷宮。後來曼曼決定轉到普通班，擺脫她的掌控。在我認識的人裡面，只有曼曼敢這樣頂撞她。」羽菁學姊的神情帶著幾分佩服。

我愣愣地望向曼書學姊，沒想到除了芮娜，還有人膽敢公然反抗虎姑婆。

就在我對曼書學姊肅然起敬之際，她正好吃完便利商店的飯糰，優雅地摺妥包裝紙，同時打破沉默，「不再受到虎姑婆關愛，讓妳覺得很受傷嗎？」

過了幾秒鐘，我才意識到曼書學姊是在問我，「咦？」

「妳是因爲被擠出前三名而難過，還是沒辦法再得到虎姑婆的信任所以難過？」曼書學姊淡淡地瞅著我的眼，「妳眞的覺得很難受嗎？而不是覺得鬆一口氣？」

「曼曼，永恩本來就是對自己要求特別高的人呀，遇到這種事多少都會覺得挫折，妳就不要說這些讓她更沮喪的話嘛！」羽菁學姊輕拍她的肩。

「挫折，是嗎？」曼書學姊的脣畔浮出一抹笑，「但我不認爲妳是這麼想的。」

我感覺喉嚨發乾，「……我不太明白學姊的意思。」

「我的意思是，妳現在所表現出的失落和沮喪，有可能不是妳眞正的心情。」她回得雲淡風輕，「妳只是故意讓我們以爲妳很難過而已。」

我頓時全身一僵，此時羽菁學姊又連忙緩頰，「曼曼，妳怎麼這樣說？永恩幹麼要這麼做呢？」

「我只是老實說出我的感覺。永恩學妹在不同的人面前，好像會有不同的樣子。」曼書學姊拍拍制服裙，從容地站起身，「妳們繼續聊吧，我先走了。」

她離開後，我跟羽菁學姊都靜默了片刻。她歉然地對我說：「永恩，別在意曼書學姊剛才的話，妳也知道她的個性就是那樣，心直口快。」

「我知道，我不會在意的。」我馬上擠出笑容，「我想，曼書學姊說不定也是在安慰我吧。」

「對對對，她這個人就是刀子嘴豆腐心，妳能明白就好。」羽菁學姊這才鬆了一口氣，「對了，永恩，之前我們說好，段考結束後妳來我家玩，順便過夜。要不要就約這個禮拜呢？我爸媽週末兩天都不在家喔。」

「嗯，好啊！」氣氛好不容易轉爲輕鬆，我不想再讓羽菁學姊看到我無精打采的樣子，於是不再提起虎姑婆的事。

這天的午休，我趴在桌上，始終無法入睡。

不曉得是不是曼書學姊的存在讓我過於神經緊繃，在涼亭和她說話的時候，我整個人恍恍惚惚，四肢冰冷，直到現在才感覺胃部隱隱發疼，偏偏放在抽屜的胃藥已經吃完了，我只能先暫時忍耐。

吐出一口長氣，我沮喪地將臉轉向窗戶，有三個男生正好從走廊經過。

他們左手臂都別了一塊黃布，上頭清楚印著糾察隊三個大字。除了突襲檢查音樂教室後方，每日午休的全校巡邏也是糾察隊的例行公事。

當他們停在我們班教室外、翻開資料夾做記錄時，後座女同學的聲音輕輕傳來，我才知道原來沒睡著的人不只我一個。

「欸，妳看，糾察隊的人在外面。」

「眞的耶。」另一個女生用氣音回應。

「妳不覺得他眞的很帥嗎？」最初開口的女生又說。

「誰？」

「當然是吳仲謙啊！」

聞言，我的目光跟著落向窗外其中一人。

站得離窗台最近的吳仲謙正低頭勾選記錄表，被陽光照亮的側臉，看起來很是耀眼。

三年級的他，不僅是糾察隊隊長，還是數理資優班的學生。

「是不錯啦，感覺很有男子氣概。但他不是已經有女朋友了？」

「對啊，三年忠班的沈曼書，聽說原本也是數理資優班的，之後卻轉回普通班了，是個冰山美人喔。」

「爲什麼沈曼書會轉回普通班？」

「我也不知道。」

我一邊偷聽兩個女同學的對話，一邊繼續觀察吳仲謙。他闔上資料夾正要離開，卻突然轉頭往教室內一瞥，就這麼不偏不倚地與我對上視線。

我有些嚇到，原以爲吳仲謙發現我不僅沒有乖乖入睡、還偷看他們，會立刻擺出警告的神色，但他只是微微一笑就邁開腳步。

這讓我有些意外，沒想到他是個很親切的學長。

後來我仍沒有睡意，也無法再多想什麼，這天胃部的不適感似乎持續得特別久，我強自忍耐到放學，一回到家就躺在床上動也不動，身子沉重得像快陷進床鋪深處。

「永恩學妹在不同的人面前，好像會有不同的樣子。」

昏昏然之際，我感覺額頭傳來一股暖意。

鼻子嗅到一股甜甜的香氣，是沐浴乳的味道，我勉力睜開眼睛，一道模糊的輪廓，宛如燭光般在我眼前晃動。

「哇，妳額頭怎麼那麼燙？發燒嘍？」芮娜吃驚地說。

我撥開停在我額頭上的那隻手，疲憊地坐起身，發現窗外天色漆黑一片，納悶地問：「現在幾點了？」

「十點啦，妳沒看我都已經洗好澡了？」她頂著一頭濕漉漉的烏黑長髮，長長浴巾掛在肩上。「爸爸說妳今天一回來就躺在房間，也沒下樓吃飯，還說妳聲音聽起來怪怪的，我看妳睡得很熟就沒有叫妳。妳身體不舒服喔？」

「沒什麼，大概是有點著涼，吃個藥睡一晚就沒事了。」瞥見幾顆水珠沿著她的髮梢滴落在地板上，我隨即擰眉，「不是叫妳把頭髮擦乾再進房間嗎？」

「哎唷，這很快就乾了啦，天氣這麼乾燥，洗完澡當然要馬上擦乳液才行呀。」她在椅子上坐下，開始塗抹起身體乳液，又把乳液瓶遞到我面前，「妳要不要也擦一點？妳好歹也是個女生，怎麼都不懂得保養一下？這樣以後會交不到男朋友喔！」

「妳可不可以不要總是把別人的話當耳邊風？就跟妳說我不喜歡房間地板被弄濕，這樣很容易滑倒，洗完澡用浴巾把頭髮包起來很難嗎？」

「妳今天火氣幹麼這麼大？這次成績掉到第六名，真的讓妳這麼不開心啊？」她氣定神閒地繼續將手臂上的乳液推勻，「我想也是，一直以來妳都是虎姑婆最寵愛的學生，結果這次不小心掉出前三名，她就看都不再看妳一眼，還在大家面前數落妳，也難怪妳會這麼不爽。眞可憐。」

太陽穴開始隱隱作痛，我咬牙道：「別以爲我不知道妳跟那些女生在背後嘲笑我。」

「我才沒有呢，我是眞心替妳打抱不平。」她把頭髮擦乾，語調輕快得像在歌唱，「不過就是掉到第六名，被虎姑婆冷落，妳就一副彷彿世界末日、天快塌下來的樣子。我眞懷疑你們這些高材生是不是都這麼玻璃心？如果偶爾考差了就難過成這樣，那高材生好像也沒什麼了不起的嘛。」

「崔芮娜，妳不懂就不要亂說！」

「我是不懂呀，你們這些腦袋清楚、只知道理性思考的聰明人，我永遠也無法理解。」她笑嘻嘻地轉過頭來，「嘿，妳那位溫柔善良的羽菁學姊呢？她一定最懂妳的心情吧？是不是已經找她哭訴過了呢？」

我憤怒地下床，火速奔到一樓，正在看電視的父親一看到我，馬上關心地問：「恩恩，起床啦？身體還有沒有不舒服？」

「我沒事了。爸，之前我曾跟你提過的二樓倉庫，可不可以盡快將它改裝成我的房間？」

說是倉庫，其實就是個在我和芮娜房間隔壁的小房間，平時拿來堆放家裡的雜物。

父親面露驚愕，思索了一下，「倉庫裡的東西是已經清掉不少，可是那地方眞的很

小，擺進一張床以後，就沒剩多少空間。妳眞的想睡在那裡？跟芮娜同住一個房間不好嗎？妳們吵架了？」

我咬住下脣，顧慮到從麻將間走出來上廁所的二媽，刻意壓低音量，「爸，我之前就說過了，我和芮娜兩個人的作息完全不一致，我習慣在固定時間睡覺，但她習慣熬夜；很多時候我都已經睡著了，她才看完電視回房間，這樣我根本沒辦法好好休息。平常晚上我想要安靜念書，可是只要芮娜在，我就很難專心。我會希望和她分房，跟我們有沒有吵架無關，是我認爲這樣比較好，比較不會干擾彼此。」

爸點點頭表示理解，「好吧，我知道了。明天爸爸一有空，就把倉庫剩下的東西清出來，那些桌椅我再問連叔叔要不要拿過去。」

我鬆了口氣，感激道：「爸，謝謝。」

「謝什麼？妳說得也對，若要專心讀書，這麼做是比較好，我想妳二媽也不會有意見的。」說到這裡，爸突然斂起笑容，「對了，恩恩，妳和妳媽媽是約這週末見面？沒錯吧？」

我點點頭，「……原本是，但媽媽前幾天有聯絡我，說她這禮拜要加班，所以要改到下個週末。對了，這個禮拜六我想去羽菁學姊家玩，她爸媽週末不在，她邀我留在她家過夜，可以嗎？」

「當然可以，妳才剛考完試，就去放鬆一下心情吧，爸爸很擔心妳念書會太累。等妳要去找妳媽的時候再跟我說，爸爸有東西要給她，妳幫我帶去。」

「好。」

得到父親的允許，並確定明天他就會幫我處理分房一事，我這才覺得如釋重負，心情安定許多。

◆

羽菁學姊星期五晚上還要補習，所以我等到星期六上午，整理好換洗衣物跟隨身用品後，才搭公車到她家。

羽菁學姊親自到公車站接我，雖然天氣霪雨霏霏，可是我們心情絲毫不受影響，開開心心地手牽手一起往她家走去。學姊家是獨棟透天別墅，非常漂亮，這是我第一次到她家作客。

學姊的房間有一整排書牆，但上頭擺的不是各種版本的自修書籍，就是生硬的百科全書，學姊說她爸媽從來不讓她看與課業無關的讀物。從小他們就對她非常嚴格，放學以後除了補習班哪裡都不能去，每天作息固定規律，連假日出去玩都得在晚餐前返家。

「好辛苦，妳這樣根本沒有什麼休閒娛樂。」中午吃著學姊親手做的炒麵時，我忍不住說。

「就是呀，不過我習慣了。而且我也不是真的沒有其他娛樂，我爸媽很注重養生，又很喜歡爬山，所以我們全家每個月都會去爬山，久而久之我也喜歡上爬山了，還打算上大學以後要加入登山社！」

「這樣很好啊，感覺上大學後就能接觸更多好玩的事了。」

「對呀。」學姊語帶雀躍，隨後又若有所思地感慨：「永恩，妳知道嗎？我眞的很喜歡像這樣和妳在一起，妳就像我妹妹一樣。一想到明年畢業後要跟妳分開，就覺得好寂寞喔。」

「別這麼說嘛，就算妳畢業了，我們還是可以保持聯絡，等兩年後我也畢業了，說不定還會跟妳上同一所大學，到時候我們又可以像這樣天天在一起啦。」

「說得也是。那永恩妳以後就跟我考同一所大學吧，說不定我們還可以合租房子，住在一起當室友呢！」學姊眼睛發亮。

「對耶，我也想要跟學姊一起生活！」我熱切回應。

羽菁學姊一掃方才的失落，因爲興奮而容光煥發，「那就這麼說定嘍，我們以後繼續當同校的學姊學妹，然後住在一起。眞是太棒了，光是想像我就感到好幸福！」

「我也是。不過學姊妳也太激動了！」我忍不住笑，一想到學姊把我放在如此重要的位置，我內心很感動，也更捨不得她畢業。

其實我曾想過好幾次，如果能像曼書學姊那樣，跟羽菁學姊是同班同學該有多好？我們就可以一起畢業，一起考上同一間大學，一起生活。

如果那天能早些來臨該有多好？

雨仍然持續下個不停，難得的假日卻只能關在屋子裡，不過我和羽菁學姊兩人始終與致不減。洗完澡後，我們還在她的房間裡聊個不停。學姊的書桌上有一台迷你音響，周杰倫的歌聲從裡頭傳出，等我們聊到口乾舌燥，周杰倫那張專輯已經不知道播過第幾遍了。

「永恩，妳是不是有男朋友了？」

「沒有啊，爲什麼這麼問？」我嚇一跳。

「老實說，我曾經見過妳從舊教學大樓的方向走出來，過沒幾分鐘，也有個男生跟著從那裡出現。我原以爲是湊巧，可是隔了一週，我又看見你們一前一後從那裡走出來，所以才覺得奇怪，畢竟平常沒什麼人會去那邊。我們班教室正好面對舊教學大樓，只要仔細注意就看得到。」

我不禁在心裡暗罵陳易楷那個笨蛋，明明要他晚一點再離開的，沒想到居然連續兩次都被學姊看見。

「妳和他眞的不認識？還是我誤會了？」

我坐立難安，事到如今也只能坦誠相告，「我們是偶然認識的，算是朋友，可是我不太敢讓別人知道，因爲他是訓導主任和教官的眼中釘，經常闖禍，所以我們才會選在那裡碰面，以免傳到虎姑婆耳裡……」

「原來如此，我能理解這件事要是被虎姑婆得知會有多糟糕。不過經妳一提我也有印象，難怪我就覺得那男生挺眼熟的，升旗典禮的時候，他好像常會被教官叫去司令台旁邊罰站。」她一臉好奇，「你們眞的沒什麼？永恩妳不喜歡他嗎？」

「我跟他只是單純的朋友，沒有喜歡的感覺啦。」

「是喔？我還以爲妳偷偷交了男朋友，沒讓我知道呢。」她微微傾身，調皮地打趣，「該不會……妳還在思念小時候住妳家隔壁的溫柔大哥哥吧？」

我臉龐霎時泛熱，「學姊！」

「好啦好啦，不鬧妳了啦，妳的臉好紅喔。」她笑個不停。

「學姊妳很壞，幹麼糗我？」

「我不是故意的啦，只是以前聽妳提起那位大哥哥的時候，我就覺得妳對他的感情很深。他一定是個非常好的人，才會讓妳到現在都念念不忘。」

我沉默不語。

「永恩。」

「嗯？」

學姊擁緊手中的抱枕，凝視自己的雙腳，「妳有祕密嗎？」

「咦？」我看向她。

她抬起頭，深深注視著我的雙眼，「其實，我心裡一直有個祕密，所以我很好奇妳會不會和我一樣，心裡也藏著一個從沒對別人說過的祕密？」

一時之間，我沒答腔，也沒有任何反應。

此時，學姊起身從書桌抽屜拿出兩張白紙及兩支原子筆，分別各給了我一份。

「永恩，我們一起把自己最大的祕密寫在紙上，然後跟對方交換看，好不好？」

「什麼？」我一愣。

她體貼地笑了下，「如果妳不信任我，或是覺得尷尬，不寫也沒有關係。不過我還是想要這麼做，因爲我信任永恩。」

等到我反應過來時，羽菁學姊已經拿起紙片，準備動筆。

雖然她這麼說，我還是察覺到她臉上的緊張之色，也能想像她是鼓起了多麼大的勇氣才做出這個提議。

我遲疑許久才終於拿起紙筆，學姊對我露出欣慰的笑顏，似乎很高興我沒有拒絕她。

但我愣愣地盯著白紙，腦袋一片空白，不知怎麼地感到呼吸困難。

手差點握不住筆，只覺得心跳加速，喉嚨發乾。

「因爲我信任永恩。」

好不容易，我用力嚥下一口口水，在紙上慢慢寫下第一個字。

除了窗外的雨，以及周杰倫始終沒有停下的歌聲，我的耳中全是自己心跳如鼓的聲響。

等我終於寫完最後一個字，竟感到全身虛脫，大大地吐了一口氣，才察覺剛剛自己幾乎是屏住了呼吸。

我將便條紙仔細摺好，一抬眸，羽菁學姊也已經寫好了，她臉上的神情和我一樣緊繃不安。

我們把手中的紙條交給對方，說好數到三就一起打開。

當下我腦中一片空白，什麼都沒辦法思考，聽到學姊喊出三，我只是順從地打開手中的紙條，低頭看去——

我現在和吳仲謙在一起。

看著紙上娟秀的字跡，一時間我竟無法理解這幾個字拼湊起來的意思。

我先是盯著那個名字，想起幾日前的午休，糾察隊從教室外經過時，朝我投來目光的那張笑顏。

然後才想起吳仲謙這個人是誰，他是數理資優班的學長……

以及，曼書學姊的男朋友。

我呆呆地抬頭望向羽菁學姊，發現她也滿臉驚愕地看著我。

我們兩人就這麼四目相接，久久未發一語，時間彷彿在這刻停滯。

「學、學姊，」我首先打破這片死寂，「妳寫的吳仲謙，是曼書學姊的男……」

她點點頭，面色微黯，囁嚅道：「我們是偷偷在一起的。」

我沒有作聲。

「因爲曼曼的關係，有段時間我們三人經常見面，也漸漸熟稔起來，我不知不覺和他越來越親近，甚至開始私底下單獨見面……結果，就走到現在這一步了。」

學姊說這些話的時候完全沒有抬頭看我，她語調微微發顫，「我知道，妳現在一定覺得我很過分，曼曼是我的好朋友，我卻背叛了她。我也知道不能這麼做，但我就是沒辦法阻止自己的心……我眞的很喜歡吳仲謙，喜歡得不得了，跟他在一起很快樂，也非常非常幸福。」

我仍然不曉得該做出什麼反應，只能傻愣愣地問：「是從什麼時候開始的？」

「從高二暑假開始，到現在差不多快半年。那時候曼曼和家人出國，整整兩個月不在台灣，我跟吳仲謙經常見面，感情也在那時日漸加深。」話說至此，她才終於敢迎向我的目光，淚如雨下，「我沒敢跟任何人提起，尤其是妳，因爲我很怕妳會從此看不起我，不願意繼續跟我來往，所以我一直獨自守著這個祕密，直到現在。」她膽怯地瞅著我的臉，哽咽道：「永恩，妳會討厭我嗎？」

我呆了呆，接著用力搖頭，啞著聲音說：「當然不會，感情這種事……我也知道不是說控制就能控制得了。而且這樣瞞著曼書學姊，我相信妳心裡也很痛苦。」

羽菁學姊的淚掉得更凶了，她悶聲啜泣，「永恩，妳願意幫我守著這個祕密嗎？」

我不斷點頭，「妳放心，我絕對不會說出去的！」

聽到我的保證，學姊仍然未能停住哭泣，繼續哭了好一會兒才收乾眼淚。

房間的燈熄滅後，我和學姊躺在同一張床上，在黑暗中聆聽著雨滴打落在遮雨棚的聲音。

「學姊。」

「嗯？」

「妳有想過之後要怎麼辦嗎？」

「……沒有，我也不曉得以後該怎麼做。」她隔了很久才回話，接著，她的嗓音忽然上揚了些，「對了，剛剛光顧著說我的事，差點忘了妳寫下的那個祕密。」

我心頭一凜。

「其實，我真的很驚訝，也完全意想不到。」她謹慎地問：「對方知道嗎？」

靜默，然後再靜默。

我輕輕嚥下一口口水，聲音乾澀地回：「我想……應該不知道吧。」

這時，學姊握緊我的手，像是要給我力量。

我牢牢回握，她手心的溫度，讓我的眼眶莫名一陣濕潤。

帶著彼此最深的祕密，我們兩人度過一個最沉靜、也最難眠的夜晚。

但隔日，我們還是早早起床，趁著雨停，太陽也露了臉，兩人一起出去吃早餐，再逛街到下午。

回到學姊家時，她的父母也正好歸來，於是我不再打擾，收拾好行李便向他們道別，和學姊結伴走到公車站。

「路上小心喔。」羽菁學姊的手仍牽著我。

「嗯，到家後我再傳簡訊給妳。」

我向她揮揮手，上車找了個窗邊的座位坐下，等到她的身影隨著拉開的距離逐漸遠去，我才疲憊地靠著窗，渾身乏力。

那些紛亂無章的思緒，一次又一次拉著我往下沉，而我始終無計可施。

到家後，我把換洗衣物放進洗衣機，接著才走上二樓。

一踏進房間，眼前景象卻讓我驚訝得一度說不出話來。所見之處雜亂無比，不只衣服丟得滿地，書桌上堆滿吃光的零食空袋，連喝過的飲料罐也四處亂放，整個房間看起來就像垃圾堆一樣。

「崔芮娜！」我氣呼呼地離開房間，卻找不到她，下樓問爸爸，他說芮娜今早和二媽吵了一架憤然離家，到現在還沒回來。

我一聽，心裡的怒氣頓時消了一半，「發生什麼事？」

「沒事，芮娜本來就經常和她媽吵架，沒什麼大不了的。」爸爸倒是輕鬆一笑，「對了，爸爸幫妳把倉庫裡的東西都清掉了，新的彈簧床也已經放進去，這兩天妳就可以收拾東西住過去，但書桌可別一個人搬，太重了。」

「好，謝謝爸。」

回到房裡，我原本打算先收拾滿地的垃圾跟衣服，再整理自己的書桌，最後卻什麼也沒做，只是趴在桌上發呆，完全提不起勁。

過了許久，我從抽屜深處找出一個小巧的褐色布袋，將袋子裡的兩枚銅板放在右手掌心，細細看著。

物。

那是大哥哥當年離開前還給我的二十元，我一直小心翼翼地珍藏著，視為最重要的寶

我的右手似乎還能感受到他雙手握住我的力道，關於他的一切種種，並未在時光洪流的沖刷中淡去，反而越見清晰，令我越加懷念。

「之前也有人像這樣握妳的手嗎？」

「該不會……妳還在思念小時候住妳家隔壁的溫柔大哥哥吧？」

「對方知道嗎？」

聽到樓下傳來說話聲，我猛地回神，匆匆將銅板放回布袋塞進抽屜，以免隨時有人上來，接著著手收拾滿屋的垃圾，以及要搬到隔壁房間的東西。

我在芮娜回來前就把東西都整理好了，並將書櫃挪到隔壁房裡。芮娜晚上一進房，見到我近乎空蕩的書桌，沒有任何反應，逕自爬上床看漫畫。不管她知不知道我打算搬到隔壁房間，也不管她為何和二媽吵架、這一天又跑去哪裡，我們都沒有開口詢問對方，也不曾交談，就這樣相安無事地度過一晚。

星期一中午，我沒有到舊教學大樓跟陳易楷見面。

上午送東西到導師辦公室，我瞥見陳易楷和幾個同學在門口罰站，老師就站在旁邊對他們大聲訓話，原來他們整個上午不知道蹺課去哪裡，老師罰他們每節下課都要到辦公室前罰站，包括中午用餐及午休時間。

爲了防止他們聊天，老師還要求他們每個人罰站時要拉開間距。

我正準備走回教室，經過陳易楷面前時，他竟冷不防拉住我的手，臉上咧著大大的笑意，我朝他的腳用力一踩，他痛得蹲下哇哇慘叫，我沒理他，快步離去。

這個白癡。

無法跟陳易楷吃飯也好，畢竟今天我沒有和他聊天的心情，我在教室用完餐後，趁午休前到圖書館借了本書，想透過閱讀沉澱思緒。

偏偏我卻在圖書館遇上目前最不想見到的人。

我走才一進去，曼書學姊就已經發現我了，如果這時轉身離開，反倒顯得太過刻意；更尷尬的是，整間閱覽室裡只有我們兩個人，我根本沒辦法假裝沒注意到她。

不得已，我只能硬著頭皮走到她身邊打招呼，「曼書學姊，妳也來借書啊？」

「算是吧，順便幫館長看顧服務台，他暫時外出，等等就回來。」她淡淡回應。

「妳今天沒有和羽菁學姊一塊吃飯？」

「原本要一起到學校餐廳吃，但我早餐吃太飽，到中午都還沒什麼食欲，索性來圖書館看看書。」她反問我：「妳要借什麼書？」

「我還不知道，想先看看再說。」我專心瀏覽架上的書籍，藉此避開學姊的視線，

「曼書學姊平常喜歡看什麼書啊？」

「不一定，只要有興趣，什麼類型都看。」

「是喔？」

然後話題到這裡就中止了。

雖然我向來有信心，只要稍微謹慎些，就不會讓人輕易看穿我眞實的情緒，但唯獨面對曼書學姊我不敢大意，只能更加小心，不讓她察覺出任何端倪。

「還沒找到想看的？」大概是見我盯著書架太久，曼書學姊又問。

「嗯，好像沒有特別感興趣的。」

「我聽館長說過幾天要進一批新書，說不定會有妳喜歡的，到時再來找找吧。」

不知道是不是因爲比平時多聊了幾句，我感覺曼書學姊的語氣漸漸沒那麼冷漠了。

雖然她臉上沒什麼表情，可是從窗外傾灑進來的溫和陽光，讓她的側臉線條看起來柔和許多，眼珠也變成透明的亮褐色，細長的睫毛更像鋪上一層薄薄的金粉，隨著她每次眨眼一閃一滅。

空氣裡的凝重似乎一掃而空，我突然有股衝動，想問她一件我放在心上很久的事，現在或許正是時候。

「曼書學姊，我能問妳一件事嗎？」

「問啊。」

「妳爲什麼會覺得我在不同的人面前，會有不同的樣子？」

曼書學姊將手中的書放回架上，「妳一直很在意我這句話？」

「也不是，我只是在想，是不是我有些行爲讓學姊看不慣？因爲我的確不明白，妳爲什麼會這麼認爲……」

「當然，這是我多次觀察以後才做下的結論。」她微微嘆息，沒有再拿起任何一本書，卻也沒有看我，「我注意過當妳分別跟羽菁、我，或者是跟其他人說話的時候，妳的態度都不太一樣。妳很清楚在什麼時候、在什麼人面前，說出什麼話是最安全妥當的，而且掌握得很好，像個出色的演員。」

語畢，她的目光穩穩地落在我的臉上，「就像現在，妳明明很怕我，卻還能用從容冷靜的態度面對我，甚至用和我一樣的語氣、節奏與我交談，而且不會讓人覺得刻意或反感，也許這是妳心裡認爲最安全、也最不會得罪我的方式吧。看過漫畫《千面女郎》嗎？妳就像女主角一樣擁有各種不同的面具，不僅可以變換自如，還能『演』得讓別人信服。」

我整個人呆住了，生硬地回話：「學姊的意思是……妳認爲我是雙面人？」

「我倒是沒這麼想，其實我也認爲，偶爾爲自己換上不同的面具是好事，畢竟在不同人面前，態度當然不可能一樣；只不過，我會希望妳別做得太過，爲了隱藏自己而一直迎合別人，結果讓面具越來越多，到最後忘了自己在面具底下的眞實樣貌，那就麻煩了。」

說完，她突然噗哧一聲，露出我從未見過的淺淺微笑，「我居然正經八百地對妳說這些有的沒的。抱歉，只要一談到比較嚴肅的事，我就很容易讓氣氛變得沉悶，這點羽菁也念過我。」她隨即換了個話題，「有個作家名叫光禹，妳看過他的書嗎？」

我搖頭。

「既然妳沒找到喜歡的書，那妳把這本書借回去讀讀看吧，我滿欣賞他的作品。」她從書架上抽出一本深藍色封面的書遞給我，「就這樣，我先走了。」

當曼書學姊推開門走出去，我才發現館長不知何時已經回來，他提醒我午休時間快到了，要我盡速辦妥借書手續回教室去。

那天晚上，我的東西已經全數搬到隔壁的小房間，我也開始睡在那裡。

沒有芮娜在旁邊吵鬧，迎來了久違的寧靜，我打從心底深深鬆了一口氣。做完功課，我拿出曼書學姊今天推薦的那本書，開始閱讀。

那本書的書名是《昨日的叛逆》，讀了幾頁，覺得內容很不錯，然而我翻動書頁的速度卻越來越慢，書裡的文字也越來越模糊，最後眼淚終於溢出眼眶，滴落在書頁上。

其實，並非是書中內容觸動了我，這股情緒來得太過突然，我分辨不出自己淚流滿面的理由，只能慶幸現在是一個人在房間裡，沒有誰會看見我這副模樣。

如果這一天可以重來，我絕對不會踏進圖書館。

如果這一天沒有遇到曼書學姊，我還可以繼續爲她上次若有似無的諷刺而感到不滿；如果沒有聽到曼書學姊今日所言，我還可以繼續全心全意站在羽菁學姊那邊，爲她的處境心疼，相信身不由己的羽菁學姊才是最可憐的人。

如果曼書學姊沒有露出那樣的笑容，我甚至還能繼續壞心眼地想，說不定就是因爲她總那麼冷漠高傲，喜歡話中有話、句句帶刺，吳仲謙才會喜歡上溫柔體貼的羽菁學姊……

事已至此，我很清楚自己什麼也不能做，更無法自以爲是地替他們三人想辦法，只能如曼書學姊所說的，在她們面前繼續戴著好學妹的面具，扮演好我的角色。

我唯一不懂的是，此刻仍淚流不止的我，臉上戴著的面具究竟是哪一副？無論我如何努力去想，始終想不明白。

◆

晴空萬里的週六上午，我獨自沐浴在暖呼呼的陽光下，專注地看著窗外的一望無際。接起羽菁學姊打來的電話，她話聲溫柔：「永恩，妳在做什麼？在家嗎？」

「沒有，我在火車上。」

「火車？妳今天去找妳媽媽嗎？」

「是啊，學姊妳有沒有想吃什麼點心？我幫妳帶回來。」

「呵呵，不用了啦，妳難得和妳媽媽見面，就不要忙別的事了。我今天打給妳，是有一些事想跟妳說。」

「什麼事？」

她停頓了一下，「其實，上次我跟妳說的那個祕密，我已經告訴吳仲謙妳知道了。」

「什麼？」我愕然，「妳跟他說我知道這件事？那他不會生氣嗎？」

「一開始他不能理解，但他知道我和妳非常要好。我再三保證妳絕對不會說出去，他才沒有生氣。」她緊接著道：「不過永恩妳別擔心，我沒有告訴吳仲謙妳的祕密，這件事我不會跟任何人說的。」

「嗯，我知道，我相信學姊。」我的心跳微亂，「那妳是什麼時候告訴他的？」

「昨天晚上，補習班下課後他來接我，其實他很能理解我一直以來的心情，所以即便我把祕密告訴妳，他也不忍苛責。」

我沒有回應。

那時吳仲謙之所以會對我微笑並點頭致意，也許就是因爲他知道我認識羽菁學姊，而且情同姊妹，態度才會那麼友善。

「永恩？怎麼了？」

「沒什麼，學長他能理解那就好。」我回過神，穩住心思，「學姊妳還有什麼事要告訴我嗎？」

「嗯，明天是曼曼的生日，她喜歡看電影，我跟仲謙打算請她看電影，晚上再一起去唱歌。我想人多會比較熱鬧，打算邀請妳一塊來，我相信他們不會介意的。妳……願意來嗎？」

聽到這裡，我的喉嚨湧上一絲苦澀。羽菁學姊應該是因爲不想看著吳仲謙和曼書學姊在她眼前濃情蜜意，那場面會讓她既心痛又尷尬，所以才希望我能去陪她。

如果沒有在圖書館遇到曼書學姊，我一定義不容辭答應，因爲我不忍讓羽菁學姊獨自面對這一切。

如果那一天我沒有去圖書館……

「對不起，學姊，明天我正好有事，我爸要開車載我們全家去兜風。」我撒了謊。

「這樣啊……沒關係，妳就好好跟家人去玩吧，我們下次再約。那下禮拜見嘍！」

當我放下手機，羽菁學姊最後那略顯失落的嗓音，一時半刻還在我耳邊迴盪不去。

一個小時後，我走出火車站，繞進車站附近的一條小巷，踏入一間日式餐廳。

和我約好碰面的那個人正在講手機，已經開始用餐了，因此我直接在她對面坐下，逕自看起菜單。

「我早餐還沒吃，等妳等得太餓，所以先吃了。」通完電話，她拿起餐具對我說。

「沒關係，媽妳就先吃吧。」我把一袋禮盒放在桌上，「這是別人送給爸的名產，爸要我拿給妳。」

媽媽瞥了禮盒一眼，眼裡透出冷冷的鄙夷。

「這陣子家裡怎麼樣？」

「嗯，老樣子，爸爸和阿姨還是經常吵架，吵完之後就會陷入冷戰。」在媽媽面前，我一向稱呼二媽爲「阿姨」，她也一直以爲我是這麼叫對方的。

「哦？有吵得比當年我跟妳爸還凶嗎？」

「有，阿姨總是讓爸爸傷透腦筋，他覺得阿姨既無理取鬧又很強勢，所以常覺得無奈，不曉得該拿她怎麼辦。」

身爲媽媽的女兒，很早以前我就明白一個道理，有時說謊並非出於惡意，只是爲了讓某些事情變得比較容易。

爸媽離婚的這幾年，我每個月都會固定跟媽媽見一次面，和她一起吃飯。

二媽搬進家裡的那一年，我時常被媽媽的冷言冷語刺得體無完膚；每當她心情不好，她說的話總是刻薄帶刺，眼神鄙夷，作風和虎姑婆簡直如出一轍。

我之所以會對虎姑婆如此戒愼恐懼，就是因爲她和媽媽實在太像了；小時候光是聽見媽媽生氣上樓的腳步聲，就會讓我緊張到胃絞痛。

再次在學校看到虎姑婆，都會讓我覺得彷彿看到了另一個媽媽。從前媽媽對我不盡滿意，現在我就努力得到虎姑婆的肯定，並非希望能藉此獲得她的重視，而是這樣才能讓我得以平靜度日，至少不必再像小時候那樣，老是得擔心媽媽的情緒炸彈又會在何時何地突然爆發。

那樣的日子我不想再經歷一次，所以當個性隨和的二媽搬進家裡，我不但不排斥，甚至願意喚她「二媽」來討她歡心。只是在媽媽面前，我怎樣也不能表露出這一面，我必須和媽媽一起同仇敵愾，與她站在同一陣線，敵視二媽及芮娜，畢竟她到現在都還認爲，她跟爸會離婚是因爲二媽的介入。

所以聽到我故意說出的謊話時，媽媽表面上沒什麼反應，只是摸了摸左手無名指上的金戒指，但微揚的脣角還是藏不住那一抹得意。

「妳看？我說的是不是沒錯？人在做天在看，做了對不起別人的事，怎麼可能會幸福到哪裡去？這種見不得光的關係，本來就不可能長久。」

她用慈母的口吻叮囑我：「所以永恩妳一定要記住，做錯事就是做錯事，沒有什麼不得已或苦衷，那些犯了錯的人，最後都會遭到報應。妳覺得我說得有沒有道理？」

「嗯，媽說得對。」我點點頭，不打算和她爭辯。

我與媽媽的午餐約會在一個小時後和平落幕。

這天她心情不錯，就算得知我這次考試掉到第六名，也只有些許不悅，沒有一直板著面孔。

送媽先離開後，我在車站附近又逛了一下才返家。

「我們是偷偷在一起的。」

「做了對不起別人的事，怎麼可能會幸福到哪裡去？」

「我也知道不能這麼做，但我就是沒辦法阻止自己的心。」

「做錯事就是做錯事，沒有什麼不得已或苦衷，那些犯了錯的人，最後都會遭到報應。」

和母親吃飯的時候還沒有感到什麼異狀，回家途中我卻開始覺得胃疼。

走進巷子，隔壁的梅子阿姨正站在門口清掃落葉。

她向我打招呼，「永恩，妳今天去看媽媽啦？她過得好嗎？」

「嗯，很好，妳是聽我爸爸說的嗎？」

「是呀，阿姨中午打電話到妳家，想叫妳和芮娜一起過來吃飯，結果妳爸爸說今天是妳和媽媽見面的日子，所以就只有芮娜過來，她現在還在裡頭跟妳連叔叔打牌，妳要不要也進來？阿姨有準備妳喜歡的甜饅頭，進來吃一點吧！」

我頓了頓，歉然地婉拒，「阿姨，不好意思，雖然我很想吃，可是我中午吃太多了，現在胃有點不舒服。下次我再過來吃飯好嗎？」

「沒關係，今天妳就先回家休息吧，坐這麼久的車應該也累了。妳和芮娜已經好一段時間沒過來吃飯，所以我特別煮了妳們喜歡吃的菜。現在彥桀跟他姊姊都不住家裡，還好妳們還會過來陪我們吃飯，不然平常只有我和妳連叔叔兩個人，多無聊啊！」

梅子阿姨雖然是笑呵呵地說著，我卻聽得有些心酸。

「大哥哥他現在……工作還是很忙嗎？沒打算回來看看？」

「唉，他怎麼會不想回來看看呢？還不是妳連叔叔，說彥桀當年那樣離家出走，把他的面子全丟光了，到現在還不肯讓他回來家裡。這對父子的脾氣簡直是一樣硬！他爸叫他事業成功之前不准回來，他就真的不回來，只有過年去花蓮的爺爺奶奶家，父子倆才會見到面。唉，其實如果眞想看彥桀，只要搭車去台北就好，而且那孩子偶爾也會打電話回來。對了，彥桀有沒有打過電話給妳？」

見我搖頭，阿姨一副不可置信的樣子，氣得瞪大眼睛，「連彥桀這死孩子，離開這麼久，居然連通電話都沒有打給妳。我看他以前那麼疼妳，還以爲他有跟妳聯絡。阿姨晚上幫妳罵他，叫他有空就打給妳！」

我嚇一跳，連忙阻止，「阿姨，沒關係，反正以後一定會見到面的嘛。大哥哥現在工作很忙，用不著爲這種事打擾他啦！」我一陣心跳加速，「那阿姨最近……還有要去台北看大哥哥嗎？」

「有啊，我月底有事要回娘家一趟，會順便去台北看看他跟彥慈，聽說彥桀最近交了一個女朋友。」阿姨神情愉悅，拍了拍我的背，「好了，永恩妳快回家休息吧，晚點阿姨讓芮娜帶一些甜饅頭回去給妳。」

那天的時間似乎走得特別快，我靜靜地躺在床上，盯著天花板出神，沒過多久，房間卻逐漸染上夕陽餘暉，直到房間完全浸在一片橙光之中，我才想起回來後還沒有吃藥，但胃痛的感覺不知何時已經消失了。

「聽說彥桀最近交了一個女朋友。」

我用力翻了個身，確定自己沒什麼睡意，乾脆下床，拖著依舊沉重的身軀打開房門，瞥見一個塑膠袋掛在門把上。

袋子裡裝了幾顆甜饅頭，餘溫猶存，似乎是剛掛在這裡不久。

經過芮娜房間，門是敞開的，但她不在裡面。我原以爲我搬到隔壁房間後，芮娜就會改睡下鋪，結果她仍睡在上鋪，下鋪則維持我搬出去後的一片空蕩，原本放書桌的地方也是如此。

我輕嘆了口氣，伸手替她掩上門。

◆

隔日中午，當我在舊教學大樓吃便當時，心頭還是沉甸甸的。

坐在我旁邊大口呑嚥飯糰的陳易楷口齒不清地說：「謝永恩，拜託妳別再一臉死氣沉沉了，看到妳這個樣子，再美味的食物也變得不好吃了啦！」

說完，他冷不防從我便當裡偷走一顆炸花枝丸，我立刻瞪了他一眼。

「眞受不了你們這些資優生，考不好下次再努力就好啦。如果只是考差了就一副要死不活的樣子，我會很爲妳的將來擔心耶。人生又不是只有考試，妳就看開點吧。」

聽他老氣橫秋地說出與芮娜相似的話，我定睛看他，「那你的人生有什麼？」

「我爸、我媽、學校、教官、訓導主任、妳。」

「爲什麼會有我？」

「我現在的生活就是圍繞著你們這幾個人打轉啊，至於以後的人生會有什麼，等以後再說，現在想又沒用。」

我目光不動，「你沒有其他朋友嗎？」

「我之前就說過啦，我經常搬家，很難跟朋友維繫情誼，所以我也懶得與人深交。」

「如果你之後又轉學，我不也跟那些朋友沒兩樣？」

「妳不一樣。」

「哪裡不一樣？」

「當然不一樣。」他理所當然地回答：「因爲妳是我第一個喜歡上的女生，意義當然不一樣！」

我先是一愣，隨即又說：「你當我失憶了嗎？明明你前幾個月才跟別班的副班長你儂我儂，而且我不相信你之前沒交過女朋友。」

「哎唷，那些都只是逢場作戲啦。沒辦法，誰教我長得挺帥的，只要可愛的女孩子主動接近我，我實在不太會拒絕。我眞的沒騙妳，雖然我跟別的女生交往過，可是眞心喜歡上的女生妳是第一個，我是說眞的。」

聽他說出逢場作戲這四個字，讓我忽然想扁他，「少油腔滑調，就算你說破嘴我也不信。還有你不用再勸我了，我心情不好不是因爲考試的事，你就別再胡說八道了。」

「那不然是爲了什麼？失戀？」

我頓時全身一僵。

「眞的？我猜對了？眞的是失戀？謝永恩妳有喜歡的人？是誰？誰誰誰？」

他連珠炮般的發問換來我的厲聲喝斥，「陳易楷，你再問我馬上走人！」

「好嘛好嘛，我只是太意外了，所以妳眞的失戀了？沒關係，反正全世界的人口這麼多，一定會有更好的人出現，比如我啊。所以妳就別難過啦，既然對方甩掉妳，妳就再找個更好的對象讓對方瞧瞧！」

我望著地面，小小聲地說：「不是你想的那樣。」

「不是？難道是妳暗戀人家？唉，那也只能節哀順變啦。不過謝永恩，至少妳還會喜歡上某個人，不是只會關在教室死讀書，這樣我就放心了。不然整段青春歲月裡連個喜歡的人都沒有，是件很悲哀的事妳知道嗎？」

聽到這種莫名其妙的說法，竟讓我嘴角忍不住失守。

「陳易楷，你很白癡欸！」

「終於笑了。這位大姐，妳知不知道妳有多難哄？這比被教官念三個小時還要讓我頭痛。」他故意做出擦汗的樣子，我邊笑邊搥了他一記肩膀。

被陳易楷這樣亂七八糟安慰了一通，很不可思議的，我的心情居然眞的舒坦了些。

雖然我仍舊不相信他的告白是認眞的，但他今日所言，讓我對他有些改觀，不再認爲他只是個油嘴滑舌又沒個正經的傢伙。

當天放學，我在校門口等羽菁學姊，我們約好要在她補習前一塊去吃晚餐，突然有人拍了拍我的肩膀，轉頭一看，是曼書學姊。

我很意外，曼書學姊居然會主動跟我打招呼。

「羽菁現在人還在辦公室，妳再等個五分鐘吧。」她說。

我點點頭，「好，我知道了。曼書學姊妳要直接回家了嗎？」

「沒有，我晚點要跟我男朋友去逛夜市，他社團還有事要處理，所以我先到隔壁超商等他。」

「這樣啊？」我隨即想起一件事，「對了，曼書學姊妳推薦給我的那本書，我已經看完了，眞的很好看，謝謝妳。還有，聽說昨天是妳生日，羽菁學姊之前有邀請我參加你們的聚會，可是我臨時有事沒辦法去，不好意思。」

她聳聳肩，「沒什麼，我本來只打算看場電影就好，但羽菁跟我男朋友都說想唱歌，我只好陪他們去了。妳不用爲這種事感到抱歉，沒關係的。」

當曼書學姊說出「我只好陪他們去了」這句話時，我竟全身一陣顫慄，頭皮也跟著發麻。

大概是因爲羽菁學姊和吳仲謙的事，才會讓我對這句話特別敏感。

我很快又想到另一件事，低頭從書包裡取出一張繫著金色緞帶的咖啡色書籤，雙手遞到她面前，「曼書學姊，這是我上禮拜六出去玩的時候買的，我覺得很漂亮，送給妳，就當作是生日禮物。」

「這樣好嗎？妳不是也很喜歡？」

「沒關係，我有多買一張，所以這張送妳。」

她接過書籤，淺淺一笑，「謝謝。」

能跟曼書學姊破冰，雖然讓我鬆了一口氣，不過和她的相處越是和諧，我心裡的罪惡感也就越深。

隔日，羽菁學姊又約我到圖書館旁邊的涼亭吃飯，曼書學姊也過來跟我們一起用餐，她飯糰才吃沒幾口，就翻起剛剛在圖書館借的書。

「曼曼，不要邊吃邊看書啦，這樣很容易消化不良。」羽菁學姊勸道，扭頭笑著告訴我，「曼曼是個超級大書蟲，看書看得很快，上次她男朋友送她一套五冊的小說，她居然只花兩天就看完了，兩天喔！」

如果換做別人，也許不曉得此時應該做出什麼表情才好，畢竟要在曼書學姊面前和羽菁學姊自然地聊起吳仲謙，我認為並不是一件容易的事。這樣的羽菁學姊縱然可悲得令我心疼，但明知這一切卻依然能笑著配合她的我，難道就不可悲？

我實在不敢看自己現在的臉。

「羽菁，我先把書拿回教室，妳等等幫我買瓶水回來好嗎？我沒有手拿了。」

「嗯，好。曼曼妳一次借太多本書了啦。」瞥見曼書學姊順手把我送她的書籤夾在書裡，羽菁學姊眼睛一亮，「咦？妳什麼時候有這張書籤的？之前沒看過耶，好漂亮，是妳新買的嗎？」

我全身泛起一陣涼意，要是羽菁學姊得知那張書籤是我送的，會不會覺得奇怪？

她會不會以爲我跟曼書學姊之間有什麼事沒讓她知道？甚至開始懷疑我？

只見曼書學姊搖搖頭，雲淡風輕地回：「不是，是別人送的。」

曼書學姊的回答讓我很驚訝，她沒有明說是我送的，就連說話的時候也不曾看向我一眼。

羽菁學姊不疑有他，沒再追問，然而曼書學姊的反應卻一直使我耿耿於懷，直到睡前仍爲此反覆思索。

爲什麼曼書學姊沒有坦白告訴羽菁學姊那張書籤是我送她的？

無論怎麼想，她都沒必要對羽菁學姊隱瞞這件事，但那時的她也不像是懶得解釋才這麼說。儘管我安慰自己無須過分在意，然而內心深處湧上的不安卻始終未消，彷彿在暗示我：曼書學姊這麼做的動機並不單純。

她之所以對羽菁學姊閉口不提，或許是知道一旦說出口，就可能會影響到我與羽菁學姊之間的關係，但不是小家子氣的那種吃醋，而是基於某個更深、更重要、更無法明說的理由……

我不敢再想下去，也不想再這樣疑神疑鬼。曼書學姊和羽菁學姊看起來感情仍然很好，事情應該不會是我猜測的那樣。

但是那天晚上，我卻夢見媽媽，夢裡的她又對我說了一遍那句話。

「做了對不起別人的事，怎麼可能會幸福到哪裡去？。」

我甚至記得自己在夢中不斷安慰自己，只要小心點，曼書學姊不會發現眞相的。只要誰也不說，眞相就不會被揭穿。

「謝永恩！」

從導師辦公室返回教室的途中，有人從後方叫住我。

回頭一看，吳仲謙快步朝我走來，把手上的幾本英文作業簿交給我，見我一臉困惑，他才說：「英文老師叫我把這些拿給妳，你們班上的學藝漏拿了幾本。」

我伸手接過，「謝謝。」

「不客氣。」他莞爾一笑，旋即轉身離去。

吳仲謙突然主動和我說話，讓我嚇了一跳。回到教室以後，我才發現自己的作業簿就被放在第一本。

我在椅子上坐下，翻開作業簿，想看看老師批改了些什麼，卻看見一張便條紙夾在作業簿裡。

謝謝妳替我們保密。

便條紙上的那行字讓我驟然瞪大了眼，這時身旁忽然傳來一聲：「欸。」

我嚇得立刻用力闔上作業簿，桌子也發出砰的一聲。

芮娜見我舉動明顯有異，疑惑地問：「妳在幹麼？」

「沒、沒有。」我驚魂未定，心跳飛快，完全沒有察覺芮娜是何時走到我身畔的，「有什麼事嗎？」

「我今天放學要跟朋友出去玩，不回家吃飯，幫我跟我媽說一聲。」

「知道了。」

待芮娜離開，我環顧四周，確定沒人注意我，才小心翼翼地翻開作業簿，仔細端詳那張字條，最後確定這是吳仲謙寫給我的。

我不敢相信吳仲謙會做出這樣的事，他到底有沒有搞清楚狀況？要是剛才被芮娜看見，就算她不知道字條是誰寫的，但再這樣下去，這個祕密遲早會被別人發現。

他知不知道這樣做有多危險？

我第一次對吳仲謙生起了不滿，他是否想過接下來該怎麼辦？他究竟要欺騙曼書學姊、讓羽菁學姊受困於這種見不得光的關係到什麼時候？

好不容易花了一夜才得以稍微平復的心緒，又因爲這張字條開始惴惴不安。掙扎到最後，我還是決定不告訴羽菁學姊這件事，我不曉得要怎麼看著她的臉，說出要吳仲謙行事謹愼小心一點這種話。

然而有時候，我又覺得自己其實並不了解羽菁學姊眞正的想法。

她給我看過一些她的隨身小物品，像是書包吊飾、耳機、筆袋和記事本等等，然後告訴我，吳仲謙也有一模一樣的東西；而吳仲謙還是會在她補習結束後，帶她去其他地方走走，再送她回家。

在我眼中，他們兩人就像是行走在鋼索之上，每一步都如履薄冰，稍有失足就會摔得粉身碎骨。但我依然無法開口勸阻羽菁學姊，我怕她傷心、怕她哭泣，她初次向我坦白時的脆弱模樣，至今仍深深印在我腦海裡。

面對這樣的她，我實在不忍要她放棄，也不忍在她爲吳仲謙笑得甜美幸福的時候，說出如此殘酷的話。因此我還是只能選擇不說，什麼都不說。

但並不代表這樣脆弱的幸福就能長久維持。

紙終究包不住火，就在寒假過後，第二學期開始的二月下旬，羽菁學姊和吳仲謙私下交往的事終於爆發開來了。

但這件事之所以會爆發，是因爲在這之前，另一件更可怕的事發生了。

一個下著大雷雨的午後，羽菁學姊被人發現倒臥在學校廁所昏迷不醒，地上到處都是怵目驚心的血跡。

當時她的身邊，有著一具滿是鮮血、冷冰冰的嬰兒屍體。

◆

羽菁學姊沒有再回到學校上課。

她在學校廁所流產的事令全校譁然，也震撼了外界，連新聞都短暫報導過。學校人人都在討論此事，好奇那孩子的父親究竟是誰，那些潛伏在暗處的謠言紛紛浮上了檯面，排山倒海而來。

有人表示曾看過羽菁學姊跟一個長得很像吳仲謙的人晚上在外面手牽手散步；她班上的同學也說，之前發現羽菁學姊和吳仲謙選用多款相同的隨身物品時，就覺得有點奇怪了，沒想到兩人眞的偷偷在一起。

所有老師都避談這件事，唯有虎姑婆毫不留情地嚴厲怒罵，而且在自己帶的班級罵得最凶。她激烈痛批羽菁學姊完全失去了作爲學生的資格，是全校的恥辱，甚至斷言她這一生都毀了，再也不可能翻身。更威脅我們誰要是敢做出這種傷風敗俗、讓學校名譽掃地的事，她絕對不會輕饒。

即便羽菁學姊是虎姑婆曾經帶過的學生，她也完全不留情面，將羽菁學姊視爲負面教材，瘋狂地肆意羞辱，目光還不時掃過我幾次。

我不知道她是不是藉此特意在警告我，但我知道現在很多人都對我議論紛紛，畢竟以我和羽菁學姊的交情，眾人都認爲我一定早就知情，可是我不但替羽菁學姊隱瞞，還幫著她一起欺騙曼書學姊。

事情爆發至今，我只見過曼書學姊一次。學校爲了調查羽菁學姊的事，把我叫去訓導處，我踏進訓導處時，曼書學姊像是剛被問完話正要離開，她明明也看到了我，卻什麼話也沒說，與我擦身而過。

我不知道她是用什麼表情看我的？當下我根本無法抬頭正視她，更不敢猜想她是否清楚我其實知情？

我很想和羽菁學姊聊聊，但她的手機始終關機，打到她家找她，電話卻立刻被她爸媽掛斷，讓我更是心急如焚，茶飯不思。

爸爸和二媽見我爲了此事餐餐食不下嚥，也不敢多問；只有芮娜不受任何影響，她每天吃飽飯就坐在沙發上看電視，不時被綜藝節目逗得哈哈大笑，她那種置身事外的態度令我心生惱怒，氣得躲回房間。

羽菁學姊被關在家裡，靜候校方懲處，吳仲謙也暫時沒辦法來學校。始終聯繫不上學姊的我無計可施，只能每天聽班上女同學妳一言我一語地議論學姊。

「我還是覺得劉羽菁問題最大，妳看她每次說話都是嗲聲嗲氣的樣子，聽了就好討厭！不過我眞沒想到她會做出這種事，果然人不可貌相。」

「搞不好她就是用這一招勾引吳仲謙的吧？看起來那麼乖，私底下卻跟好朋友的男友亂來，可見她心機有多重，居然連肚子都被搞大了，沈曼書眞可憐。」

「所以外表看起來越乖的就越不能相信啦！」

她們故意用我能聽見的音量交談，縱使每一句都讓我心如刀割，我卻什麼話也反駁不了。

在某些人眼中，我就是羽菁學姊的共犯，都是傷害曼書學姊的背叛者。

禁不住等待的煎熬，事發後的第三個禮拜，我直接跑到羽菁學姊家，摁了幾次門鈴，卻無人應門。

我沮喪地離去，然而那天深夜，我意外接到羽菁學姊打來的電話。

當我聽到她的聲音，心臟跳得飛快，眼淚忍不住奪眶而出，一時之間差點連句完整的話都說不出來。

「學姊，妳還好嗎？身體怎麼樣？」

「我很好，抱歉害妳擔心了。」

我擦掉眼淚，「妳這陣子都在做什麼？」

「我一直在家休息，醫生說我的身體需要調養。我的手機被沒收了，爸媽不准我用電話，也不准我出門，所以一直沒辦法聯絡妳，對不起。」

「沒關係，只要知道妳沒事就好。」我調整呼吸，想了想，決定不在此時問起她跟吳仲謙的事，「那妳什麼時候能回學校？」

「我不會回去了，學校通融我在這段期間在家自學，還是可以領到畢業證書。」她的聲音輕輕的，始終聽不出什麼情緒。

「……那就好。」我鬆了口氣，「學姊，我可以去看妳嗎？」

「目前應該沒辦法，妳也知道我爸媽很嚴格，現在管我管得更緊了，這陣子他們都把我關在家裡，不讓我見任何人，大概是怕影響我的心情吧。而且現在這種情況不回學校上課也好，我知道我的事鬧得沸沸揚揚，就算回學校也很難待下去。只是對妳眞的很抱歉，這陣子我一定害妳承受不少異樣的眼光吧？尤其是虎姑婆，我可以想像她在大家面前狠狠罵我的樣子，一定凶死了。」

我破涕爲笑，「對啊，超凶的，簡直跟眞的虎姑婆一樣。」

我們兩人都忍不住笑了好一會兒，笑聲停歇後，卻迎來一陣略顯尷尬的沉默。

「永恩，」良久，學姊提議，「我們來猜拳，好不好？」

「猜拳？爲什麼？」

「妳曾經跟我說過，妳以前暗戀的大哥哥在離家前跑來找妳猜拳，說只要妳贏了，你們就會很快再見面。當時我就覺得這個故事很美，所以現在也想這麼做，想賭賭看我和妳的約定會不會成眞？」

我有些疑惑，「什麼約定？」

「等猜完拳我再告訴妳。那麼，等到我喊完剪刀石頭布以後，我們再一起喊出自己要出什麼，好嗎？」

我應了聲好，接著就聽見學姊緩緩吸了口氣，一字一字清楚念出：「剪、刀、石、頭、布——」

下一秒，我們同時出聲。我喊了石頭，學姊則是剪刀。

「永恩贏了。」學姊語帶笑意，「太好了，我們的約定會成眞。」

「是什麼約定啊？」我又問了一次。

「就是之前妳來我家，我們一起說好的那個約定呀。我會考上理想中的大學，兩年之後，妳也會考上我念的大學，然後我們會住在一起，每天一起吃飯，一起去上課，一起享受大學生活。我賭的是，只要永恩妳猜拳贏了，這個約定就會很快實現。」

我鼻頭一酸，又莫名想哭。

「永恩。」

「嗯？」

「妳沒有把我和吳仲謙的事告訴任何人，對不對？」

我愣了愣，想也不想便答：「對，我沒有說，我從來沒有對任何人透露過半個字，我發誓！」

羽菁學姊沒有應聲，我以爲她不相信，正要再說些什麼時，就聽到她用近乎蚊鳴的音量低喃：「……妳眞傻。」

「咦？」

「沒什麼，時間很晚了，永恩妳該睡覺嘍，不然明天早上會起不來的。」

「那我什麼時候可以見到妳？這星期有辦法嗎？我還是很擔心妳。」

「哎呀，不行啦，我現在很憔悴，看起來非常醜，妳看到我一定會嚇一跳。」她咯咯地笑，「不過妳放心，我眞的沒事了，我的身體已經逐漸復元，我還跟爸媽說好下個星期六要一塊去爬山踏青呢，關在家裡太久了，眞的很想出去活動筋骨，等那天回來我再聯絡妳，到時候我們再約見面，好嗎？」

「好，學姊妳要保重，早點休息，晚安。」

「嗯，晚安，永恩。」

卸下心中大石，這一夜我終於能安穩入睡，不必因提心吊膽而輾轉難眠。

想到再過不久就能和學姊見面，就算聽到別人對她冷嘲熱諷，把她當成茶餘飯後的話題，我的心情也不再受到影響。不管怎樣，只要學姊人平安，那些紛紛擾擾的事我也不怎麼在意了。

我滿心期待著星期六那天能接到羽菁學姊的來電，所以一整天下來我哪裡也沒去，只是待在家裡等待，手機不敢離身。

然而，我從白天等到黑夜，卻遲遲等不到手機鈴聲響起。

晚上九點，我焦慮得在房間裡來回踱步，因爲我知道學姊是個守諾言的人，只要是答應我的事，她一定會做到。

到了十點，我無法再只是乾等，主動撥了學姊的手機，想不到對方很快接起，但接電話的那人不是學姊，而是她的母親。

我這才知道學姊其實騙了我。

她今天確實去登山了，但不是和家人一起，而是獨自前去。

她在清晨留下字條給父母，告訴他們她要去爬山，下午就會回家。

可是她沒有回來。

直到這一天結束，她仍然沒有回來。

我再也沒有見過羽菁學姊。

◆

芮娜敲我房門是在一分鐘前？還是一小時前？我沒有印象。

我只記得她探頭進來，滿臉無奈地喊：「喂，下來吃飯，我已經叫妳好幾聲了！」見我始終縮在床頭無動於衷，她索性放棄，翻了個白眼轉身就走。

這段期間我的手機響過幾次，都是老師與同學打來關心我的。

羽菁學姊在山上失蹤的第三天，我在課堂上突覺一陣天旋地轉，隨即失去了意識，等我再次張開眼睛，發現自己躺在保健室裡。保健室老師問我這幾天是不是都沒有好好吃飯、也沒有好好睡覺？她說訓導主任要我這幾天先好好在家休息，什麼都別多想，等心情穩定些再回學校……

我的腦子裡像是有群蜜蜂在瘋狂打轉，揮之不去的嗡嗡聲吵得我頭痛欲裂。

我在課堂上昏倒一事，似乎被傳了開來，幾個老師和交情不錯的同學都傳簡訊來為我加油打氣，輔導老師也特別關注我的身心狀況。只有虎姑婆除外，聽說她一開始還不願意讓我請假，擔心課業進度會落後。

陳易楷也有傳簡訊給我，在那之前，他連續打了好幾通電話，我都沒接。他明知打電話給我可能會被我痛罵一頓，也還是堅持打來，可見是真的擔心我。

那些簡訊跟來電我都沒回，我只希望下一個來電的人會是羽菁學姊，希望下一秒就能等到她平安無事的好消息。

可是我等不到。

我就這麼一天一天等著，等到警方放棄繼續搜救，等到身邊每個人都相信羽菁學姊不會回來了，我還是想堅持下去，不願放棄。因此，當校長在朝會上要全校師生為羽菁學姊默哀的時候，我必須要咬緊牙根、握緊拳頭，才能忍住跑上司令台奪走麥克風的衝動。我好想叫校長別亂說話，告訴他學姊還活著，她只是因為心情不好，所以到遠處散心去了，她很快就會回來的！

我不懂，為什麼沒有人相信學姊會回來？

為什麼沒有人願意相信她會回來？

「我有看到妳學校的新聞，聽說失蹤的那個女生到現在還沒找到？」跟媽媽吃飯時，她慢條斯理地切著牛排，以不帶感情的淡漠口吻問起這件事。

我點點頭，嘴裡緩慢地咀嚼著食物，卻遲遲沒有吞下。

媽媽不認識羽菁學姊，也不曉得我和學姊的交情，只是順口問起。

她嘆了口氣，搖搖頭，發出一聲冷哼，「眞不知道現在的小孩子在想什麼？書不好好讀，盡做出一些愚蠢至極的事。在學校廁所流產的醜事不久前才鬧上新聞，現在又自己跑進山裡不見人影，造成一堆人的困擾。年紀輕輕就這麼不檢點，不知道她爸媽是怎麼教的。」

她用紙巾擦擦嘴，繼續說：「妳看，就是因爲做錯了事，才會落到這種下場。現在還讓大家這樣拚命找她，爲她擔心，簡直是浪費社會資源，這種小孩是最不懂事的，也是最自私的。」

語畢，她朝我投來嚴肅銳利的目光，「妳在學校的時候注意一點，少跟這種人混在一起，更不准做出什麼丟人現眼的事，聽清楚了沒？」

我宛如缺乏自我意識的機器人，只能默默地點點頭，提不起力氣爲羽菁學姊說半句話。

然而，隨著學姊失蹤的日子越來越長，我隱隱感覺到，我的心裡似乎有什麼東西正逐漸失控。

「妳有聽說嗎？跟她曖昧的那個誠班男生，其實已經有女朋友了。」

「這樣不好吧？要不要乾脆勸她死了這條心？」

「當然要啊，要是他們繼續在一起，結果跟劉羽菁一樣不小心懷孕、弄出人命該怎麼辦？」

「哈哈，就是啊。要是再發生一次，我們學校就眞的名譽掃地啦！」

聽到和芮娜走得很近的那群女生，又以戲謔的口吻說著羽菁學姊的風涼話，我再也忍無可忍，起身走到她們面前，當著芮娜的面冷聲說：「妳們幾個可不可以管好自己的嘴巴？學姊都已經出事了，妳們還繼續拿她來開玩笑，會不會太過分了？」

見我臉色鐵青地跑來質問，她們起初一臉莫名其妙，卻也有些嚇到。

「我們說的是事實啊。」其中一人不服地反駁。

「就是嘛，我們只是在聊天而已。謝永恩妳幹麼突然對我們發脾氣？」

「而且我們又沒說錯，劉羽菁確實是懷孕啦。明明是她自己做錯事，怎麼可以怪我們亂說話？對不對，芮娜？」

原本坐在椅子上沉默不語的芮娜，此時卻露出似笑非笑的表情，抬頭問我：「眞奇怪耶，之前大家怎麼講劉羽菁妳都沒反應，怎麼現在就凶起來啦？妳覺得我們過分，那劉羽菁搶了沈曼書的男友，甚至還懷孕，妳怎麼就不覺得她過分？還是因爲她是妳心目中最溫柔善良、完美無缺的學姊，所以妳也被她洗腦，腦袋都變得不清楚了？妳不是一向最冷靜理智，不能接受任何不正當的事嗎？怎麼我們只是戳破她的假面具，妳就受不了了呢？」

我搧了芮娜一巴掌，清脆的巴掌聲讓教室裡不少人發出驚呼。

但芮娜也不甘示弱，她馬上站起來回我一巴掌，我們兩人當場扭打成一團，虎姑婆知道後，我們雙雙遭受重罰，不只聽她飆罵了整整一個多小時，假日還要來學校勞動服務。

回到家以後，爸見到我和芮娜臉上有傷，嚇了一大跳，然而不管他如何追問，我們誰也沒告訴他發生了什麼事。

芮娜並不是唯一一個賞我巴掌的人。

幾日後，某節下課，班上出現一陣小小的騷動，曼書學姊親自到班上來找我。

自羽菁學姊失蹤後，這是她第一次主動來找我，明明前不久才在訓導處與她擦身而過，我卻感覺已經很長一段時間沒見到她。

她約我放學後在圖書館旁邊的涼亭碰面，我依約抵達，她劈頭就問我是否有收到羽菁學姊寄給我的信？

「……信？什麼信？」我不知道她指的是什麼。

「羽菁寄了一封信給我，我想她可能也有寄信給妳，妳沒有收到？」

我搖搖頭，但她的話讓我心跳驟然加速，欣喜若狂，「學姊有寄信給妳？這就表示她並沒有失蹤？她還活著？」

這次換曼書學姊搖頭了，「郵戳上有日期，她是在登山前一天寄出的。」

原本燃起的一絲希望在剎那間被澆熄，我失神地垂下頭，一陣強烈鼻酸襲來。

「爲什麼羽菁學姊會發生這種事？爲什麼她偏偏會出這種意外？」我啞著聲問。

「那不是意外。」曼書學姊語氣平靜地說：「羽菁本來就不打算回來。」

我彷彿遭到五雷轟頂，瞪大眼睛，「曼書學姊妳說什麼？」

「羽菁從一開始就決定不再回來，從她寫給我的遺書裡就能看出來了。」

我猛搖頭，用力叫道：「羽菁學姊才不可能故意做出這種傻事，她去登山之前還答應過我，說她回來會跟我聯絡的，絕對不可能！」

曼書學姊沒接話，只是用沉默代替辯解，急得我雙手緊握成拳。

「為什麼她可以如此淡漠地說出這種話？為什麼可以斬釘截鐵地確定那是羽菁學姊的遺書？

就在這一刻，某個之前一直被我刻意忽略的念頭，突然在我腦中跳了出來。

我先是深呼吸，才顫抖著聲音一個字一個字問出：「曼書學姊……妳是不是早就知道羽菁學姊和吳仲謙學長的事了？」

「嗯。」她坦承不諱，毫不遲疑，「我很早以前就知道了。」

我一時之間無法反應，呆立許久，淚水才緩緩沿著雙頰滾落，「那羽菁學姊一定也發現了……她一定是發現妳早就知情，才會做出傻事的。因為妳一直在她面前裝作毫不知情，羽菁學姊才會越來越痛苦，罪惡感變得越來越深重；要是妳在她流產那時就選擇原諒她，告訴她妳並沒有生她的氣，她就不會想不開了！」

我越說越激動，也越說越失控，「妳為什麼不早點跟羽菁學姊說？妳為什麼不救她？如果妳一開始就原諒她，她就不會出事了！為什麼要這樣折磨羽菁學姊，為什麼？」

我話才一停，右邊臉頰隨即傳來一股火辣辣的疼痛。

曼書學姊賞的這一記耳光，讓我整個人頓時冷靜不少，猛地驚覺曼書學姊不知何時也已經淚流滿面。

直到這一刻，我才仔細看清曼書學姊的臉，她面色微微蒼白，人也瘦了一圈。在冬日餘暉的照耀下，我清楚瞥見她眼中的憔悴與疲憊。

一意識到自己剛剛說了些什麼，我既羞愧又懊悔，眼淚再次潰堤，泣不成聲，「曼書學姊，對不起……」

然後她頭也不回走出涼亭，消失在夕陽下。

她面無表情地擦乾淚水，從書包裡取出一封信遞給我，冷冷地說：「妳自己看吧。」

我打開那封羽菁學姊留給曼書學姊的信，一認出她的筆跡，我的視線又模糊了起來。

信中的字裡行間都是羽菁學姊的道歉，當我讀完這封信後，才知道原來早在羽菁學姊流產之前，曼書學姊就已向吳仲謙提出分手。

羽菁學姊猜到曼書學姊已經發現她和吳仲謙私下交往，也知道曼書學姊打算成全他們，那時羽菁學姊還未讓曼書學姊和吳仲謙得知她懷有身孕，就先不幸流產。

她始終沒有明確在信中寫出決定走上這條絕路的理由，只是不停地對曼書學姊道歉，說她無法繼續跟吳仲謙在一起，並向她道別。

但讓我情緒再也無法隱忍的，是羽菁學姊信末的幾句話。

曼曼，雖然我做了許多對不起妳的事，但還是希望妳能答應我一件事。

往後的日子，請妳替我照顧永恩。

她是我最重要也最珍惜的學妹，請替我多多關心她，這是我最後唯一的請求。

只要妳願意，這輩子我欠妳的，來生我一定還妳。

曼曼，請妳幫幫我，拜託……

我的淚水將信浸濕一大片。

再也壓不住嗚咽，我蜷縮著身體，將信緊緊貼在懷裡，哭得不能自已。

我在涼亭待了很久，回到家時已經天黑。

爸爸看到我紅腫的雙眼，焦急的臉上藏不住擔心，「恩恩，怎麼這麼晚回來？發生什麼事了？」

我沒答腔，想起曼書學姊今天問我的話，連忙用幾乎哭啞的聲音說：「爸，羽菁學姊失蹤之後，家裡有收到寄給我的信嗎？」

「信？」爸回想了一下，沒多久便「啊」了聲，立刻點頭，「有有有，是有一封寄給妳的信！」他從電視旁的櫃子裡找出一封信件，「在這裡，因爲之前妳的狀況不太好，所以爸爸沒有馬上拿給妳，結果不小心就忘記了，對不——」

我沒等爸說完，隨即搶過信件跑回房間，關上門後才定睛一看，果眞是羽菁學姊寄來的！

我竭力壓抑著心中的激動緊張，坐在書桌前謹愼地打開信封，在抽出信紙的那一刻，一張被摺起的小紙條跟著掉了出來。

還沒來得及注意那是什麼，我迫不及待地打開學姊寫給我的信。

永恩，妳看到這封信的時候，我應該已經不在妳身邊了吧？

對不起，欺騙了妳，我徹底傷害了妳跟曼曼。發生這麼多事，我已經沒有辦法再繼續面對曼曼，對於每個被我深深傷害的人，我除了抱歉，還是只有抱歉。

永恩，不要爲了我而怨恨吳仲謙，我並不恨他。

是我讓自己走到今天這一步，是我太天眞太懦弱，明知道這樣下去只會讓自己摔得更重更痛，但我就是放不開手，無法勇敢地離開那個讓我既痛苦又幸福的世界。

只能傻傻站在原地期待別人來拯救自己的我，無法怪罪任何人。

在我流產前，醫生跟我說，如果這次保不住孩子，往後可能再也無法懷孕了。

可以和心愛的人共組家庭，應該是每個女人的夢想，對嗎？

失去這個孩子之後，我知道上天已經不肯再給我機會了，因爲我爲了一段愛情，一次又一次拋棄自己，也傷害了許多人。

像我這樣的人，若還奢望能得到什麼幸福，恐怕連神明都會生氣吧？

永恩，不要跟我一樣傻。

往後沒有我陪在妳身邊，妳也要自己好好過下去。

還記得我們兩人曾一起在電話裡猜拳嗎？

其實那時候我賭的是，只要我贏了，我與妳的約定就會實現。

我說了謊，可是我不忍心告訴妳眞相。

對不起，永恩，我又騙了妳一件事。

跟妳分享祕密的那一天，其實我很高興。

因爲永恩妳相信我，就像我相信妳一樣，但由於我的自私，讓妳不得不共同背負我的祕密。

就算妳不說，我也知道妳心裡很難受，尤其是在曼曼面前，我明白這麼做很難爲妳，更讓妳難做人。即使如此，妳還是一直爲我守著祕密，明知道我犯了錯、做了不被允許的事，妳還是一心想保護我。

我很感動，卻也心疼這樣的妳，終究不忍再將這份壓力加諸在妳身上，逼妳陪我一起痛苦，甚至期盼從妳身上得到認同與解脫。

當我決定寫這封信時，同時也決定把妳的祕密還給妳。

在這世上除了我和妳，沒有任何人知道妳的祕密。

希望有一天，妳能得到屬於妳的幸福。

永恩，妳要幸福。

答應我，妳一定會過得比我更幸福、更快樂。

謝謝妳，永恩。

這輩子我們無緣繼續做姊妹，下輩子，我們就當眞正的親姊妹吧。

良久，我的目光才落向那張摺起的紙條。

那個下著雨的夜裡，我親手寫給羽菁學姊的祕密，此時已重新回到我身邊。

沒有弄髒、沒有毀損，看得出羽菁學姊是多麼用心地保存著它。

永恩，妳要幸福。

我再也哭不出聲音，只能靜靜淌著淚，心痛得什麼都感覺不了。

「妳沒有把我和吳仲謙的事告訴任何人，對不對？」

「對，我沒有說，我從來沒有對任何人透露過半個字，我發誓！」

「……妳眞傻。」

羽菁學姊到底爲什麼要告訴我她的祕密？

是眞心希望我能幫她隱瞞？還是希望我能揭穿她？

如果當初我沒讓她繼續錯下去，趁早將她從痛苦的泥淖中解救出來，結局會不會不一樣？

如果我曾經力勸學姊離開吳仲謙，現在她是不是就還會站在我面前？

如果那一天，與學姊最後一次通電話的那一天，我能聽出她話裡隱藏的訊息，一切是不是就還有機會挽回？

如果能早點得知羽菁學姊從一開始就是在向我求救，悲劇是不是就不會發生？

可是我什麼都沒能做。

我沒能來得及領悟，也沒能來得及伸出援手，就這麼眼睜睜地看著羽菁學姊痛苦到最後，讓她獨自消失在深山裡。

是我讓她一個人孤伶伶地留在那裡的。

淚水不斷無聲淌落，我揚起脣角，僵硬地笑了起來。

我渾身顫抖，越笑越誇張，那帶著濃厚鼻音的破碎笑聲，竟是那樣尖銳刺耳，簡直像是世上最恐怖的聲音。

好可怕。我對發出這種聲音的自己感到毛骨悚然。

我好可怕。

眞正讓羽菁學姊走投無路的人，竟然是我。

是我害死她的啊！

我失控地一會兒哭一會兒笑，雙手抱頭，再度蜷縮成一團，哭得撕心裂肺。

學姊。學姊。

縱使我在心裡瘋狂吶喊千遍萬遍，都再也喚不回她了。

我眞的永遠失去羽菁學姊了。

◆

那年的春天來得比往年遲了一些。

當暖和的陽光照在我身上，我居然還是覺得有些寒意，連指尖都是冰冷的。

即使身處於悶熱的舊教學大樓，我還是忍不住支使身旁的人脫下外套，好讓我穿上。

「謝永恩。我今天只穿一件背心來學校，妳現在又拿走我的外套，是想冷死我嗎？」

「誰教你懶得穿襯衫，自己看著辦。」我吸吸鼻子，不理會陳易楷的抗議，低頭繼續吃飯。

「妳不會是感冒了吧？」他才把手放在我額頭上，馬上被我拍開，「欸，好像眞的有點燙，要不要去保健室躺一下？」

「我沒事，你只要別一直關心我就好，不然我會更不舒服。」

他滿意一笑，「很好，冷淡又毒舌的謝永恩終於回來了。」他輕輕摸了摸我的頭，「看到妳這樣，我總算放心了。」

這次我沒有再拍開他的手，反而因他的這個舉動靜默了片刻。

「陳易楷，你之前說喜歡我，是眞的嗎？」

「眞的啊！」

「那你爲什麼喜歡我？」

「連妳這種高材生都會問這麼不時髦的問題？」被我敲了一記頭，他倒是笑得很開心，「好啦。我覺得妳這個人挺有意思的，表面上看起來乖巧溫順，其實脾氣很差，既冷酷又目中無人。但這樣的妳反而很有意思，要是妳眞像外表看起來那樣，我也不會時常跟妳廝混了。簡單總結一下，因爲妳是謝永恩，所以我才會喜歡妳。」

「前言和結論搭不上，零分。」

「好嘛好嘛，我再說得更仔細點。我會喜歡妳，不是因爲妳有多漂亮、多聰明或多了不起，跟那些都沒關係，單純是因爲妳是妳，所以我才會喜歡上妳的。」

我專注地看著他，「有多喜歡？」

「這——麼喜歡。」他張開雙臂畫了一個大圈。「怎麼？妳終於決定要跟我交往了嗎？」

「想都別想。」我蓋上便當盒，脫下外套還他，準備走人，「通知你一件事，以後我不會再來這裡和你一起吃午飯了，下禮拜記得別跑來。」

「爲什麼？」他很驚訝。

「因爲從明天開始我會和曼書學姊一起吃飯，所以很遺憾，我們兩個的午餐之約就到今天結束吧。」

「妳是說……那個沈曼書？」他似乎很意外，嘴巴嘛得高高的，「這樣以後我們要怎麼見面？」

「就不要再見面啦。」我故作冷漠，心裡卻想笑。

「謝永恩妳最好這樣對我！好，不定時碰面可以，但是以後我打電話或傳簡訊給妳時，妳一定要回，絕對不可以讓我找不到人，我不想再像前陣子那樣天天因爲妳而提心吊膽！」

「看我心情。」我甩頭就走，中途又停下腳步，「陳易楷，你這樣爲一個人擔心好嗎？如果你太在乎我，哪天你突然得轉學，還能像過去那樣乾脆地說走就走嗎？」

遲遲沒聽見他應聲，我回過頭去，發現他仍坐在那裡看著我，一言不發。

「老實說，」過了好一會兒，他才緩緩開口，「我不知道。」

「那你糟糕了，最好趕快跟我保持距離，要是捨不得我就麻煩了。」我脣角微勾，邁開步伐，沒多久卻又倏地止步，轉身問：「你剛剛說什麼？」

「嗯？沒有，我沒說什麼啊。」他一臉莫名其妙。

發現是自己聽錯了，我微微一愣，向陳易楷匆匆道別就離開了。

翌日中午，幾個經過圖書館要去福利社的學生，一看到坐在涼亭裡的我，不是投來各式意義難辨的目光，就是跟身邊的朋友竊竊私語，讓我有些坐立難安，到後來幾乎食不下嚥，忍不住望向坐在對座的那人。

「曼書學姊。」

「嗯？」她邊吃飯糰邊看著手中的書，連頭也沒抬。

我相信她一定也意識到那些目光，本來想建議她下次改到別處吃午餐，但看她毫不在意的淡定模樣，我默默打消了念頭，「妳中餐只吃這個嗎？妳好像很常吃飯糰，這樣營養不夠吧？」

「沒關係，學校餐廳的菜越來越難吃了，福利社的東西我也不喜歡，所以吃這個就好。」她從容回應，視線仍不離書本。

聞言，我思索了一下，主動提議：「這樣好了，以後由我幫學姊帶便當吧。我平常的便當都是自己做的，明天開始也幫妳多做一份，好不好？」

她終於抬眸，端詳我便當裡的菜色，「這都是妳自己煮的？」

「是啊，家裡平時是我爸下廚，我跟著他學，上高中後就自己準備便當了，因為我也不太喜歡學校餐廳，自己做的菜比較合胃口。」

曼書學姊的表情變得有些微妙，她靜默了一陣子，才淡淡地說：「不會麻煩嗎？」

「完全不會，準備兩人份飯菜的時間，其實跟準備一人份差不多，我只要再多買一個便當盒就行了。假如學姊喜歡的話，到學姊畢業之前，我每天都幫妳帶便當，好嗎？」

「嗯，謝謝。」她沒有推辭或婉拒，很自然地答應了我。

後來有很長一段時間，我每天都和曼書學姊一起在圖書館旁邊的涼亭共進午餐。

就算過往我曾對她失態大吼，曼書學姊也沒有因此而對我冷漠以待。

她不只願意接受我的道歉，甚至願意依照羽菁學姊的遺願，偶爾與我聯繫，關心我的生活。雖然她仍面色淡漠，不輕易表露出情緒，但我已經慢慢能與這樣的她自在相處。至於我心裡那道還在疼痛的傷口，也只有待在曼書學姊身邊時，才得以稍稍撫平。

只是，就算事情已經過去，當我和曼書學姊在一起時，還是不免招來一些閒言閒語。幸好和學姊相處久了，我也漸漸變得像她一樣，不去在意那些聲音。

至於吳仲謙，自從羽菁學姊在山裡失蹤後，就從學校銷聲匿跡。關於他的消息眾說紛紜，有人說他休學了，也有人說他只是在家避風頭，然後等畢業。

我曾不只一次想將他千刀萬剮，要他為羽菁學姊付出最慘痛的代價，只是當我想起羽菁學姊最後寫給我的信，想起被傷得最重的曼書學姊仍選擇勇敢前行，我就只能暫且放下這些心情，盡快堅強起來，陪她一起走過這段日子。

但我也想過，要曼書學姊對同樣欺瞞過她的我付出關心，對她而言，是否也是一種痛苦？

會不會她其實根本不想這麼做，只是為了羽菁學姊不得不勉強自己？若真是如此，我寧可她從此把我當成陌生人，我不想讓她覺得對我懷有責任或義務，更不想繼續折磨她的心。

當我這麼告訴曼書學姊時，她先是沉默，再淡淡地問了一句：「跟我在一起，妳覺得痛苦嗎？」

我馬上搖頭，眼眶發熱，「我喜歡和曼書學姊在一起！」

她對我露出一抹柔和的笑意，「那就沒事了。」

只要回想起她那時的笑容，我的眼前還是時常忍不住蒙上一層淚意。

和曼書學姊相處的時光，隨著她畢業的日子一天天接近而越來越少，可是我很滿足，也很高興能看見不一樣的曼書學姊。

畢業典禮那天，當我看著她代表畢業生站在台上致詞，忍不住又因爲想起羽菁學姊而淚流滿面。

如果她還在，現在就會跟曼書學姊一起開開心心地畢業了。

當我將一束花送給曼書學姊，她注意到我哭過的眼睛，沒有說話，只是紅著眼眶摸摸我的頭。

我相信曼書學姊此刻心裡所想的事和我一樣。

聯考放榜後，曼書學姊考上台北的大學，我這才有了她要離開的眞實感。去台北前，她答應會跟我保持聯繫，只要有空回來，就會跟我見面。

新學期開始，過去那些我最珍視熟悉的人都已經不在了。

各班依照類組重新進行調整，班上的同學有一半以上都是新面孔。

升上二年級，我和芮娜就不在同一班了。

跟她在班上打過那場架後，我們的關係算是徹底決裂。

不管在學校還是家裡，我們都不再交談，就算不得不和她同處一室，我也會用最冷漠的態度對待她。

我不再被她的言語或行爲激怒，也不再對她發脾氣，而是完完全全將她視爲只是住在同一個屋簷下的陌生人。

不光是她，自從羽菁學姊跟曼書學姊相繼從我身邊離開後，我也不再像去年那樣積極和班上同學維持友好關係，反而全心專注課業，不願與他人親近，因此在班上我並沒有特別要好的朋友。

因爲把精力都放在課業上，我上學期的成績始終穩穩落在前三名，其中還有兩次段考都拿下第一名，讓今年又成爲我們班導師的虎姑婆相當滿意，不再對我冷嘲熱諷，甚至比從前更常讚美我。

有一次芮娜和幾個朋友在走廊上遇到我，朋友問她：「欸，是謝永恩耶，聽說這次二年級的第一名又是她，妳們去年同班吧？她人怎麼樣？」

那時芮娜瞟了我一眼，訕笑著回答：「她呀，最喜歡裝模作樣了！」

現在的我，即便再被投以異樣的目光，我也不覺得如何，更不會被尖酸刻薄的言語左右情緒。從旁人眼中看來，我確實已經變得和過去不太一樣了吧，變得有些冷漠、有些難親近，對周遭的事也不怎麼關心，儼然是個只懂得讀書的書呆子。

就這樣，日子平靜安穩地來到第二學期，某一堂下課，我從廁所回到教室，發現班上同學紛紛轉頭覷著我，神情怪異。

我懷著納悶回到座位，後方的女同學悄悄告訴我：「永恩，剛才有人跑來班上說要找妳。」

「誰？」

「陳易楷。」

我面色一僵，心裡大吃一驚。

陳易楷竟然直接到班上找我，這種狀況是第一次發生！

我沒想到他會破壞我們之間的約定，做出這種絕對犯忌的事。每個同學看向我的表情都充滿疑惑，似乎好奇我跟陳易楷是什麼關係？

女同學繼續悄聲說：「我告訴他妳不在，他便向我借了紙筆，寫了張字條放在妳的抽屜，請我等妳回來時提醒妳一聲。」

「……我知道了，謝謝。」我語氣生硬，伸手往抽屜一探，果真有一張摺起的紙條。打開來看，陳易楷只短短寫了一句：「今天放學，老地方見。」

他的字跡潦草雜亂，像是倉皇之中寫下的。

我默默收起紙條，無視眾人的側目，匆匆離開教室。

站在樓梯口，我拿起手機打電話給陳易楷，準備狠罵他一頓，卻無法接通。

我只好傳簡訊給他，過了一節課他卻仍未回覆，再打過去也還是不通，始終聯繫不上。

儘管曼書學姊畢業後，我和他的舊教學大樓午餐之約仍未恢復，也沒再私下碰面，可是他平時還是會打電話或傳簡訊給我。

直到這時我才發覺不太對勁，陳易楷不太可能故意失聯，如果不是碰到什麼突發狀況，他應該不會如此反常才對。

難道陳易楷發生什麼事了？

懷著忐忑的心情，我一放學就立刻跑去約定地點。

一抵達舊教學大樓，我往被夕陽照得一片金黃的芒草叢大喊：「陳易楷！」

約莫幾秒鐘後，厚重的芒草叢被人撥開，一張笑臉從裡頭探了出來。

「哈囉。」

我動也不動地看著他朝我走來，他神情自若，乍看之下跟平常沒什麼不同。

「陳易楷，你的手機怎麼了？」

「前幾天騎車不小心摔壞了，我爸暫時不讓我買新手機，所以這幾天都沒手機用，也沒辦法聯絡妳。」他搔搔頭，又眨眨眼睛，歪著頭打量我的神色，「奇怪，謝永恩妳怎麼沒發脾氣？我以爲我今天那樣直接跑去妳班上找妳，妳鐵定會大發雷霆。」

我的目光繼續停在他臉上，「你發生什麼事了吧？」

他一臉驚奇，「我剛剛有說我發生什麼事嗎？沒有啦，我只是因爲沒了手機，聯絡不到妳，所以只好去妳班上找妳，哈哈。」

「陳易楷。」我很堅持，「發生什麼事了？」

他笑容淡去，不再嬉皮笑臉，摸摸後頸，嘆出一口很長很長的氣。

「謝永恩。」他沉下聲的嗓音聽來格外沙啞，「妳很容易讓人焦躁，妳知道嗎？」

「什麼？」

「妳不是曾經問我，如果我再那麼在乎妳，等哪天突然轉學，不就會捨不得妳？」他用那雙黑眼睛盯住我，「妳眞的非常烏鴉嘴。」

我呆住半晌後，愕然回道：「你要轉學了？」

「嗯，星期一我爸接到可能要調職的消息，今天確定了。」

「要去哪裡？」

「中國。我爸公司這次派他過去，也許要一兩年後才能回台灣。」他又嘆了一口氣，「怎麼辦？」

「什麼怎麼辦……這也沒有辦法，畢竟你爸不可能放你一個人在這裡。而且，你不是早就習慣這樣的日子了嗎？雖然這次去的地方比較遠，但跟過去比起來不也是——」

「我不是這個意思啦。」他苦笑，眼裡滿是無奈，「我發現自己好像比想像中還捨不得妳，所以有點不知道該怎麼辦。之前我也以爲只是跟妳比較親近一點，就算哪天眞的分開，頂多失落一陣子就沒事了。可是，我剛才一看見妳的臉，我心想完了，事情似乎不如我想的那麼簡單。」

他雙手放在頸後，神情複雜地自嘲一笑，「眞是的，我還以爲自己已經不會再爲這種事難受了。早知道會這樣，當初也許不該接近妳的。」

我靜靜地聽著，只問了一句，「你什麼時候走？」

「禮拜五下午吧，雖然這次也很臨時，但轉學手續已經辦得差不多了，所以下禮拜我就不會再來學校。其實，我本來希望這次可以撐久一點，至少能跟妳一起畢業，沒想到還是沒辦法。」

「爲什麼不一聽到消息就馬上告訴我呢？」

「因爲我在賭啊，以前也碰過幾次說要調職卻沒調成的情況，所以我想賭賭看這次會不會也是這樣，就沒立刻跟妳說，而且我手機也剛好壞了嘛。其實我平常賭運挺不錯的，想不到這次卻沒能得到想要的結果，只能說妳運氣不太好，哈哈哈。」

我定定地看著他，沒有接話。

「謝永恩，答應我一件事，星期五中午我們一起過來這裡，我想吃妳做的便當，就用那個當作餞別禮。」他雙手合十，笑容可掬，「至少在最後一天，讓我吃到妳親手做的便當吧。」

我沒有應聲，也沒有點頭。

但隔天晚上，我還是到連叔叔家的店裡買了一個三層式便當盒，他和梅子阿姨問我是不是要去野餐，我只是笑了笑，沒有回答。

星期五中午，我把熱騰騰的便當交給陳易楷，他又驚又喜，盯著便當裡滿滿的菜餚垂涎三尺，「哇塞，謝永恩，妳眞強，居然做了這麼多！」

「你都說這是餞別禮了，那我當然得準備豐盛一點。早上我還把便當送去學校餐廳請廚房阿姨幫忙保溫，這便當花了我不少心思，所以別再說我對你不好。」

「嘿嘿，我知道，謝啦！」他拿起筷子開心地大快朵頤，狼吞虎嚥的樣子看起來就像餓了整整三天。

我目光專注地看著他，「你爲什麼這麼想吃我做的便當？」

「我不想講。」

「爲什麼？理由很難啓齒嗎？」

「嗯，這是我的祕密，之前我怕我如果告訴妳，妳就不會願意跟我見面了。」他抹抹嘴，「不過，既然我都要轉學了，就老實跟妳說吧。因爲謝永恩妳煮的菜，味道跟我媽煮的很像，幾乎一模一樣，第一次偷吃妳便當的時候，我就有種懷念的感覺。我媽在十年前就過世了，所以我再也沒有機會吃到她煮的東西。」

我驚訝道：「既然這樣，爲什麼不一開始就告訴我？如果你早點說清楚，我就不會一直拒絕你了！」

「我才不要！因爲妳煮的菜讓我想起我媽，所以我很想吃妳做的便當，這種話超娘的，打死我都說不出口，太丟臉了！」

「有什麼好丟臉的？我又不會笑你。而且你怎麼會認爲，我會因爲這種理由就不跟你見面？我在你眼中到底有多冷血啊？」

「唉，不是嘛，我只是覺得這樣說很遜，一點男子氣概也沒有，我想在妳面前保持最帥氣的一面嘛！」

「這不叫男子氣概，叫幼稚。哪裡丟臉？又沒什麼。」我沒好氣地說。

「妳覺得這沒什麼，但對我來說可是很重要的祕密，所以不敢輕易說出口；就像我覺得謝永恩妳的祕密其實也沒什麼，可是我知道那對妳而言很重要，所以從沒想過要妳親口說出來。」

我愣然，「陳易楷你在說什麼？」

他默默挾起一塊煎蛋捲吃下，抬頭一笑，「就是妳正在暗戀的那個人啊。」

我全身一僵，只能愣愣地望著他。

直到陳易楷吃完整個便當，我們都沒再作聲。他蓋上便當盒，長吁一口氣，露出了滿足的笑容。

「謝永恩，謝謝妳的便當，還有妳這一年多來的照顧，雖然沒辦法跟妳一起畢業，不過能和妳一起度過這些日子，我覺得很值得。」他站起身，伸了個懶腰，低頭俯視著我，「雖然跟妳分開很不好受，也曾經想過不要和妳混熟就好了，但我還是不後悔認識妳，反而慶幸可以轉學來這裡，因爲這樣我才能遇見妳，這是眞心話喔！」

我費了好大力氣才得以發出聲音：「陳易楷，你爲什麼會知道……我……」

他將我拉了起來，握住我的右手，十指緊扣。

「謝永恩，我這樣牽著妳，妳會緊張嗎？」

我的視線被陳易楷牢牢鎖住，他整個人朝我貼近，嘴唇輕點了一下我的鼻尖，最後落在我的脣上。

「謝永恩，我這樣吻妳，妳會覺得心跳加速嗎？」

我說不出話，被他握住的右手似乎正在微微顫抖。

陳易楷微微一笑，張開雙臂緊緊擁住我，彷彿想將我整個人揉進他的身體裡。

「妳不用再想我是怎麼發現的，老實說，我也不是百分之百確定，但我並不打算開口問妳。不過，像我這麼有型的超級大帥哥跟妳告白，而且還這樣抱著妳，妳竟然都無動於衷，連個臉紅心跳也沒有，未免也太不識貨。不是我在臭屁，我可是很受女孩子歡迎的！」他揉揉我的頭，像在撫摸寵物，「雖然我沒辦法贏過那個曾經握緊妳右手的人，也不知道那個人是誰，不過我有把握自己一定比那個人更了解妳，也更清楚眞正的謝永恩是什麼樣子。」

我腦中空白一片，許久，許久。

反覆深呼吸了幾次，費了好一番工夫，我才總算穩住聲音，「你知道眞正的我是什麼樣的人，還願意喜歡我？」

「那當然嘍。不管妳是哪種人，我對妳的感覺都不會變。我不是早就說過了嗎？我會喜歡妳，是因爲妳是謝永恩，跟妳是哪種人沒有關係。我當時可不是在胡說八道喔！」

儘管穩住了聲音，我卻抑制不住眼淚湧出。

自從羽菁學姊離去、曼書學姊畢業以後，這是我第一次任由自己肆意哭花了臉，彷彿內心某處的水閘突然開啓，讓我的世界瞬間遭狂潮淹沒，氾濫成一片汪洋。

「謝永恩，妳要答應我，就算以後沒辦法見面，還是要繼續保持聯絡。妳不可以搞失蹤，手機號碼也不可以換，聽見沒？」

我咬緊下脣，低聲回：「爲什麼？幹麼硬要掛念著別人？就像過去那樣揮揮衣袖瀟灑離開，對你來說不是更輕鬆？」

「我轉學過那麼多次，也算是交過許多朋友，但就只有妳，是我未來還會想要再見一面的人，所以在我回台灣以前，妳無論如何都要讓我知道妳在哪裡，不可以擅自消失，要是妳敢背叛我，我絕對不會原諒妳。」

我在他懷裡沉默了片刻，才推開他，抹掉臉上的淚。

「陳易楷，我們來猜拳。」我向他提議，「要是我贏，那就表示我們以後還能再見面；如果你贏了，就算以後我沒辦法跟你聯絡，你也不能怨我。你不是說你的賭運一向很好嗎？試試看這次能不能扳回一城吧。」

陳易楷面露疑惑，思索了一下便擰起眉頭，「等等，這規則好像有點奇怪，要是我贏了，不就表示妳可以躲起來不跟我聯絡？應該是我贏了，我們就能再見面吧？」

「所以才要測試你的運氣啊，輸又不一定是壞事。如果你能說輸就輸，那才表示你的賭運眞的很好，不是嗎？」

他的臉上難得出現猶豫的凝重神色，旋即撇開頭，「不要，我不想玩。」

「哎喲？我們這位超級大帥哥，被學校記大過都不怕，竟然怕猜拳？」我故意取笑他，「我只是想跟你玩個遊戲，又不是眞的代表什麼，用不著這麼認眞啦。如果你不答應，我們從現在起也不用當朋友嘍。」

陳易楷無奈地嘆了口氣，「知道了，猜拳就猜拳。」

於是由我負責喊口令，在我喊出「布」的那一瞬間，耳邊竟然聽見羽菁學姊的聲音，讓我不由得動作一滯。

「輸了！」陳易楷出了剪刀，他高聲歡呼，「我輸了，謝永恩，我輸給妳了！我的賭運果然還是很好，居然眞的說輸就輸！」

「別人要是聽到你這句話，一定覺得你腦筋有問題。」我忍不住莞爾，「太好了，不需要跟你絕交了。」

「原來妳也會玩這麼幼稚的遊戲啊？既然妳贏了，就要說到做到，往後繼續保持聯絡。等我拿到新手機，離開台灣前會再打給妳，不准不接電話！」

「知道啦，陳易楷你很囉唆欸。」

他笑了開來，像是被父母允許買玩具的小孩，開心得又用力抱了我一次。

午休鐘聲敲響時，陳易楷揚起雙臂，站在一片燦爛的陽光下對我說再見。

他頻頻回頭，想確定我是不是還在原地，他每回過頭一次，那張被陽光照得發亮的臉，也會再度牽動我的視線。

直到他不見人影，我才終於邁開步伐，準備跟著離開，此時腦海深處卻響起了一陣窸窸窣窣的聲音。

那些說話的聲音忽隱忽現，時而嘹亮，時而沉吟，彷彿在我耳邊歌唱一般。

「那是祕密。」

「妳知道他……」

「不能說！」

「我早就知道——」

「啊哈哈，謝永恩啊。」

「妳猜猜看。」

「我不是跟妳說過了嗎？」

「噓！」

「妳別講，別講。」

我站在原處，盯著腳下的影子。

當那些聲音最後被身邊颳起的風吹得支離破碎後，我的耳邊才得以恢復清靜。剛剛和陳易楷猜拳時，我能確定自己聽到了羽菁學姊的聲音，可是這一次同時在我腦中說話的人實在太多，我分不清誰是誰，有些聲音甚至聽起來非常陌生。

之前我爲了陪伴曼書學姊，曾經向陳易楷要求停止每週一次的午餐之約，那時我突然聽見有人對我說話，當下我還以爲是陳易楷。

那是我腦中第一次響起別人說話的聲音。

從那一天開始，無論我身在何處，就算明明只有我一個人獨處，還是會莫名其妙聽見別人說話的聲音，有時候是一個人，有時候是三個人，有時候卻是一群人。那些聲音往往不會持續太久，總是突然響起，又突然停下。

我並未覺得有哪裡不對勁，只是好奇那些聲音到底在說些什麼？又是誰在說話？甚至還會開始期待那些聲音出現，因爲我不只一次在那些聲音裡找到羽菁學姊。

長久下來，我逐漸習慣與那些聲音共處，它們不會影響我的生活，所以我並不覺得有什麼大不了。儘管除了羽菁學姊，我還是分辨不出其他聲音究竟是誰。

羽菁學姊、曼書學姊，還有陳易楷，他們都離開了。

我只知道這件事。

◆

高三那年，教育部正式廢除大學聯考制度，改爲多元入學。

同年夏天，周杰倫發行第三張專輯，他的人氣水漲船高，越來越廣受歡迎。

放榜當天，我在學校看完榜單後回到家，戴著耳機坐在書桌前，一邊聽周杰倫的最新專輯，一邊凝視桌上的手機。

我輕輕撫摸手機上的吊飾，那是羽菁學姊送給我的。

從她離開後已經過了兩年，我選塡了她當年想要就讀的那所大學。

然而我心裡卻沒有一絲喜悅，因爲就算考上那所大學，我也無法在那裡與她重逢。

沒有羽菁學姊在的學校，對我而言沒有任何意義。

既然她不在，我不曉得自己爲何要去那裡？爲何要一個人留在沒有她的地方？

所以我逃走了。

雄。

我在最後一刻反悔，違背當年和羽菁學姊的約定，放棄前去台北念書，遠遠逃往高雄。

我沒把這件事告訴任何人，因此每個人都以爲我會去台北念書，結果榜單一出，大家都十分意外。今天去學校看榜單的時候，虎姑婆甚至痛罵了我一頓，她一直以爲我會考上那間位於台北的最高學府，沒料到我會做出這種決定，因此她非但沒有向我道賀，反而氣得臉都白了。

但我沒有理會她，看完榜單後，我知道今後不會再與她相見，沒等她罵完，我便掉頭離開，拋下錯愕的她揚長而去。

即便不是考上最高學府，爸爸還是很爲我高興，卻也很不捨。吃中飯時，他還笑著打趣，以後不能每天看見我和芮娜，家裡只剩下他和二媽，光想就覺得有點寂寞。

當時我不禁看了坐在身旁的芮娜一眼，她一言不發，始終低頭專心吃飯，儘管聽見爸那樣說，她平靜的面容還是沒有透露出任何情緒。

原本不愛念書、成績總是一塌糊塗的芮娜，升上高三後，突然開始奮發圖強。

有段期間我半夜起床上廁所，都會發現她房間的燈還亮著，本來以爲她又在熬夜看漫畫，直到有次和二媽聊天，才得知芮娜其實是在念書，我心裡相當意外，也很驚訝。

但二媽卻輕哂一聲：「她大概是爲了擺脫我才這麼拚命，她早就想去台北找她爸爸，現在好不容易有機會，她是不會放過的。這樣也好，要是她繼續留在這裡，八成又會每天跟我吵架。」

雖然最後芮娜考上的是一所位於桃園的大學，但我想這對芮娜而言，這已經算是最好的結果了。

在我去高雄的前一晚，梅子阿姨煮了一桌豐盛的佳餚，找我和芮娜過去吃飯。

連叔叔在餐桌上喝酒喝得滿臉通紅，一邊幫芮娜倒酒，一邊吆喝著：「來，多吃點，不用客氣，看看我們這兩個小寶貝已經長這麼大，要去讀大學啦！如果妳們兩個都是我的女兒該有多好？這樣我就不必被那個小兔崽子氣到吐血了，他馬的！」

「你也眞的是，彥桀現在工作做得好好的，日子也過得不錯，幹麼老這樣罵兒子？」梅子阿姨忍不住叨念。

「妳懂什麼？這個社會還是要讀書才有出息！是我命不好，沒有一個會念書的兒子，芮娜都能考上大學了，那個臭小子爲什麼不行！」語畢，連叔叔又笑嘻嘻地對芮娜說：「芮娜，叔叔不是在嘲笑妳，妳比我家那小兔崽子好太多了，妳不要生氣喔！」

「我不會啦。來，叔叔我敬你。」雙頰緋紅的芮娜拿起酒杯，這已經是她喝的第六杯了。

「唉，怎麼辦，我眞的很擔心我那個沒用的兒子以後找不到老婆，沒有女人敢嫁給他。芮娜，以後妳就嫁給我兒子，做我媳婦吧，叔叔保證絕不會虧待妳的！」

「好呀，當叔叔的媳婦應該會很幸福。」芮娜乾脆地回道，讓連叔叔樂不可支，又幫她倒了一杯酒。

「這個人一喝酒就跟瘋了一樣，什麼話都亂說。你也差不多一點，別再一直灌芮娜酒了！」梅子阿姨先是瞪了連叔叔一眼，才對我莞爾一笑，「妳跟芮娜都要離開了，妳連叔叔心裡其實很捨不得，尤其我們又是一路看著妳長大的，在我們心裡，妳就像是我們的女兒一樣。」

「沒錯，叔叔只要有妳們兩個就好，叫那個臭小子別回來了！」連叔叔又喊，並將我的酒杯斟滿，「來，永恩，妳明天就要先去高雄了吧？叔叔這杯敬妳，記得要常回來看叔叔喔！」

「好。」我跟叔叔乾杯，啤酒滑過喉嚨，殘留下些許苦澀。

那一頓晚餐，我們從晚上六點吃到十點，到最後連叔叔已經醉得連站都站不直。

回家途中，芮娜還沒進屋，就蹲在家門口低嘔。

我連忙高聲呼喚爸出來幫忙，再上前輕拍芮娜的背，她卻搖搖晃晃站了起來，轉過身看著我。

「謝永恩。」她眼神迷離，胡亂揮舞著雙手，吃吃地笑個不停，「再見，再見，謝永恩。再見，再見嘍。呵呵呵……」

下一秒她沒站穩，整個人倒在我身上，爸和二媽趕緊將醉得不省人事的她扶回她的房裡休息，而我卻仍站在原地，一動也不動。

翌日一早，我拎著行李準備出發到車站時，芮娜還沒有醒。

我不知道昨晚她說的那些話是不是在向我道別？

但直到最後，我們終究沒能好好跟對方說上一句話，沒能來得及和好。
最後的最後，我還是沒留下任何隻字片語給她，便頭也不回地離去。

第二章

「如果有人從頭到尾一直在説謊，妳認為又是為什麼？」

「為了等待揭穿自己的人出現，不管他願不願意。」

羽菁學姊告訴我她的祕密那天，她房裡放的音樂正好是周杰倫的〈黑色幽默〉。往後只要想起那個雨落個不停的黑夜，我就會憶起當時聽見的最後一句歌詞，伴隨著沉穩柔美的琴聲在記憶裡迴盪。

說散　你想很久了吧

敗給你的黑色幽默

如今聽來，我覺得那就像是羽菁學姊開的玩笑，故意對我開的一個大玩笑，一如歌詞裡的黑色幽默，只是我無法露出笑容。

我在十一月的雨聲裡醒來，恍惚聽見拖鞋踩踏在磁磚地板上的腳步聲，是浴室用的防滑拖鞋，那種走起路來會啪嗒作響的拖鞋。

我很不喜歡那種聲音。非常。

「永恩，妳這麼早就起來了？妳今天要出去嗎？」小綠學姊正在用電磁爐烹煮食物，見我出現在客廳，她轉過頭問。

「嗯。」我看著她腳上那雙明顯尺寸不合的白色拖鞋，「妳在煎東西嗎？」

「對呀，我在煎蔥油餅，已經煎得差不多了。我們一起吃吧，我剛好不小心多煎了一些！」她把熱騰騰的蔥油餅放在盤子上，踩著響個不停的拖鞋走來，音量之大，彷彿像是故意的。

我盯著那滿滿一盤、「不小心」多煎了一些的蔥油餅，接過學姊遞給我的碗筷。她拉來小板凳坐在我的對面，一邊夾起蔥油餅，一邊迫不及待地與我聊天，「妳今天要去哪裡？」

「和大東學長採買明天烤肉的食材，昨晚我跟妳說過了。」我微微一笑。

「啊，對耶！眞糟糕，我都忘了妳跟我提過這件事了，一定是因爲我最近都在熬夜趕報告，太累了才會這樣。」她一臉恍然大悟，懊惱地敲敲頭，「永恩妳今天一定要努力拗他，叫他多買一些好吃的東西，我需要好好補一補。」

我輕輕嘆一口氣。

「怎麼了？」

「沒事……只是覺得喉嚨怪怪的，頭也昏昏沉沉的，不太舒服。」我低咳一聲，說話有氣無力。

「什麼?該不會是感冒了吧?這樣妳等等要怎麼出門?」

「看情況吧。如果還是很不舒服,我就只能請學長一個人去採買了。」我抬眸望向她,「其實,我本來想拜託學姊代替我和學長一起去的,但今天是難得的假日,而且外面又下雨,我想還是不要麻煩妳比較好……」

小綠學姊先是一愣,隨即哈哈笑道:「唉喲,永恩,妳幹麼這麼見外?我們都這麼熟了,需要幫忙就直接說沒關係,既然妳身體不舒服,我就代替妳去吧,我今天剛好也沒事,妳就在家好好休息,採買交給我和大東學長去就好。」

「眞的?太好了!學姊妳幫了我一個大忙,那我等等跟學長說一聲。謝謝妳。」我面露感激。

「這又沒什麼,不用客氣啦!」她站起身,拍拍我的肩,「你們是約九點在大賣場門口碰面對不對?再不快點恐怕會來不及,那我先去準備嘍!」

小綠學姊匆匆回到自己房間,等她出來時,我也正好吃完一片蔥油餅。

她換下寬鬆T恤和休閒褲,改穿突顯腰部曲線的貼身上衣,以及一條牛仔短裙;放下原本用鯊魚夾隨性夾起的頭髮,髮尾明顯經過吹整,連妝也化得十分完美。

「永恩,我走嘍,那些蔥油餅妳就吃掉沒關係,妳要好好休息喔!」她的語氣裡有藏不住的喜悅。

我站在窗前,目送她撐傘走出大門的身影逐漸遠去,才走回房間撥了手機。

「妳不舒服?怎麼會這樣?去看過醫生了嗎?」電話那頭傳來大東學長焦急擔心的聲

音，還伴隨著一點雨聲，他應該是已經出門了。

「沒有，但我想不是太嚴重。很抱歉今天沒辦法跟你去採買，但我已經請小綠學姊幫忙了，她剛出發去賣場，應該很快就會到了。」

他語氣略顯失落，「小綠？既然這樣也沒辦法，不過下次妳可以直接跟我說，我一個人去也沒關係。」

「這樣對學長不好意思啦，都跟你約好了。之前你一直想找我看的那部電影，今天也可以找小綠學姊一起去看呀。她的生日快到了，你就請她看場電影，讓她開心一下嘛。」

他嘆了口氣，「好吧……那我今天就跟小綠一起去。妳多喝點水，好好休息，晚一點我再打給妳，掰掰。」

「掰，學長。」通話結束後，我打開電腦，在等待開機的空檔又走出房間。

我打開屋內所有的窗戶，並將整盤只吃了一片的蔥油餅倒入黑色塑膠袋綁起來，丟進外面走廊的大垃圾桶裡，再打開冰箱，爲自己倒了杯冰涼的麥茶，沖淡蔥油餅殘留在口中的強烈油膩感。

等那股煎炸的刺鼻油煙味消散得差不多時，我將小綠學姊使用過的煎鍋和盤子清洗乾淨，才回到電腦前打開MSN，看著小綠人轉了幾個圈，登入帳號，螢幕立即跳出一個對話框，顯示出一則離線訊息。

我收到書了，謝謝。

這次的數量好像比上次多，以後還是別再寄了，國際郵資很貴，等我下次回台灣的時候再買就好，不然一直請妳寄來也很麻煩。

我看了看目前的時間，手指飛快地敲打鍵盤。

「不會麻煩啦，因爲妳喜歡的作家剛好都在這段時間出書，所以數量才會比之前多。還有，我最近找到光禹絕版的作品，就是妳想要的那本，雖然是在二手書店買到的，但書況很好，下次我再一起寄過去。不過，如果妳今年會回台灣的話，我就等妳回來再拿給妳。」

回覆完曼書學姊的訊息，我瀏覽了一下目前在線上的朋友，便迅速登出。

早上的雨下不到一個小時就停了，雲層裡甚至透出了陽光。

我吃完自己做的早餐，晾好衣服，並稍微清掃過客廳後，便換上便服出門，走去附近的公車站牌搭車。

三十分鐘後，我來到一棟大樓的空曠頂樓。

以前這條路上原本有一整排辦公大樓，後來被陸續拆除，幾年後原址蓋起了一座小學，只剩這棟無人居住的廢棄大樓閒置在此，任何人都能隨意進出。

退出登山社後，我偶爾會一個人過來這裡，這裡不僅安靜，也少有人煙，荒涼的程度跟高中校園裡那棟舊教學大樓頗爲相似。多虧登山社社長曾經帶社員來這裡舉辦試膽遊戲，才讓我得以知曉這處隱密的小小天地。

被陽光照亮的朗朗藍天無限延伸，我俯瞰整個高雄市區，雖然景色不及站在山頂往下看那般全面，但我覺得眼前所見，很像是透過羽菁學姊的雙眼在看著這座城市。

原先在台北攻讀會計的曼書學姊，去年大學畢業後，和父母移民到美國。出國前，她特地來高雄找我，當時我正好結束打工，兩人跑去墾丁玩了一趟。

這幾年來，我和曼書學姊一直保持聯絡，每年寒暑假也會見面。雖然現在聯繫對方的頻率比起以前少了很多，她仍不忘偶爾捎來關心。在她出國之後，我時常為她留意書市，只要有她喜歡的中文書籍出版，便逐一買下，再分批寄去給她。

當年羽菁學姊離去，曼書學姊帶給我的心靈慰藉誰也無法取代，她曾經陪伴我走過許多傷心的日子，我卻從不知道自己能為她做什麼。買下她喜歡的書籍，並寄給身在異國的她，是我唯一能為她做的事。

「謝永恩，妳要答應我，就算以後沒辦法見面，還是要繼續保持聯絡。妳不可以搞失蹤，手機號碼也不可以換，聽見沒？」

但是陳易楷則不然。

陳易楷在高二那年轉學以後，果真始終與我保持聯繫。大學還沒放榜，他就已經先打電話來恭喜我，還跟我說他明年七月就會搬回台灣定居。

「這一年內妳不可以打扮得太漂亮，不可以談戀愛，要乖乖等我回去喔！」當時他在電話中煞有介事地說。

「幹麼要等你？就算你回來我也不會跟你交往啊。而且我已經打算在今年交個比你更有男子氣概的男朋友，你不要回來妨礙我。」

「謝永恩，妳不要逼我明天就回台灣！」他哇哇叫。

我忍俊不禁，沉默了片刻又開口：「反正你也只是說說而已，說不定你現在早就已經有女朋友了，等你真的回台灣，搞不好在路邊碰到還會故意裝作不認識我呢。」

「妳放心，絕對不可能發生這種事的。」他開朗笑道：「不過，如果有一天是妳先在路邊看見我，妳一定要叫我喔！」

那是我們最後一次通電話。

放榜之後，我把陳易楷的電話從通訊錄裡刪除，一搬到高雄就換了個新的手機門號。除了家人和曼書學姊，我沒有告訴任何人我的新手機號碼。先前我對陳易楷說過我會去台北念大學，就算他現在回台灣，不僅無法聯繫我，更不可能在台北找到我。

我斬斷了與陳易楷之間的一切，不留一點痕跡。

從最後一次通電話到現在，已經將近三年過去，陳易楷應該早就回到台灣了吧，但我們不可能再有重逢的一天。

每次我站在這棟大樓樓頂，一個人仰望天空，在想起羽菁學姊的時候，也會想起曾經有個願意接納我、包容我所有的男孩，正與我生活在同一片天空之下，那時我的心裡才會湧起一絲安慰，希望現在的他過得好好的，並且能是幸福的。

儘管讓他幸福的前提是我必須離開他。

就像我最終辜負了羽菁學姊一樣，那個曾經走進我心裡的男孩，我也只能用背叛來當作對他的祝福。

越是在乎一個人，我就只能離那個人越遠。

口袋裡傳出的手機鈴聲，將我的思緒從眼前的天空拉回現實。

「永恩，妳好一點了嗎？」是大東學長。

「有，剛剛睡了一下，好很多了。」

「那就好，我和小綠已經採買完了，原本想去妳家看妳，順便買點吃的給妳，但被她發現我有兩張電影票，她吵著想去看電影，所以等看完電影以後，我再請小綠帶東西回去給妳。」

「好，謝謝學長。」

切掉通話，不到一分鐘手機又響起，這次是小綠學姊打的。

「喂？永恩，妳身體好一點了沒？」

「嗯，我好多了。」

「那就好。我跟妳說，我和妳學長已經買完東西嘍，我們現在正要去看電影。他說他有兩張電影票，想請我去看，所以我今天會晚一點到家，妳晚上想吃什麼再跟我說，我幫妳買回去唷！」

「好，學姊妳不用擔心我。妳跟學長就好好去看電影吧。我等妳回來。」

收起手機，我再次抬眸望向天空，撥開被風吹拂到臉上的頭髮。

「只不過，我會希望妳別做得太過，爲了隱藏自己而一直迎合別人，結果讓面具越來越多，到最後忘了自己在面具底下的眞實樣貌，那就麻煩了。」

曼書學姊，我臉上的面具好像又變多了一些呢。

我不禁莞爾。

◆

隔日在社辦門口舉行的烤肉活動，登山社的學員幾乎都參加了。我負責烤肉，大東學長幾次想來幫忙，我都推辭了。

「這我來烤就好，一直站在爐子前很熱吧？妳去跟小綠她們一起吃啊！」高壯的他一走到我旁邊，就擋住一半的陽光。

「沒關係啦，我不怎麼餓，而且我挺喜歡幫大家烤肉的。」我把剛烤好的一盤肉遞給他，「學長，請幫我把這盤端去給學姊她們，謝謝。」

大東學長端著肉走開後，小綠學姊的視線才從我們這裡移開，她笑嘻嘻地要學長過去陪她們一群人玩遊戲。

雖說退社之後，我就沒有必要再來登山社，但大東學長和小綠學姊還是不時會找我回去走走，有活動也會邀請我參加，因此我偶爾會到社辦幫忙做點小事，加上我之前和其他社員處得不錯，就算看見我出現，也沒有人會說什麼。

正確地說，是沒人敢在我面前說什麼。

「趙遠東社長，你乾脆去當烤肉組的組員好了，一直往謝永恩那邊跑！」

「我們大東社長捨不得讓永恩學妹太辛苦啊！」

「眞是個超級溫柔的好學長！」

我之所以決定退社，主因就是大東學長。

他爲人正直，古道熱腸，極富正義感，是十分照顧社員的好社長。

他喜歡我的事早已是登山社公開的祕密，雖然他對每個人都很好，可是對我的「特別」照顧，就連傻子也看得出來。

只是，我選擇裝傻，裝作毫不知情，故意不把學長的殷勤當一回事。同樣的，每次小綠學姊有意無意釋放出與學長有關的訊息時，我也是裝傻到底。

小綠學姊和大東學長是高中同學，學長只把她當成好哥兒們，但學姊不是，她一得知學長喜歡我就開始主動接近我，大一暑假我搬出學校宿舍，她也熱心地告訴我她住的地方房租便宜、離學校又近，邀請我跟她一起住。當時的我還不清楚狀況，直到搬進去之後，才慢慢察覺她的意圖。

她明明喜歡學長，卻頻頻對我示好，企圖很明顯：一來是爲了方便觀察敵情；二來也可以在學長面前展現好學姊的形象。

如果早知道原因，我就不會和學姊一起住了。

懊悔歸懊悔，我心裡卻十分同情她，畢竟跟情敵同住一個屋簷下，應該是件痛苦的事。但沒想到飽受折磨的人居然是我，小綠學姊私下的小動作實在太多，她還拉攏幾個登山社的「好姊妹」一起注意我的一舉一動。

爲了不想在其他社員面前弄得兩邊不是人，大二下學期我毅然決然退出登山社，只有在大東學長跟小綠學姊極力邀請我的時候，我才會勉強參加幾次活動。但是我沒有搬家，除了不想耗費體力與金錢，也是不想因此和小綠學姊產生嫌隙，讓她有機會背著我散播一些奇怪的謠言。

如今我升上大三，小綠學姊不久就要畢業了，所以我決定繼續對她的所作所爲睜一隻眼閉一隻眼。維持溫順安靜的形象向來是我在團體裡習慣配戴的面具，如此一來，才能輕鬆度日。

我不需要什麼轟轟烈烈又熱血的青春歲月，對現在的我而言，簡單平凡到近乎乏味的生活，才眞正難得可貴。

「哇，太香了吧？我在樓下就聞到烤肉味了。」

烤肉活動進行到一半，樓梯口就響起一道嘹亮的招呼聲。

頭戴白色鴨舌帽、背著黑色大背包的男生走來，跟經過的人一一揮手，最後走到大東學長面前，朝他的肚子一拍，「趙大東，你還吃，嫌自己不夠胖是不是？」

正要把肉放進嘴裡的學長瞬間面紅耳赤，似乎因爲當著我的面被人訕笑而惱羞起來，「你來幹麼？我們登山社在辦活動，你跑來湊什麼熱鬧？快滾啦！」

「幹麼這樣？我剛剛才在計概教室弄完報告，到現在連中餐都還沒吃，肚子快餓扁了，分一點肉給我吧。」

「想得美，你一口都別想吃！」

兩人吵得不可開交之際，我弄好一份吐司夾肉放在塑膠盤上，朝那人遞去，「張澔學長，請用。」

「哇，謝謝，我們永恩眞是善解人意。」他笑逐顏開，回頭再次往大東學長的肚子拍了下去，兩人又開始鬥起嘴來。

三個小時後，烤肉活動結束了，當我一個人在洗手台清洗烤肉用具時，有個人走了過來。

「謝永恩，這裡有水果，小綠叫我拿一些給妳。」張澔手中端著一盤番茄。

「謝謝。」我順手拿起一顆番茄往嘴裡放，這時，張澔卻湊近我耳畔悄聲說：「勸妳別吃，小綠剛剛在上面吐口水。」

我瞬間一愣，不小心噎到，摀著嘴倉皇咳了幾聲。

張澔笑個不停，「騙妳的啦！」

我瞪了他一眼。

「怎麼就妳一個人在洗？這種時候大東不是應該早就來幫忙了嗎？」他也吃了顆番茄，「又被抓來當免費勞工了？」

我沒搭理他，洗完東西就調頭走回社辦，他隨即跟上，與我並肩同行。

「你還要回社辦？」

「爲了不讓妳一個人太淒涼，就陪妳走一段嘍。正因爲妳什麼都肯做，小綠她們才把事情都丟給妳，再向大東邀功，這樣妳豈不是很吃虧？」他說歸說，卻也沒有要幫忙拿東西的意思。

「這樣反而正合我意，我就是喜歡一個人默默做事，比起跟一大群人相處輕鬆多了。」我語氣冷淡，「所以你現在是在關心我嗎？」

「別用這麼露骨的字眼好嗎？要是被大東聽見了，會以爲我對妳有意思。」

他的臉頰被番茄塞得圓鼓鼓的，說話含糊不清，「對了，妳爲什麼叫我學長？我們不是同屆的嗎？」

「只是同屆而已，實際上你還大我一歲吧？難道你希望我在大東學長面前直接叫你張澔？」

他面露驚訝，「原來妳是爲了我著想，不是在裝可愛？眞意外耶！謝永恩，雖然我很感動，但我還是沒有在追妳喔！」

「謝天謝地你沒有。」

張澔跟大東學長從小就是鄰居，直到高中他舉家搬到台北，大學只讀了半年就決定休學重考，才會和我同屆。

他並非登山社的成員，只是偶爾會來找大東學長，跟大家都處得不錯。

我對他最初的印象也是隨和開朗，感覺挺好相處的，加上他擅長聊天，讓人容易放下戒心，不知不覺就跟他熟稔了起來。不過我和他相處的機會不多，頂多見面時打個招呼，或微笑致意，僅此而已。

直到有次我感冒，喜歡烹飪的小綠學姊在社辦爲我煮了一鍋餛飩湯，當著大家面前展現她體貼賢慧的一面。

等到她暫時離開，我趁其他人不注意，悄悄端著那碗餛飩湯走到社辦旁的茶水間，將只喝了一口的湯全部倒進流理台。

偏偏這一幕碰巧被張澔撞個正著。

他要進來洗手，親眼看見我把小綠學姊煮的湯倒得一滴不剩，他卻什麼話也沒說，默默在旁邊洗手。

我以爲他會訓斥我一頓，或是對我露出鄙夷的神色，張澔卻只是淡淡地說了句：「放心，我不會說出去的。」

往後只要小綠學姊又在大家面前送吃的給我，張澔都會饒富興味地瞅著我，像洞悉了我什麼不爲人知的祕密。

不過，就算被他發現我不若大家以爲那麼乖巧溫順，他也沒有利用這個把柄要脅我，反而有意無意製造兩人獨處的機會，那時他就會在我面前展現出不同於平常的一面。

看起來好相處的張澔，其實也不像表面上那樣隨和。他相當我行我素，不在乎別人的看法，也很少考慮他人的感受，雖然臉上時常掛著笑容，但很多時候他的眼裡都是沒有笑意的。

形容得更貼切點，他就是那種明明站在眼前，你卻會覺得即便伸長了手卻還是觸碰不到他的那種人，你永遠不會知道他在想些什麼。

「謝永恩，爲什麼妳每次都把小綠做給妳吃的東西倒掉？妳眞的那麼討厭她嗎？雖然她是故意做給大東看的，但妳好歹也給點面子嘛。」有次他又看見我準備把小綠學姊煎的蔥油餅丟進垃圾桶，難得出言相勸。

我沒答腔，只是把一片蔥油餅遞到他嘴邊，他不假思索張口咬下。

當天晚上他就狂拉肚子。

從此張澔不僅沒再阻止我倒掉小綠學姊的恐怖料理，在看到我又得應付著勉強吃下幾口時，還會帶我去餐廳吃點美味的食物，安撫一下我可憐的腸胃。

「我眞搞不懂妳耶，爲什麼一定要待在小綠身邊這樣折磨自己？虧妳能跟她同住到現在，沒必要忍到這種地步吧？妳的胃不會痛嗎？」這天，他帶我到一間日式拉麵店。

「痛啊，每天都得呑好幾顆胃藥。」我喝了口麵湯。

「妳是被虐狂嗎？」

我想了想，才說：「可能吧。一直以來胃藥吃習慣了，沒吃反而會覺得奇怪。」

聞言，張澔托腮凝視著我片刻。

「妳眞是個奇怪的女生。」

「有比你怪嗎？」

他笑了一陣，很輕鬆開懷的那種笑。

他的笑聲喚起了藏在我心裡的一些什麼。

不知爲何，我總覺得張澔的笑聲跟我記憶裡的大哥哥很相似，從認識他第一天開始，我就時常從他的笑聲裡找到似曾相識的熟悉感，但下一刻我又會覺得這種想法很荒謬，居然會因爲張澔而想起大哥哥。

明明是兩個截然不同的人。

「謝永恩，我曾經聽登山社的幾個女生說過一些事，我有點好奇，所以想問問妳。」

「什麼？」

「聽說妳不喜歡猜拳？」他的視線停在我的臉上，「我聽她們說，你們一年級的時候到山上露營，晚上的團康活動要猜拳分組，贏的人可以選擇隊員跟拿到優先權，但是身爲一年級代表的妳卻不願意猜拳，只好由其他人代妳出馬；後來碰到需要猜拳的遊戲，妳也是一概拒絕。爲什麼妳這麼討厭猜拳？這樣很容易讓人覺得妳不合群，也會被說閒話喔。」

「就公主病嘍。」我笑了笑。

「就猜到妳會這麼說，如果我也這麼認爲，就不會問妳了。」

「你眞的不是在追我？」

「眞的不是，我發現妳除了愛自虐，也滿自戀的耶。」

「是，我很自戀。」

直到話題轉了個方向，他才發現自己被我唬弄過去，於是一笑置之，不再探問，「妳挺會耍弄人的，我好像知道大東會爲妳著迷這麼久的原因了。」

「如果你想說是我欲擒故縱，很抱歉，我不擅長這種事。」

「別這麼敏感，我不是在嘲諷妳，不過我認爲以他喜歡妳的程度，妳大可以老實向他坦白妳在小綠那裡受的委屈，他一定會爲妳討公道的，幹麼委屈自己？」

「由此可知你不懂女人。說實話一點好處也沒有，尤其是對大東學長說。」

「可是說謊對妳不是也沒有半點好處？我都要爲妳的健康擔心了。」

「如果要選一種，我會選擇謊言，我只想和平過日子，等小綠學姊畢業以後就沒事了。」

「看來對妳而言，說實話比說謊話還要恐怖一百倍啊。」

「暫時的謊言無傷大雅。」

「哦？那如果有人從頭到尾一直在說謊，妳認爲又是爲什麼？」

我不作聲，他這個問題讓我沉默了好長一段時間。

碗裡只剩下麵湯，我在湯裡瞥見自己的倒影。

「我認爲他是……」我喃喃開口，「爲了等待揭穿自己的人出現，不管他願不願意。」

「妳說……等待？」他特別加重語氣。

「對，會一直說謊的人，有可能就是因爲沒辦法靠自己走出謊言，才會希望由別人來揭穿他，不管結果是不是他想要的。」我沉聲回應：「會一直不停說謊的人，其實是在向他人求救，我是這麼認爲的。」

「這是妳的親身經驗嗎？」

「不是，我只是說出我的看法。」

「但我怎麼覺得妳說這些話的時候，也有點像是在求救呢？」

我心頭一凜，仍面無表情，「有嗎？」

張澔點點頭，專注地瞅著我，「妳在求救嗎？謝永恩。」

「我若說是，你要來救我嗎？」

他淡淡一笑，「好啊，我救妳。」

我眞的跟這個人說太多莫名其妙的話了。

爲了結束話題，我從皮夾裡拿出紙鈔放在桌上，從容起身，「謝謝你帶我來這裡，我吃飽了。以後請你別再關心我和小綠學姊的事了，我的事我自己會處理。」

步出店裡沒多久，張澔追出來叫住我。

「不管怎麼樣，還是少吃小綠煮的東西吧，不然再帶妳吃幾頓大餐都彌補不回來。」

說完，他向我擺擺手，嘴角高高懸起。

我不禁定定地看著他，此刻他眼裡的笑意竟如此清晰可辨。

「妳最近跟張澔是不是走得很近呀？」

某天晚上我在客廳看電視，坐在旁邊敷面膜的小綠學姊忽然拋來這一句話。

「沒有啊。」我故意裝出困惑的表情。

「可是，有人說好幾次都看到你們一起去吃飯，難道是他看錯了嗎？」

「應該是。」

「眞的？但他好像還滿確定那是你們耶。」

若是平常，我會繼續跟她繞圈子，堅持不承認，但這次我不知怎麼的，卻完全沒那個心情，於是盯著電視問：「我不能跟張澔學長一起吃飯嗎？」

「沒有啦，我只是好奇問問而已，沒別的意思。不過我沒想到你們會一起出去吃飯耶，大東知道你們的交情不錯嗎？」

「這和大東學長有關係嗎？」

「也不是，我是想大東跟張澔那麼好，假如你們的交情已經到了單獨約吃飯的程度，大東應該也會知道吧？」

「我明白了，既然我跟張澔學長吃飯是件不尋常的事，那下次我就跟大東學長單獨去吃，這樣就不會有人覺得奇怪了吧？」我丟下這句話就走回房間，直接關上門，沒管小綠學姊臉上此時是什麼表情。

我果然有點不太對勁。

自從上次跟張澔去吃了拉麵以後，我的心情變得很浮躁，面對小綠學姊時也特別容易沉不住氣。

我從書桌抽屜取出一個褐色小布袋，將裡頭的兩枚銅板放在桌上。

我已經很久沒再把這兩枚銅板拿出來了，如果不是因為張澔讓我想起那個人，也許我再也不會如此清楚地想起那些往事。

「布布，我們來猜拳吧。來！」

「永恩，我們來猜拳，好不好？」

「知道了，猜拳就猜拳。」

我腦中又開始冒出一些人的聲音。

有的熟悉，有的陌生，有的混亂得不知所云，你一言我一語像是在爭執不休。

我呆呆地注視那兩枚銅板，竟彷彿看見了一個人的面孔，那人像是在微笑。

「好啊，我救妳。」

等我終於看清楚那張臉，那些嘈雜的叨絮聲也同時消失，瞬間戛然而止。

我告訴張澔，以後不用再帶我去吃東西了。

他正站在飲水機前用保溫壺裝水，沒問我爲什麼，而是回：「小綠跟妳說了些什麼吧？」

「你怎麼知道？」

「因爲她也跑來問我妳的事，她發現我們偶爾會一起出去吃飯，所以特地來『關心』，說不定再過不久，她就會去跟大東說了唷。」

我在心裡暗嘆，「你沒說什麼吧？」

「妳指什麼事？我們之間有發生什麼會讓小綠期待的事嗎？」他流露出玩味的表情。

「也是。」我懶得再跟他搭話，轉身要走出茶水間，卻被他叫住，他拋了一樣東西過來，我伸手接住，是一小包糖果。

「這是別人給我的歐趴糖，我不吃糖，送妳。期末考加油，考完就放寒假了。」他向我走來，「我之後暫時不會來社辦了，所以下學期再見嘍。」

「你確定下學期我還會再來這裡？」

張澔莞爾，拍拍我的肩，「妳一定要在，因爲我還想再見到妳。」說完，沒等我接話，他就逕自離開。

我不確定自己跟張澔之間是否眞的產生了什麼變化？

畢竟目前在學校裡，唯一能讓我不戴面具就可以好好說話的人，似乎只有他，然而我卻也不敢眞正肯定，這並不是自己的另一副面具。

我找不到張澔對我而言不同於其他人的理由。

而我也想不透，爲何自己掉進那片漆黑嘈雜的深淵裡時，最後看見的竟會是張澔的臉？

◆

期末考結束，寒假緊接著來臨。

離開高雄的那天，我去敲過小綠學姊的房門，但她沒有任何回應。

自從期末考前我因爲張澔的事那樣嗆她後，她便沒有再跟我說過半句話，似乎仍爲此氣惱。看她不願意回應，我也不強求，拖著行李走出租屋處。

幾個小時的車程，將窗外不斷流逝的風景，慢慢換回熟悉的景致。

爸爸親自開車來車站接我，一聞到他車上的空氣，我立刻放鬆地仰靠在椅背上，安心閉目養神。

爸爸的笑聲裡飽含寵溺，「累了嗎？」

「嗯，好累，但看到爸就不累了。」我勾勾脣，「好想吃爸煮的菜。」

「好，沒問題，爸爸今晚煮一桌菜給妳吃。」他發動引擎，沒多久又開口問：「恩恩，妳最近有跟芮娜聯絡嗎？」

「沒有。」我唇角的笑意淡了一些，睜開眼，「怎麼了嗎？」

「沒什麼，爸爸只是問問，因爲也很久沒看到她了。」

「她今年還是不回來過年嗎？」

「嗯，可能是吧。」

聞言，我不發一語，再度闔上雙眼。

回到家後，家裡沒什麼變，二媽還在麻將間裡忙著跟客人打麻將，因此我沒去打擾她，直接提著行李走上二樓，經過芮娜的房間時，我停下了腳步。

她的房門沒關，冬日的陽光從窗外透進來，染了一地金黃。

我走了進去，空氣中有股淡淡的灰塵味，一靠近窗戶，窗台上的某樣東西引起我的注意。

那是一株迷你的仙人掌小盆栽，上次回來沒印象她房裡放了這個，正感到好奇時，爸爸跟著走上二樓。

「恩恩，爸爸把妳的枕頭套拿過來了，妳晚點記得換。」

「好。」我點點頭，「爸，這仙人掌是你放在這邊的嗎？」

「不是，是芮娜，三個月前她有回來一趟。這株仙人掌當時被丟在垃圾場，是芮娜把它撿回來的。她每次打電話回家都會關心仙人掌的情況，還叮嚀我不要幫它澆水，說仙人掌在冬季處於休眠狀態，土壤得保持乾燥才行。她很珍惜這株仙人掌，當初徒手撿回來的時候，芮娜兩隻手都被扎出好幾個小傷口呢。」爸呵呵說完，將枕頭套放進我的房間。

我不禁又望著仙人掌好一會兒。

安頓好行李後，我提著一袋禮盒到隔壁去，坐在櫃檯看電視的梅子阿姨一見到我，馬上興高采烈地站了起來，「哎呀，永恩回來啦！」

「阿姨，新年快樂，這個送妳，是妳最喜歡的麻糬。」我把禮盒放在櫃檯上，左右張望了一下，「叔叔呢？」

「他去港口釣魚了，下午就會回來。」她笑盈盈的眼睛在我臉上轉了一圈，欣慰地感嘆：「我們永恩越來越漂亮了。晚上來阿姨家吃飯好不好？我煮妳喜歡吃的東西。」

「不用啦，阿姨，我爸今晚會下廚。妳和叔叔什麼時候回花蓮呢？」

「除夕前一天就回去了，幸好妳今天回來，阿姨還可以先看看妳。芮娜這次會回來過年嗎？」

「好像不會。」

阿姨皺起眉頭，「眞是的，怎麼妳們兩個老是沒辦法同時回來呢？雖然芮娜說是要去陪她爸爸過年，但妳二媽也很奇怪，好像都不怎麼關心芮娜，整天只知道打麻將，放假也不會叫她多回來走走。」此時，櫃檯的電話恰巧響起，她匆匆地說：「永恩，等一下，我接個電話。」

「沒關係，妳先忙，我到外頭坐坐。」

附近沒什麼人走動，所以十分靜謐，有很長一段時間，我都只聽見梅子阿姨講電話的聲音。

不曉得爲什麼，每次只要坐在店門口這張長凳上，總是會碰上晴朗的天氣，即便寒流來襲，也不曾感覺到冷意，只有陽光照在臉上的溫暖。

坐在這裡，我只要稍微仰起頭，就可以清楚看見芮娜房間的窗戶，也能見到那株放在窗台上的小小仙人掌。

上次見到芮娜，是在大一那年的暑假。

由於芮娜的親生父親就住在台北，她到桃園念書後就不再返鄉過年，不過每次開學前，她還是會回來看看我爸，也會去找連叔叔跟阿姨，但那時我人已經回到了高雄。

至於暑假就更不用提了，如果我因爲打工而延至八月才回來，芮娜就會剛好在七月底有事必須先返回桃園。只有大一那年暑假，我和芮娜同時在家裡住上了短短三四天，然而某個早上醒來，爸爸就說芮娜臨時有事回桃園了。在那幾天裡，我們只在見到對方時淡淡地打了聲招呼，完全沒有任何交談。

「再見，再見，謝永恩。」

我其實沒有刻意要避開芮娜。

假如她現在站在我面前，我大概還是不曉得該用什麼方式和她相處，但是經過這幾年，我發現眞正不想讓彼此碰面的人，或許是芮娜。

當年離家去到高雄的前一夜，她對我吐出的句句醉語，至今我仍記得很清楚。

如果這也是她希望的，那麼對我跟她來說，這麼做或許眞的比較好。

只要不見面，我們都會很好。

這次回來過年，我也碰到久違的高中同學。

我是在陪爸爸去菜市場買菜時偶然遇見她的，她是高一班上的學藝股長，是個溫柔親切的女生，升上二年級後，我們就因分屬不同班級而漸行漸遠。

我們找了個地方坐著閒聊，她問我：「永恩，妳有回學校去看看嗎？」

「沒有欸，妳呢？」

「我也沒有，但幾個月前，我從一個學妹那裡聽到消息，妳還記得虎姑婆吧？聽說她發瘋了！」

「發瘋？」我嚇一跳。

「我也不知道是不是眞的，據說這兩年之間發生滿多事的，她先是把一個學生打到手指骨折，被家長告；還有幾個畢業生在畢業典禮結束後，趁她去上廁所時蓋她布袋，把她反鎖在廁所裡。甚至有畢業生代表在台上致詞的時候，當著全校學生面前直接對她說：『下輩子我絕不會再當妳的學生，如果非得在學校再見到妳，我寧願去死！』」

我非常驚愕，「眞的有這種事？」

「我也不敢相信。我學妹說經過畢業生致詞那件事之後，虎姑婆好像因爲打擊過大，整個人都變了，竟在課堂上突然撕破課本，對學生瘋狂大叫。之後她就不曾出現在學校，也沒有繼續當老師了。」

這驚人的消息讓我呆愣了好一會兒，只能喃喃地說：「好誇張。」

「就是啊，所以我也懷疑這說法應該被加油添醋過。但不管是不是眞的，虎姑婆傷害過不少學生也是事實。每次想起高中受她教導的那段時間，還是覺得很恐怖，我到現在甚至還會夢到被她痛罵。」她苦笑了下，「我也不是要幸災樂禍，但我覺得虎姑婆是罪有應得，畢竟她在那麼多人心裡留下難以抹滅的陰影，也難怪學弟妹會那樣對待她，只可惜我們當年沒有這種勇氣。我記得班上唯一膽敢反抗她的人，好像只有崔芮娜吧？現在回想起來，眞的覺得她很了不起。」

我沉默許久，才緩緩應聲：「是啊。」

也許是因爲這場交談，當天晚上，我在一樓卡拉OK店裡傳來的歌聲中沉沉入睡時，做了一個夢。

我夢見一雙手。

那是一雙被藤條瘋狂抽打的手，我親眼目睹那雙纖細美麗的手，從透紅的雪白色被打成一整片紫紅。

我在那兩隻紫紅色的手掌上，發現無數根細細的短刺，就像是仙人掌上的刺。

然後我就哭了。

我似乎就在夢裡哭了，雖然我不曉得自己爲什麼要哭。

◆

今年除了陪爸爸和二媽過年，並在連叔叔他們從花蓮回來後去串門子，我也在寒假跟一個許久未見的人碰面。

她瘦了一點，但臉圓潤了一些，頭上白髮多了幾根，眼角的皺紋也變得明顯。原本戴在左手無名指上的金戒指，換成了綠瑪瑙。

「生女兒沒用，妳就是不想再見到我。」她切下一塊牛排放進嘴裡，語氣比外頭的寒流還要刺骨。

「沒有啦，媽，去年我眞的比較忙，要忙課業跟社團的事，所以……」

「妳不用再找藉口了，妳和妳爸一樣沒用。我看妳會跑到高雄念那種二流學校就是爲了躲我，這樣就不用經常跟我見面。好啊，既然受不了我這種媽，妳就去當那狐狸精的女兒好了。哼，還以爲妳有多袒護、多在乎我呢，居然也變成那女人的走狗。跟妳爸這種人結婚，再生下妳這種女兒，是我這輩子犯下最大的錯誤！」

媽改變的地方還有一處，就是羞辱人的字眼越來越激烈、越來越不堪入耳，即使隔壁桌的客人不時朝我們投以愕然眼光，我也無計可施，只能任由她繼續罵下去。

過去每個月我都會跟媽見一次面，但搬去高雄念書後，因爲路途遙遠，我們大多都以電話聯絡。

只是每次見面，媽最關注的還是爸爸和二媽，從來不問我在高雄過得好不好、有沒有什麼需要？我只要表示最近沒回家，不太清楚家裡的狀況，她隨即顯露出不悅的神色，沒聽到爸跟二媽處不好的消息，她就不會高興，也不會滿意。

這麼多年過去了，面對媽那道帶著譴責的冷漠目光，我還是會感到胃痛，全身不適。媽有變，卻也一點都沒變。

寒假不長，悠閒在家的日子很快就過去，好像沒做什麼事又即將開學。

回高雄的前一天，我到連叔叔家陪他一邊下棋，一邊喝茶聊天，他對我說：「永恩，下次回來看叔叔的時候，記得要把男朋友帶來喔！」

「一定要交到男朋友才能來看你嗎？如果我下次回來前還是交不到怎麼辦？」

「那簡單哪，就嫁給我們彥桀！」

「你當初不是要芮娜嫁給他嗎？叔叔到底想要誰當你的媳婦呀？」

連叔叔雙手抱胸，皺起眉頭，似乎陷入苦惱，半晌後開心答道：「不然妳們都嫁給彥桀，妳和芮娜兩個一起做我媳婦！」說完，叔叔立刻被梅子阿姨罵了一頓，我不禁哈哈笑了出來。

隔日，我要出發去車站，連叔叔正好也要開車去搬貨，堅持載我一程的他，竟跟爸爸爭了起來，最後叔叔贏了，還從店裡提了一大盒糖果給我，讓我帶回高雄慢慢吃。

我們在車上聊了很多，叔叔也不避諱地說出他的心裡話，特別是關於大哥哥的事。

「你還是不肯讓他回來呀？」我問。

「我沒說他不能回來啊，現在是那個臭小子不肯回來，難道要我拉下臉去求他嗎？」他憤憤地抱怨，再重重嘆氣，「這孩子從小就不肯乖乖聽我的話，明明是爲他好，居然認爲我在害他，哪有父母會存心害自己的孩子？不就是因爲不想讓孩子跟自己一樣吃苦，我們才那麼拚命的嗎？」

「但是，大哥哥現在也過得很好不是嗎？我不覺得他是故意跟你唱反調，他一定也明白你的苦心。大哥哥是個很善良的人，絕對不可能會埋怨你的。」

「唉，叔叔知道。只是天下父母心哪，等永恩妳以後有了孩子就會明白。不管是彥桀跟彥慈，還是妳跟芮娜，你們都是我看著長大的，所以在我眼中你們都是我的孩子，做父母的，只要兒女能過得幸福，自己再苦都無所謂。」他擺擺手，接著話題一轉，「永恩，妳還有跟妳媽媽聯絡嗎？」

「有。」

「妳聽叔叔的勸告，千萬別變得像妳媽那樣，她那個性眞是讓人受不了。想當年，芮娜和她媽都搬進妳家了，妳媽還……唉，算了算了！」

「發生什麼事？」我的好奇心被勾起。

「沒事沒事，都過去了，不提也罷。總之，幸好妳跟著妳爸，不然眞不知道會被妳媽帶成什麼樣子。」

我沒有吭聲。

三十分鐘後，抵達車站，叔叔幫我把行李提下車。離去前，他在車裡對我招招手，叮嚀道：「永恩，下次記得跟芮娜一起回來，叔叔開車帶妳們去港口釣魚兜風。」

「好，你也記得別喝太多酒喔。」我向他揮手道別。

剛才連叔叔在車裡說的話，讓我始終無法釋懷，直到打開租屋處大門，那股瀰漫在客廳的油煙味薰得我腦袋一暈，才把那件事暫時拋在一旁。

電磁爐上的煎鍋裡有幾片剛煎好不久的蔥油餅；沙發上放著一堆從陽台收進來的衣服，桌上則是滿滿的飲料零食空盒，地板還散落著用過的衛生紙。

跟小綠學姊同住這麼久，我早知道她的生活習慣很差、不在意衛生，但第一次親眼目睹如此誇張的一幕，還是不由得一陣頭皮發麻。

雖然學姊比我早回來，卻沒見她在家，一放好行李我便著手收拾屋子。一個小時後她回來，興高采烈地跑來找我聊天，對寒假前發生的事似乎已經沒放在心上，也不再與我冷戰。

但這不代表一切和平落幕。

第二學期開始，小綠學姊漸漸變得古里古怪，有時上午還笑嘻嘻的，到了下午就突然苦著臉不說話，大家都在場的時候尤其明顯。

她的情緒起伏之大，登山社的每個成員都注意到了，當她沒來由的又陷入心情低落時，大東學長會特別上前關心，但她總是默不作聲，只露出一張強顏歡笑的臉。她的情緒異常持續了一個多月後，某天來社辦閒晃的張澔，順口向我探問起她的事。

「我眞的不知道，不管我怎麼問她也不說，你就別再煩我了。」我很無奈，已經數不清是第幾次有人跑來問我。

「但我記得妳們之前有鬧過不愉快對不對？就是上學期我和妳去吃飯被人看見，她去問妳的那一次，對吧？」

「那又怎樣？早就已經沒事了，我們後來也沒再起什麼紛爭啊。」

張澔撇撇嘴角，「妳最好還是小心點，搞不好是小綠故意想陰妳呢。」

我白了他一眼，不再搭理他，也沒把他的話放在心上。

後來，爲了幫助小綠學姊平復心情，幾名和她比較熟的社團成員，決定週末在一間吃到飽餐廳替她辦一場小型聚會。

張澔跟著我到餐點區夾菜，「妳的小綠學姊還眞是會給大家添麻煩。」

我見他兩手空空，似乎沒打算拿菜，「你不吃嗎？」

「我不太餓，今晚的聚會本來只有大東一個男生，所以他才特意找我一起來，反正是他請客，我吃不吃都沒什麼損失，但我實在很不喜歡坐在包廂裡，待久了會讓我覺得好像快要窒息。」他看我又拿了一個空盤，忍不住打趣，「妳今天很餓嗎？妳好像已經吃了不少嘍。」

「我是要拿水果給小綠學姊他們。」我又賞他一記白眼，用大托盤裝著三盤水果走回包廂，卻在進門的前一刻聽見小綠學姊的啜泣聲。

接著是大東學長的聲音，「會不會是有什麼誤會？」

「社長，我們知道你喜歡永恩，所以之前才不敢告訴你，但是小綠眞的太可憐了，她對永恩那麼好，找她一起租房子，還天天煮東西給她吃，結果她居然把小綠的愛心料理都偷偷倒掉。這絕對不是誤會，我們還在茶水間的垃圾桶發現小綠特地煎給永恩吃的蔥油餅，幾乎一口都沒吃就被丟掉了耶！」

我站在包廂外一動也不動。

「不光是這樣，聽說永恩在學校跟小綠還好好的，可是回到家就會對她擺臭臉呢！之前小綠的浴室拖鞋壞了，社長你送了一雙白色的新拖鞋給她，小綠一直很珍惜，但寒假結束回來，永恩居然在打掃的時候把拖鞋扔了。她和小綠這麼好，怎麼可能不知道那雙拖鞋是你送給小綠的？怎麼想她都是故意的啊！」另一個女社員也義憤填膺地振振有辭。

經過一段嚴肅的靜默，大東學長又問：「這是眞的嗎？小綠？妳怎麼不早說？」

小綠學姊仍在啜泣，半晌後才哽咽開口：「對不起啦，大東。因爲我不希望爲了這件事傷了大家的和氣，害永恩被大家責怪，而且我想永恩應該不是故意的，是我做得不夠好才會惹她不高興，是我的錯……」

「拜託，小綠，妳爲她做得還不夠多嗎？大家都知道妳對永恩有多好！」女社員們又開始鼓譟。

「就是嘛，這明明是永恩的錯，她根本是雙面人，在大家面前裝出一副乖巧懂事的模樣，背地裡卻一直欺負小綠，實在太可惡了！」

「大東，你身為社長，不應該再繼續袒護永恩了，你一定要為小綠討個公道！」

那些高亢的話語聲在包廂裡此起彼落，我依舊靜靜地聽著，沒有任何反應。

當耳邊跟腦海中的聲音逐漸交融，我開始分不清楚現在正在說話的，到底是存在於我腦袋裡的人，還是坐在包廂裡的人？

「不過我真沒想到她會做出這種事，果然人不可貌相。」

「妳好壞！妳好壞！」

「有什麼關係呢？反正大家都愛聽。」

「沈曼書眞可憐。」

「謝永恩啦啦啦——」

「永恩，妳會討厭我嗎？」

「哈哈哈，妳沒救了，沒救了！」

就在一群人又在我腦中吵得不可開交時，我的雙耳驀地被一雙厚實溫暖的手給罩住。

那些交錯的爭吵聲彷彿都在剎那間停止。

張澔捂住我的耳朵，朝關上門的包廂裡頭喊：「喂，大東，謝永恩突然身體不舒服，我先送她回去！」

他這突如其來的一喊，讓那群聒噪不休的女生頓時噤聲，而大東學長似乎嚇了一跳，結結巴巴地問：「怎、怎麼回事？永恩怎麼了？」

「沒什麼啦，只是胃突然不太舒服，好像是這陣子被逼著吃太多油膩的蔥油餅，所以一直消化不良。她現在人在餐廳外面，她請我過來跟你說一聲。我會送她回去，你們慢慢吃，不必等我們。」

張澔說完，迅速帶我離開餐廳。

他一路牢牢摟著我，沒有放開，直到我們走到停在店門口附近的機車旁。

他載著我馳騁在馬路上，無數街燈從我眼前掠過，我默默看了一陣，才低頭注意到自己環抱著張澔身體的雙手。

當我意識到自己正摟著張澔的腰，卻沒有任何尷尬或害羞的情緒，彷彿這樣的舉動很尋常，一切發生得自然而然。

曾幾何時，張澔陪伴在我身邊已經成了一件理所當然的事？

我請張澔載我去一處地方，最後我們停在那棟我很常去的廢棄大樓前，兩人一塊踩著階梯走上頂樓，晚風迎面徐徐吹來。

「原來妳會一個人來這種地方？視野不錯。」他滿意地眺望這座城市的夜景，回頭發現我正盯著他看，舉起右手道：「我沒告訴小綠任何事，我發誓。」

「你剛才是存心火上加油吧？」

「當然不是，我是故意說給小綠聽的，我早就猜到她會來陰的，看來她爲了今天的事已經準備很久了，眞是用心良苦。但妳眞的有丟掉大東送給她的拖鞋嗎？」被我橫了一眼後，他笑了笑，「好啦，我相信妳，不過小綠她們是怎麼發現妳丟掉蔥油餅的呢？」

「我每次都會把要丟掉的蔥油餅先放進不透明的塑膠袋裡，再打上死結，趁她不在家的時候才會扔在垃圾桶裡。如果這樣她還能發現，唯一的可能就是她故意把蔥油餅煎得很難吃，讓我吃不下去，再等著我丟掉。不然誰會那麼無聊去翻垃圾桶，還把綁上死結的塑膠袋拆開來看？」我靠在水泥圍牆上，視線落向遠方的零星燈火。

「那現在怎麼辦？她已經向大東告狀了，說不定明天就會找妳去問個清楚。」他站在我身前，低頭凝視我的臉，「妳好像不怎麼在乎這件事。」

「難道你要我也在大家面前掉眼淚嗎？反正又不是第一次被人說閒話，隨便啦。」

「聽起來妳以前經歷過不太好的事，是什麼時候？高中嗎？」

我沒回答。

「謝永恩。」

「幹麼？」

「妳爲什麼不喜歡猜拳？」

「你怎麼還在問這件事？」

「因爲我還是很好奇啊，我沒想過會有人討厭猜拳。妳就告訴我原因，我不會說出去的。」

張澔含笑的眼眸裡倒映出城市的燦爛燈火，讓我的目光忍不住多停留了一會兒。

我扭頭望向遠處，嘆了一口很長的氣。

「我不想害人。」我低聲說：「過去只要有人跟我猜拳，而我又贏了的話，都不會有什麼好事發生。」

張澔想了想，接著問：「妳所謂『不會有什麼好事發生』，是指妳，還是指跟妳猜拳的人？」

見我沒作聲，他也很乾脆地不再追問，「好吧，沒關係，反正這樣的答案對我來說已經足夠。」

聞言，我又看了他一眼。

我們在樓頂待了一個多小時才離開。回到家後，小綠學姊還沒回來，我也沒等她，洗完澡就回房躺上床，卻遲遲無法入眠。

關於小綠學姊陷害我的這件事，我其實沒有半點感覺，占據我全部思緒的反而是今晚張澔在包廂門外對我做出的舉動。

他只是用雙手捂住了我的耳朵，居然能讓那些在我腦海裡迴盪不去的聲音瞬間停下。

這也讓我不禁想起先前在恍惚之間看見的那張面孔。

就算張澔早已察覺我不若表面上看來那麼單純，但他並不會追問太多，他只挑他眞正感興趣的部分開口；對於那些一般人可能會好奇的問題，他反而一點興趣也沒有。

他不會非要完全了解一個人不可。

如今回想起來，或許因爲張澔是這樣的人，我才能接受他的出現，並得以習慣他陪在

身邊吧？

隔天課程結束後，大東學長請我到社辦一趟。

明明沒有社團活動，那天社辦卻來了不少人，想必我和小綠學姊之間的事已經傳開了吧，所以大家都想過來看看社長會怎麼處理這件事。

大東學長一本正經地站在我面前，但口氣還算溫和，「永恩，妳眞的每次都把小綠煮給妳吃的食物丟到垃圾桶嗎？甚至故意扔掉我送她的東西？」

他沒有私下找我確認小綠學姊所言是否屬實，而是在社辦裡當眾質問我，在場所有人的視線全數落在我身上，好像我是坐在法庭上接受審問的犯人。

張澔也來了，但他看起來並沒有要出面幫我的意思，只是雙手抱胸站在門邊，淡定地觀望眼前的一切。

「大東，算了啦，不要這樣逼永恩。事情過了就算了，好不好？」小綠學姊到現在仍盡力扮演善良學姊的角色。

「不行，還是要把事情弄清楚才對，我認爲這是很嚴重的事。爲了我們社團的和諧，我不希望社員之間發生這樣的嫌隙，這也是我的責任。」大東學長仍一派正氣凜然，似乎忘了我早已退出社團。他誠懇地勸說：「永恩，我相信妳不會做出這種事，一定是有什麼誤會，妳就趁這個機會解釋清楚，不然一直讓大家誤會下去也不好，妳說對不對？」

我沒有接話，也沒有委屈地露出泫然欲泣的模樣，只是靜靜地看著大東學長的眼睛，像尊雕像般動也不動。

結果大東學長似乎以爲我默認自己做錯了事了，他臉上流露出沉痛之色，語氣也比方才更加嚴肅，「永恩，跟小綠道歉吧，只要妳願意認錯，小綠一定會原諒妳的。」

「大東，不用了，眞的沒關係啦！」小綠學姊又出言緩頰。

「不行，做錯事就得道歉。我身爲社長，不希望未來再發生類似的事，也絕不會偏袒任何人，一切公事公辦！」

於是，他們繼續在我面前你一言我一語的喋喋不休。

學長仍是那副悲憤失望的神情，小綠學姊仍是苦勸他不要跟我計較，至於眾人也仍是站在一旁，等我親口說出一句對不起。

我忽然覺得這一切眞是夠了。

到後來我根本沒怎麼聽他們說話，只聽著腦中的那些聲音嘰嘰喳喳說個不停。

一切如此莫名其妙，就連我現在會出現在這個地方，都很莫名其妙。

「我沒想到妳是這樣的人，永恩。」學長面色黯淡地宣布：「妳以後別再過來這裡了。」

我背上包包從容起身，就像看完一場電影，聽到有人說散場了，自然而然地準備離場。

出了社辦，我走下一樓，右手突然被人一把抓住，張澔跟了上來。

「幹麼？」我瞥了他一眼。

「帶妳去吃大餐啊，慶祝妳以後不用再吃小綠的蔥油餅了。」他拉著我走，嘴角勾得高高的，「我剛才沒有站出來幫妳說話，妳會生氣嗎？」

「你出來幫倒忙我才會生氣。」

張澔發出清亮的笑聲，就這麼牽住我的手，一路朝校門口大步走去。

而我沒有掙脫。

這天晚上我們吃的是火鍋，等待火鍋湯煮沸時，張澔說：「其實大東叫妳別再來社辦的時候，我以爲妳會豁出去，直接告訴他眞相，揭穿小綠的假面具。」

「抱歉沒讓你看到好戲。」我把火鍋料丟進鍋裡，「就算要揭穿，也要看是在誰的面前揭穿，你眞的認爲把事實告訴大東學長會有用？」

「也對。」他不反駁，嘆了一口氣，「我覺得小綠只是心機重了點，但沒什麼惡意。」

「心機重還不算惡意？」

「我的意思是，畢竟她也喜歡大東七年了，偏偏大東就是對她沒意思，但她還是痴心守著他到現在，仔細想想她也挺可憐的。」

「既然這樣，那我剛才的確該把話說開，勸大東學長乾脆接受她，免得下次又害哪個女生莫名其妙被誣陷。」

「雖然妳這麼說，我還是不認爲妳會這麼做。不過，沒給小綠一點教訓，妳不會覺得不甘心嗎？」

「那是遲早的事，只是出手的那個人不會是我。就算再不喜歡她，我也不想這麼做。」

「妳確定？有些人就算做盡了壞事，也未必會得到報應喔。」見我搖頭，張澔又問：「所以妳相信因果論？」

「不是相不相信的問題，」我看著火鍋料在沸騰的鍋裡翻滾，「而是在我過去的經驗裡，那些做了不被普世價值認可之事的人，最後都沒什麼好下場。」然後我望向他，「我相信確實有人就像你說的那樣『幸運』，只是我碰到的偏偏都不是那樣。」

「了解。」他就此打住，像之前一樣，沒有探問下去的打算，「妳以後眞的不去社辦了嗎？」

「社長都開口了，你還要我過去招人嫌嗎？只是以後我跟你就沒什麼機會再見面了，你自己保重。」

「那怎麼行？妳不在的話我也沒理由再去了，我可是因爲妳才會出現在那裡的，妳不在那多無聊。」

我眉頭微擰，「你眞的沒有在追我嗎？」

「假如妳非得這樣想才肯讓我接近的話，那就當作我在追妳吧。」

見他這一次沒有再否認，我也不做任何反應，默不作聲地繼續享用火鍋。

晚餐後，張澔騎車載我來到愛河，我們沿著河邊漫步，帶著水氣的微風吹拂在身上格外舒爽。

沒走多久，張澔開口：「謝永恩，老實講，大東喜歡妳這麼久，難道妳都沒有一點點心動的感覺？」

「完全沒有。」

「那妳會難過嗎？他在大家面前那樣質問妳的時候，妳不會氣他居然如此對待妳？」

「不會，我只是覺得很荒謬。他對我根本一無所知，卻說出『我相信妳不會做出這種事』、『我沒想到妳是這樣的人』，我不太明白他到底以爲我是什麼樣的人？爲什麼要擅自對我有了期望之後又失望，再表現出好像是我害他受傷一樣。」我語調冷漠，「他享受這種熱血正義的遊戲，那是他的自由，但我對於滿口正義、什麼事都只想著要正面思考的人其實很感冒，也沒什麼耐心。仔細想想，也許像他這樣的人，只有小綠學姊能保護得了他吧。」

「妳現在諷刺的對象，可是從小跟我一起長大的好朋友喔。」

「若覺得刺耳或不高興，你也可以從現在起對我失望，直接掉頭就走沒關係。」

張澔卻噗哧一笑，「這倒不需要，因爲我的想法跟妳差不多，我對於空有滿腔熱血卻不懂得思考的人也很厭惡，要不是因爲認識太久，早就習慣大東的個性，我也不會和這樣的人接觸。」

「你現在諷刺的對象，可是從小跟你一起長大的好朋友喔。」

「所以我們是共犯啦，在妳面前不知不覺就吐出眞心話了。」說完，他一副頗有感觸地說：「謝永恩，妳知道嗎？妳之前說錯了一件事。」

「什麼事？」

「妳說妳不擅長欲擒故縱，妳錯了，其實妳非常擅長。如果妳沒有自覺，那就表示妳很有天分。」

我停下腳步看著他，再用和他一樣的語氣回：「如果你現在不是在幫朋友報仇，那就表示你真的對我有意思。我有說錯嗎？」

這次他依然沒反駁，只是問：「謝永恩，妳相信這世上有真愛嗎？」

我一愣，從他口中聽到「眞愛」這二個字有種莫名的違和感。

「你所謂的眞愛，指的是什麼？」

「嗯……就一般定義的那種吧。這輩子只認定一個對象，相信自己會永遠只鍾情這麼一個人。」

我頓時一滯。

片刻靜默後，我冷淡地回：「不相信。」

張澔深深地笑了，「那我們很適合在一起。」

他猶如一道黑影朝我靠近，我的視線驟然暗下。

最後他俯身吻了我。

小綠學姊在畢業前就搬出了租屋處。

在我被趕出登山社後，她還是會跟我說話，仍然表現得親切溫柔，心情也不再像之前那般陰晴不定，彷彿什麼事都沒發生過。

畢竟我已經與大東學長撕破臉，對她不再具有威脅性，因此她也沒有必要再想花招來陷害我，我們反倒可以相安無事地繼續同住在一個屋簷下。

直到有一天，我發現她把一雙白色拖鞋晾在陽台上，忘了收進來，我便替她把拖鞋放回她的房門口，也就是那雙她口口聲聲宣稱被我故意扔掉的浴室拖鞋。

隔天小綠學姊就迅速搬家了，幾乎像是逃命似的，也不敢再跟我說半句話，最後僅花了三天就把東西全部搬走，連聲再見都沒有。

其實，只要把這件事告訴大東學長，就能揭穿小綠學姊的謊言，但我實在懶得這麼做，更不覺得有這個必要。大東學長打過幾次電話給我，也在MSN上傳過幾次訊息，但我一概不予理會，最後索性刪了他的手機號碼，並封鎖他的MSN帳號。

終於不必再跟那兩人糾纏，讓我感到無比輕鬆，而小綠學姊搬走後一個月，一個跟我交情不錯的系上學妹搬過來成爲我的新室友，日子自此過得愜意安穩，天下太平。

至於我跟張澔，自從他在愛河畔吻了我以後，雖然彼此都沒有特別明講，但我們也算是正式開始交往了。

然而即便如此，我跟張澔之間的相處模式並未有任何變化。平常上完課只要有空，我們會一起去吃晚餐，騎車到處逛逛，或是到公園散步，不會非要每天跟對方見面或通電話，日子過得跟以前差不多。

我們之間的互動沒有什麼激情，卻也不至於枯燥乏味，我跟他都知道這是最適合彼此的交往方式。如果我是那種一天二十四小時都想黏在他身邊的那種女生，他絕對不可能跟我在一起。

我們不過於干涉對方，生活也不以對方爲中心打轉，加上張澔對他沒興趣的事不會深入探究，更不會打破砂鍋問到底，因此偶有紛爭出現時，我們頂多鬥個嘴，從來不曾眞正大吵過。

即便在交往後，他仍然不會要求我任何事都得要向他坦承，事實上，這也是我願意跟他交往的原因之一。他自己做不到的事，也絕對不會要求我做到。

吻我的那天他對我說，我們很適合在一起。

我想我很認同，畢竟存在我們之間的，與其說是愛情，不如說是各取所需的關係，我們都能在對方身上找到自己想要的東西。而我在他身上得到的是平靜和安定，以及足夠的空間與自由。

我不曾問過張澔他爲什麼喜歡我，也不曾有過想要開口問的念頭。我想張澔並不喜歡會問他這種問題的女人，就如同我也不希望他哪天變成會問這種問題的男人。

時序進入五月，高雄的天氣熱得彷彿已經進入盛夏。

這學期我的生活除了上課和打工，就是到系辦指導學弟妹功課，之前碰上期中考的時候更是忙得不開交，甚至一個禮拜都沒跟張澔見面，但他毫不在意，反而在手機裡笑著問我要不要送雙浴室拖鞋給小綠學姊當畢業禮物，我回了他一句神經病就掛掉電話。

雖然忙碌，這段期間還是有一件令我在意的事。

爸爸在五月底打了通電話給我，希望我能聯繫上芮娜，並問今年暑假我們能不能一起回去，他想帶我們全家四人出遊。

時間上我可以配合，但這幾年來，我和芮娜從未私下聯絡過，所以我直接問爸：「你有打給芮娜嗎？」

「有啊，但不曉得爲什麼最近芮娜的手機都關機，電話都打不進去，怎麼也聯絡不上，所以我才想恩恩妳應該有其他方法可以聯繫她，爸爸很希望妳們這次能一起回來。」

「好，我知道了，我會試著聯絡她的。」

通話一結束，我坐在電腦前陷入沉思。

我點開手機的通訊錄，找到芮娜的名字。雖然她的號碼一直存在我的手機裡，我卻已經想不起上一次撥這個號碼是什麼時候？

我與芮娜實在生分太久，這幾年來我不曾主動打過電話給她，完全不曉得她的近況。

我想起之前連叔叔開車送我到車站時，曾叮嚀我下次要和芮娜一起回去，如今爸爸也提出了同樣的請求，我無法再置之不理。

看著手機裡的那個號碼許久，我終於按下撥出鍵，屏息等待話筒另一端傳來芮娜的聲音，電話卻始終無法接通，我只得先把這件事暫時擱下。

就這樣，一直到期末考來臨，我依舊沒有聯絡上芮娜。

昏天暗地的期末考結束後，我本想試著再聯繫芮娜一次，但在這之前，我就先接到了爸打過來的電話。

通話另一端的他才開口說沒幾句話，我便感到呼吸一窒，世界幾乎完全停擺。

我的耳邊聽不見任何聲音，眼前也是一片黑暗。

那時的我還沒有想到，爸的這一通電話，將讓我見到一個很久很久不見的人。

一個住在我心裡多年的人。

◆

自從那個人離開後，我曾在心裡想像過無數次，會在什麼樣的場景下再次見到他。

我幻想過各種情況，卻從未料到，最後竟是以這種方式與大哥哥重逢。

連叔叔在我期末考結束的那一天，突然在家中倒下，昏迷不醒。

他被緊急送進醫院，卻從此沒再醒來，死因是急性心肌梗塞。

我回到家以後，就跟著爸爸和二媽到連叔叔家協助喪葬事宜。

回來的第一天，我就見到闊別十年未見的大哥哥。

那時，所有人都在爲連叔叔的告別式做準備，我站在靈堂前，望著連叔叔的照片出神許久。

照片裡的連叔叔雙眼直視前方，兩邊嘴角卻隱隱勾了起來，乍看之下，就像是他在對我微笑。

「布布？」

我胸口突然湧上一陣顫動。

聽見許久不曾再被誰喚過的那個名字，我呼吸一停，差點以爲那是從我腦海裡跑出來的聲音。

我緩緩地回過頭，直到那道高眺的身影清楚映入眼簾，我才確定那個聲音不是我腦中所幻想出來的。

那個人目光如炬地看著我，微微一笑，「妳是布布吧？」

能再見到大哥哥，我心跳如鼓，喉嚨乾澀得發不出聲音來。

一群葬儀社的職員正忙著布置靈堂，爲了不在一旁礙手礙腳，我跟著大哥哥來到他位於二樓的房間。

小時候他時常帶我去他房裡玩，他離開這麼多年以後，這是我第一次再度踏進這間房裡。

在這樣悲傷的場合，看著已經蛻變爲成熟男人的他，我一時想不出什麼安慰的話語，只能啞著聲音問道：「梅子阿姨……還好嗎？」

「嗯，雖然之前狀況不太好，但多虧有親戚、鄰居幫忙，我姊也一直陪在她身邊，她的情緒已經穩定了不少，也慢慢振作起精神，跟大家一起準備爸的告別式。」他語氣眞摯地向我道謝，「謝謝妳從高雄趕回來幫忙。」

「你別客氣，這是我該做的，我也想爲叔叔盡一份心力！」

他認眞地看著我，「妳過得好嗎？布布。」

我點點頭，「你呢？」

「我也很好。只是……我覺得很感慨，居然是在這種情況下與妳重逢。」他露出苦笑，低垂的眼眸一黯，旋即又抬起頭仔細端詳我，溫柔地說：「妳現在要升大四了對不對？妳長大了，也變得更漂亮了。」

他突如其來的讚美讓我不知該怎麼回話，只感到雙頰一熱。

「大哥哥倒是沒什麼變呢。」

「眞的？我還以爲至少比以前更有男子氣概了呢。」他呵呵地笑出聲，臉上有著藏不住的憔悴與疲憊，想必這陣子他心裡一定很不好受。

我的目光始終無法離開他的臉，由衷說道：「有啊，感覺你變得更穩重可靠了，而且我聽梅子阿姨說，你在台北的事業做得很不錯。」

大哥哥頓了頓，沉沉嘆息，視線落向窗外，「其實我很希望能親耳聽到我爸對我說這句話，他總認爲我不打不成器，現在好不容易做出點成績了，本想再過不久，我就能揚眉吐氣回來見他，」他深呼吸，「只可惜……」

他沒有把話說完，只是盯著窗外一動也不動，眼角微微抽動了一下。

過了一會兒，他才扭頭看我，淺淺一笑：「我們下樓去吧，布布妳應該很久沒見到我姊了？她現在跟我媽還有阿姨在後院摺紙蓮花，我帶妳去向她打聲招呼，她看到妳一定很高興。」

「好。」我點頭應允，聲音裡帶著鼻音。

方才，我以爲大哥哥下一秒就會哭出來。

舉行告別式的那天上午，住在附近的所有鄰居都來爲連叔叔上香。站在靈堂最前方的大哥哥，對每一位前來弔唁的人點頭致意，而他身旁的彥慈姊始終牢牢摟著早已哭得雙眼紅腫的梅子阿姨。

而在那一天，芮娜也回來了。

雖然之前一直聯絡不上她，但爸在三天前接到芮娜打回家的電話，因此她也趕上了連叔叔的告別式。

這是睽違近兩年來，我第一次再見到芮娜。

當她一身黑衣，一頭及腰的褐色長髮，素著一張臉走進靈堂時，現場有不少人的目光都短暫停留在她身上。

上完香後，芮娜沒有離開，而是走到我旁邊坐下，默默幫著我一起收奠儀。

但我們誰也沒主動開口向對方說一句話。

我和芮娜在靈堂上留到最後一刻，告別式結束後也沒有離開。梅子阿姨拿了兩個紅包過來，說是要感謝我們的幫忙，但我們堅持不收，只是各自給了阿姨一個深深的擁抱，希望能爲她帶來些許安慰。

當天晚上，我躺在床上翻來覆去，久久無法成眠。

十二點半，我從床上爬起，打算下樓倒杯水喝，卻在走出房間後不久，看見有個人坐在樓梯間的台階上。

我望著她的背影許久，才開口叫她：「芮娜。」

倚著牆一動也不動的她，聽到我的聲音才回過頭來。

「妳也睡不著嗎？」我問。

她點點頭。

我沉默了片刻，決定問她：「……那要不要一起出去走走？」

芮娜淡漠的目光落在我的臉上，想了一下，輕應了聲：「嗯。」

我拿起放在一樓玄關的車鑰匙，和芮娜一起坐上爸停在門口的車，在無人的街巷裡直直駛向黑夜。

芮娜沒有問我打算去哪裡，我也沒有向她說明。

這種感覺有點微妙，彷彿我們誰在車裡出了聲，反而會顯得刻意與突兀。

對我們而言，沉默似乎才是此時最適合的狀態。

二十分鐘後，我將車停在港口一隅。

帶著海水鹹味的海風，在我打開車門的那一刻迎面撲來。

我和芮娜坐在防波堤上，並肩遙望月亮在遠方漆黑海面上灑下的零碎光芒，海浪打上消波塊的聲響清亮悅耳，有好一段時間，我們都沒有出聲，只是偶爾抬頭看向夜空中那一片璀璨的星斗。

「妳會開車了？」芮娜首先打破沉默。

「寒假回來的時候順便跟爸學的，反正在家也沒事。」

「怎麼會想來這裡？」

「……也沒什麼，只是我突然想到，之前有次我要回高雄的時候，連叔叔曾說下次要帶我們一起來這邊釣魚，所以我就把車子開過來了。」

「我們？」

「對啊，我們。」

沉默再次短暫降臨，芮娜過了好一會兒才說：「好久沒和叔叔來釣魚了。」

「嗯，上高中之後就沒有了吧。」

芮娜被風吹起的長髮不時遮住她的臉龐，她伸手將頭髮撥到耳後，轉頭看向我，「妳有男朋友了嗎？」

我輕輕點頭，「嗯。妳呢？」

「有，大一就跟對方交往了，但一直分分合合的，感覺有跟沒有一樣，說不定過幾天又會分手了。你們在一起多久了？」

「幾個月吧。」

「那不是感情正甜蜜的時候？」

「還好啦，我跟那個人沒什麼熱戀期。」聽到她輕哂一聲，我好奇問：「怎麼了？」

她搖搖頭，脣角似笑非笑，「想不到妳還願意跟我說話。」

芮娜有一點變了。

但也許不是只有一點，今天她一踏進靈堂的時候，我就察覺到了。

當時她雖然穿的只是樣式極爲普通的黑色長洋裝，卻仍遮掩不住她玲瓏有緻的身材，她變得更有女人味了。她那雙充滿靈性與野性的眼睛，過去總是透出張揚的高傲與不羈，如今卻變得內斂許多，像是在眸裡藏著一片寬闊無垠的寂靜星空。

這樣的芮娜，比我記憶裡的她還要美麗。

「連叔叔走了，要是我們繼續冷戰，他知道了會難過吧。」我試著用輕鬆的口吻和芮娜說話。

「也就是說，如果不是因爲叔叔，我們或許會一輩子這樣下去也說不定喔。」芮娜面容恬靜，「一輩子不說話，一輩子不見面，一輩子當陌生人。」

「怎麼可能……畢竟我爸跟妳媽還是夫妻，等妳或我將來哪個先結了婚，還是會以家人的身分出席對方的喜宴吧？」海風灌進我的喉嚨，我不禁咳了一聲，「而且眞要說的話，也是因爲妳很少回來，我們才會漸行漸遠的，不是嗎？」

我沒有直說刻意避開我的人明明是她，但其實我心裡明白，不能一味將所有問題歸咎於她，畢竟過去的我確實不只一次希望能夠徹底遠離芮娜，不想再看見她的臉。

「因爲我覺得妳應該非常討厭我，早就不想再見到我了。」

而她怎麼可能會不知道呢？

海風無止盡地吹拂，我深深地吸了口氣，聲音微啞，「所以……算是我的錯吧，叔叔一直很希望我們能一起回來探望他，是我讓他這個心願無法達成。」

芮娜仰起頭望向夜空，「欸，妳還記得很久以前，叔叔曾經在半夜開著他的卡車，偷偷載我們出去兜風嗎？」

我回想了下，點點頭：「……記得，那天好像是叔叔跟爸下棋起了口角，鬧得不是很愉快，叔叔想整整爸爸，就叫我們晚上偷偷過去找他，說要開車帶我們出去玩，結果爸發現我們不在房間，嚇得到處找人，甚至差點要報警，最後叔叔載我們回家時，他還對氣得臉紅脖子粗的爸爸做鬼臉……」

昔日畫面一一湧上心頭，我不禁噗哧一聲，「叔叔以前眞的很頑皮呢。」

芮娜也揚起淺淺笑容，「我倒是不太記得叔叔跟爸吵架那一段，我只記得那天晚上叔叔一邊唱歌，一邊開車載著我們在田野間四處兜風，那晚的夜空就跟現在一樣，滿天星星閃耀，甚至還有幾顆流星拖著長長的尾巴劃過天邊。」

「眞的嗎？」我也跟著抬頭，試圖透過那片無垠星空喚醒更多記憶，「奇怪，這個部分我反而不太有印象，可能是因爲當時的我滿腦子想著：要是爸爸發現我們晚上偷溜出去玩怎麼辦。不過我確實也記得叔叔那天晚上一直開心地在唱……」

話未說完，我全身忽然輕輕一震。

芮娜將額頭抵在我的後肩，靠著我一動也不動，我看不見她此刻臉上的表情。

但芮娜這一抵，彷彿將我心裡的某塊地方撞碎了。

一層薄薄的淚霧迅速蒙上我的眼睛，第一滴淚隨即落了下來，第二滴、第三滴淚也接連滾下，我的臉很快就被湧泉般的淚水打濕。

連叔叔的笑容、話聲和身影，都還清晰地在我腦海中不斷浮現，但這一切卻都成了回憶。

我再也無法看見他向我揮手招呼的親切模樣，那樣的溫暖已經不會再有了……

我和芮娜在港口整整待了一個多小時。

到最後我們幾乎沒再說話，只是靜靜地思念連叔叔，靜靜地爲他流淚。

等到連淚痕都被海風吹乾，我聽見芮娜輕聲問：「要回去了嗎？」

「嗯，差不多了，不然爸要是發現我們不見，可能會以爲叔叔又把我們拐跑了。」

芮娜莞爾，「妳已經會開玩笑了。」

「叔叔一定不希望我們爲他哭哭啼啼，他會氣得罵人的。」

她慢慢地把頭從我肩膀上抬起來，「所以我們算是和好了嗎？」

「……連叔叔已經不在了，我不想往後再讓梅子阿姨，還有爸爸、二媽感覺孤單，今後我想盡量多陪在他們身邊。從前因爲不懂事而犯下的錯誤，我希望從今天起能全部忘記。我們都長大了，不應該再不成熟地鬧彆扭，至少爲了叔叔，我不想再這樣下去。所以過去的事，就讓它過去吧。」

芮娜靜默了一會兒，沒有出聲，她凝望著被月光照得閃閃發亮的海面。

「是啊。」她目光落在遠處，聲音輕得像是在說給自己聽，「要是能忘記就好了。」

◆

這個暑假，我和芮娜住在家裡的時間比以往都來得長。

我沒有回高雄打工，芮娜也不再像以前那樣只在家裡住個短短幾天，就急匆匆地趕回桃園。彥慈姊因爲工作的緣故得先返回台北，再過不久大哥哥也要回去了，這陣子我跟芮娜幾乎每天都會過去陪陪梅子阿姨。

大哥哥回台北的前幾日，說好大家要一起在阿姨家吃中餐，上午芮娜陪梅子阿姨去買菜，我跟大哥哥則留下來顧店。

我們兩人坐在店門口的長凳上，看著陽光從樹葉隙縫中流瀉而下，將地上照映出一片光影交錯。

「眞懷念，好久沒有跟永恩妳一起坐在這裡了。」大哥哥望著被陽光照得閃閃發亮的樹葉感慨，隨即注意到我的表情有異，他好奇地問：「怎麼了？」

「……沒有，你忽然改口叫我的名字，覺得有點意外。」

他撓撓臉，笑了笑，「因爲我想妳也長大了，要是繼續用那麼孩子氣的綽號叫妳，我怕妳會不高興。」

不會。我在心裡回答。

「永恩也是，以後叫我彥桀哥就行了。老實說，現在聽到妳叫我大哥哥，我總覺得自己好像瞬間老了好幾歲，有種大叔的感覺！」他故意裝出一張老臉，逗得我噗哧一笑。

「那大哥……不，彥桀哥，你明天回台北之後，還會再回來嗎？」一時間要改口有點不習慣。

「當然，只是下個月剛好比較忙，可能月底才會有空回來。」他嘆了口氣，「我跟我姊原本希望能接我媽一起到台北住，可是她不願意，我們也不想勉強她，所以我眞的很感謝這段期間妳和芮娜每天都來陪她，讓她不那麼孤單。謝謝妳，永恩。」

我搖頭，「阿姨和叔叔一直很照顧我們，我們也很希望能多陪陪阿姨，我跟芮娜都很樂意這麼做，你不用向我們道謝。」

他對我揚起感激的笑容，又低頭沉吟了片刻，「不過，想不到我離開這裡的這段期間，妳家裡發生了這麼多事。更沒想到叔叔跟阿姨最後會離婚，妳那時候一定覺得很無助，也很難過吧？」他抱歉地看著我，「對不起，當時沒能在妳身邊陪伴妳。」

我的胸口被一股溫柔的暖意包圍。

爲了掩飾感動的情緒，我微微一笑，「沒關係啦，那是很久以前的事了，而且現在這樣很好，家裡不再像以前那樣吵吵鬧鬧，我反而覺得很輕鬆。」

「那就好，看到妳已經健康平安地長大，我也放心了。妳爸媽離婚後，我曾經擔心妳一個人會不會很孤單？幸好後來妳有了新的家人，我想芮娜應該陪伴妳度過很多快樂的時光吧？」

我沒有回答。

「還有，我聽我媽說妳交男朋友了？是大學同學？」

我怔了怔，笑得有些尷尬，「……對啊。彥桀哥不是也有女朋友了嗎？」

「呵呵，是啊，我到台北之後交過兩任女友，結果現在這一任也分開了，而且分手後一個禮拜，我就接到爸過世的消息。簡直慘到不行呢，唉！」

見我手足無措，努力想說些話安慰他的樣子，彥傑哥爽朗大笑，「沒事沒事，我不要緊，妳不必擔心我。雖然接連碰上這些不如意的事，讓人覺得很喪氣，但這也是沒辦法的事啊，只能看開點了，畢竟日子還是得過下去，是吧？」

他的笑顏一如當年明亮，卻又多了幾分堅毅的氣息，讓我的鼻頭驀然有些酸酸的，打從心底深深佩服，「是啊，彥桀哥很了不起。我相信你也是爲了梅子阿姨，才會努力堅強起來的吧？」

他看我的眼神映著讚賞和欣慰，一雙厚實大掌溫柔地撫摸我的頭。

這突如其來的舉動，讓我的腦袋短暫空白了幾秒鐘。

下一刻，彥桀哥站起身，伸伸懶腰對我說：「這時間應該沒有什麼客人上門，我們先走去巷口看看吧。說不定芮娜她們已經回來了，我怕我媽買太多菜，兩個人拿不動。」

「好。」我跟著起身，卻仍緊張得無法正視他的臉，不自覺的加快腳步，走在前頭，他馬上喚住我。

沐浴在陽光下的彥桀哥朝我走來，站定在我面前，舉起握成拳頭的右手。

「我們來猜拳，好嗎？」

聽到這句話，我頓時一怔。

彥桀哥沒有發現我內心的翻騰，就要喊出猜拳的口令，「開始嘍。剪刀、石頭——」

「等一下！」我猛然抓住他的手。

「怎麼了？」

我呼吸微促，心跳紊亂，看著彥桀哥困惑的神情，我知道自己的反應嚇到他了。

「沒、沒什麼。」我暗自深吸口氣，抱著破釜沉舟的決心，「好，我們來猜拳，再一次好嗎？抱歉。」

他說好，但仍是一頭霧水，等他再喊出口令，我們便同時出拳，兩人的手被陽光照得發亮。

彥桀哥出石頭，我出剪刀，他贏了。

他脣角一揚，「妳已經不會再慢一拍了呢。」

「……當然嘍，我已經長大了，要是還像小時候一樣遲鈍，豈不是太糗了？」我故作輕鬆，心臟因緊張而快速跳個不停。

「我並不認爲這樣的妳很糗呀，反而覺得總是慢一拍出拳的妳很可愛，而且雖然每次猜拳妳都很慌張，但表情卻十分認真，我常被妳那全力以赴的態度感動。妳爲了跟上大家，從不把猜拳視爲遊戲，而是當成一件很重要的事在做。就算這只是一件小事，我也覺得肯爲小事努力的妳很了不起。」

我還沒回過神來，他的雙手就穿過我的髮絲捧住我的頭，低頭與我額貼著額。

「對不起，布布。」他低喃，「能夠再見到妳，眞的太好了。」

彷彿咒語一般，彥桀哥這句話再度使我腦中空蕩一片，周遭的鳥鳴聲及樹葉颯颯聲，也跟著從我耳邊消失了。

我不知道他爲什麼突然對我道歉，也不知道爲什麼他又喚我布布，但是那天我半夜醒來，發現自己的臉頰竟然是濕的，而不知何時，枕頭早已被我的眼淚浸濕。

淚水沒有在我醒來之後停止，依舊從眼角沿著臉龐不斷滑落。

「我們來猜拳，好嗎？」

我再次在夢裡哭了出來，一直到現在，我的視線仍然模糊得什麼也看不清。

我感覺右手掌心裡似乎牢牢地攢著什麼東西，這才想起那是裝著兩枚十元銅板的小布袋，即便昏沉入睡，我也始終沒有鬆手。

「能夠再見到妳，眞的太好了。」

我將握緊布袋的手緩緩放到胸口。

原本只是無聲淌著淚水，慢慢的，我低聲啜泣了起來，最後我整個人埋進被窩，發出幾乎就要喘不過氣的悲鳴。

我曾經多麼希望能夠再見到那個人一面。

然而現在的我，卻希望時間能夠倒流，回到那個人回來以前、連叔叔去世以前。

當年那個人還沒有離開這裡以前。

彥桀哥回台北的前一天，我開車到市區幫爸爸跑了一趟銀行。步出銀行時，在對街瞥見一間麵包店，我想起彥桀哥以前很喜歡吃這家店的蔥花麵包，於是專程過去買了幾個，並選了幾塊蛋糕，打算帶回去給他跟梅子阿姨享用。

當我將一大袋麵包交給阿姨時，她很高興，馬上取出一塊蛋糕吃了起來，我環顧屋內，沒見著其他人影，好奇問：「彥桀哥不在嗎？我幫他買了他愛吃的蔥花麵包。」

「喔，彥桀在二樓幫我找東西，芮娜也上去幫忙了，妳就直接把麵包帶上去給他吧，順便也帶一塊蛋糕給芮娜。」

我應了聲好，便拎著袋子走上二樓，注意到梅子阿姨的房門沒有關上，一道微弱的聲音從裡頭傳了出來。

我怔了半晌，放輕腳步緩緩走近房門口，從半掩的門扉裡悄悄望進去。

彥桀哥坐在床上，芮娜則站在他身邊。

他靠在芮娜的懷中，肩膀因壓抑的哭泣而微微抽動。

芮娜不時輕撫著他的頭，像是在呵護受傷的孩子，恬靜溫柔地擁著他。

從連叔叔去世到現在，我不曾見彥桀哥掉過一滴淚。

然而這一刻，他卻在芮娜的雙臂中哭倒，在別人看不見的地方，對她毫無防備地失控大哭。

那陣啜泣聲久久未停，我就這麼木然站在門外，腦中一片空白。

目睹兩人相擁的那一幕，一度讓我忘了自己身在何處。

◆

「妳還好吧？」手機那一端說。

「很好啊，沒事。」我回。

「眞的？」

「假的，你想聽嗎？」

「這個嘛，那要看是不是會對我們之間造成影響嘍。」

我沉思幾秒便答：「一半一半吧。」

「很好，那我就不聽了。」

我噗哧一笑，「眞意外，你也會害怕？」

「也不是，只是若我們現在不小心分手，大學最後這一年我可就無聊了。大東會繼續念我們學校的研究所，但他因爲我跟妳交往，氣得快不要我這個朋友了，到現在都還在鬧彆扭，所以至少等畢業後再跟我分手吧，說不定到時候我們也不得不分開了。」

「我想全世界能夠接受你這種安慰的女生，大概只有我而已了。」

「這證明我眼光精準啊。」張澔語帶笑意，「妳什麼時候回來？」

「五號吧，我會提前回去整理一下屋子。」

「知道了，我現在已經在高雄了，那天正好有空，我去接妳。」

結束通話沒多久，幾下短促的敲門聲響起。

芮娜站在門口對我說：「吃飯嘍。」

「好。」我收起剛才正在讀的書，走出房間時，便已看不見芮娜的身影了。

彥棨哥已經回到台北一段時間，學校再過不久也將開學，我和芮娜很快又要暫別家鄉。

這個暑假我和芮娜處得十分和諧，沒有吵架，也沒有不愉快。

芮娜就像是變了一個人，與從前總是把情緒寫在臉上的她截然不同，現在的她不僅個性沉穩內斂許多，也不會再故意對別人說出一些挑釁的言語。這次回來，她竟完全沒有跟二媽起爭執。

芮娜轉變的程度之大完全出乎我的預料，她和彥桀哥之間的關係也是如此。

無意間撞見芮娜和彥桀哥緊緊相擁後，我始終不曾開口問過芮娜，那天是不是發生了什麼事？她和彥桀哥現在是什麼關係？

當時她只是站在朋友的角度安慰傷心欲絕的彥桀哥，還是另有隱情？如果他們之間眞的有了什麼，又是從何時開始的？

芮娜此時正坐在我身旁吃飯，我無法從她臉上看出任何端倪。相較從前，她的舉止變得端莊沉著，談吐冷靜有禮，從內到外宛如脫胎換骨，蛻變成一個我完全不熟悉的芮娜。

只是再怎麼想要知道眞相，不管是對芮娜或彥桀哥，我誰也無法問出口。

回高雄的前一日，彥桀哥回來看梅子阿姨。

和芮娜一起去隔壁作客時，我不時會悄悄注意她跟彥桀哥，卻感覺不出什麼不對勁，兩人的互動都很自然，沒有任何曖昧的氛圍。

每當看見彥桀哥對我露出不見陰霾的和煦笑容，我總會想起他當時哭泣的臉。

「是啊，彥桀哥很了不起。我相信你也是爲了梅子阿姨，才會努力堅強起來的吧？」

是不是因爲我曾對他說過那樣的話，所以他才不願在我面前表現出脆弱的一面？

是不是因爲他在我心中的形象始終是那麼強壯勇敢，所以我才犯了這種錯誤，以爲他一直都能如此堅強？

如果我把這些盤旋在我心中多日的問題扔出去問他，是不是就太任性、也太孩子氣了？

但我不得不承認，當彥桀哥決定不再叫我布布時，我心中確實湧上了一股強烈的失落。我從來就不討厭他那樣叫我，反而認爲那個名字是屬於我與他之間的羈絆，沒有人可以斬斷。

可是現在我不確定了。

不確定對已經長大的我們而言，這份羈絆將會越來越顯緊密，還是越來越趨淡薄？

「永恩，妳畢業後打算留在高雄嗎？」彥桀哥站在門口問我。

我停頓了一下，「我還沒確定……怎麼了嗎？」

「沒有，只是想到妳明年就要畢業了，有點好奇妳之後有什麼打算？畢竟這裡沒什麼工作機會，想問問妳的計畫。」他笑了笑，「如果妳願意換個新環境，畢業後要不要去台北試試呢？要是妳比較習慣待在高雄，想留在那邊工作，那也不錯。」

我不由得一愣，我還沒有想過這件事情。

「彥桀哥覺得呢？」

「嗯，我是覺得去到台北發展還不錯，工作機會比較多，而且我私心也希望妳可以過來，這樣就能時常碰面，要是妳選擇留在高雄，見到妳的機會應該就少多了吧。若是以後妳眞的決定要來台北工作，我一定會很高興。」

「好，我會考慮看看。」我思考了一會兒才回答。

「太好了。」他面露欣喜，似乎眞的很高興。

「彥桀哥，我有一件事想問你。」

「什麼事？」

我抿抿脣，「上次你爲什麼要跟我道歉？」

雖然還是無法出言探詢他跟芮娜之間是否發生了什麼事，但他先前如此愼重地向我說對不起，讓我耿耿於懷。

彥桀哥沉默了一陣，靦腆地撫著後腦勺，露出苦笑，「爲了很多事吧……因爲我覺得自己做了很多對不起妳的事，尤其是當年離開後，我一直沒有回來，明明答應妳很快會再見面，可是我不但沒有做到，甚至連通電話或信件都沒有，所以我想妳一定已經討厭我了，也許也不想再見到我了，甚至早就把我忘得一乾二淨。而且在妳爸媽離婚那時，我沒有陪在妳身邊，也不曾關心過妳一句，這讓我覺得很慚愧，覺得自己很對不起妳。」

聽完彥桀哥的解釋，我定定地望著他，語氣平靜：「如果你一直記得和我的約定，還爲此對我感到抱歉，那應該一定有什麼特別的原因，你才會不跟我聯絡，對嗎？」

他沒有馬上回話，卻給了我一個肯定的眼神，只是眸裡的光芒也跟著黯淡許多。

「……我曾經信誓旦旦地向我爸保證，就算書念不好，還是可以出人頭地，所以在逃家那天，我對自己發誓，爲了證明我爸的想法是錯的，將來一定要成功、賺很多錢，在那天來臨之前絕對不回來。」彥桀哥的目光落向遠處。

「當時我也希望與妳再次相見的時候，我已經不再是過去那個成天挨罵的窩囊大哥哥，我想要妳對我刮目相看，好讓我有資格繼續當妳的大哥哥。妳可能會覺得我很幼稚，但我過去幾年確實是這麼想的。我不是故意不跟妳聯絡，也不是忘了妳，而是我希望有朝一日能抬頭挺胸地出現在妳面前。」他自嘲地淡淡一笑，朝我看來，「我會這麼做，雖然很大一部分原因是在跟我爸賭氣，但也是我怕自己會因為妳而心軟，要是聽見妳在電話裡對我哭訴，說不定我眞有可能會放棄一切，回到這裡。」

聽完彥桀哥這席話，我登時鼻頭發酸，眼眶微熱，無法言語。

我沒有辦法生他的氣，就算他一直不肯捎來消息，我也沒有埋怨過他。

當我知道他不曾忘記我，還把我放在他的內心深處，我的心就止不住地難受，胸口隨著每次心跳一次又一次抽痛。

「或許是因為這樣，我才會希望妳以後能來台北，若生活上碰到什麼問題，我可以就近幫助妳、照顧妳。」

那芮娜呢？

我對心裡隨即浮現這個念頭的自己感到茫然。

不知爲何，一聽到彥桀哥這麼說，我不自覺地揣測他是否也曾這麼問過芮娜？是否也希望芮娜未來能到台北生活？

腦中逐漸湧現一些細碎的聲音，我又開始變得不太對勁了。

「永恩？」

回過神，我匆匆擠出一抹笑容，「沒事，我只是在仔細考慮以後去到台北工作的可能性。」

彥桀哥摸摸我的頭，「妳一點也沒變，以前妳專心想著某件事的時候，就會變得特別安靜，得叫妳好幾聲妳才聽得見。沒關係，妳照妳的心意去做就好，不用顧慮我的想法，不管妳決定留在哪裡，我都會支持妳。」

他的手一從我的頭上離開，我又忍不住呆了呆，腦中的那些聲音並沒有消失。

不久，一陣腳步聲響起，穿著碎花連身長裙的芮娜走過來，「彥桀哥，阿姨說晚餐已經煮好了，可以進去吃飯了。」

「好，謝謝。」他目送她回到屋子裡後，又轉頭對我說：「走吧，我媽今天煮了豐盛的大餐要招待妳和芮娜。明天妳們就要回學校了，好好飽餐一頓再繼續努力念書。」

「嗯。」我心神恍惚地跟著他邁步前行，卻覺得頭重腳輕，並沒有雙腳踏在地面上的眞實感。

雖然彥桀哥什麼也沒說，對芮娜的態度也毫無不同，但我仍立即察覺到異狀，而且我很確信不是自己過於敏感。

剛才他喚出「芮娜」這兩個字時，我清楚聽見他的語氣裡飽含著前所未有的溫柔。

◆

返回高雄的那天，張澔準時來車站接我。

我一看見他，就上前抓起他的兩隻手捂住我的耳朵，閉起眼睛一動也不動。

張澔被我的舉動逗笑，「我的手是耳罩嗎？」

我緩緩睜開雙眼，確定那些吵鬧的聲音已經全數停歇，便放開他的手，「好了，謝謝。」

「剛才車上很吵？」

「你想聽嗎？」我看他。

「目前不想。」他乾脆地回答，拉起我的手往車站外走，「我早餐沒吃，現在只想好好吃一頓飯，這附近有一家不錯的牛肉麵店，一起去吃吧。」

大學最後一年，沒有課的空堂時間不少，因此這學期我多打了幾份工，替自己多存點錢的同時，也認眞思考起未來的出路。

當我問張澔畢業後有何打算時，他不假思索地說要回台北，然後也反問了我。

「我不知道。」我老實回答。

「那就去台北吧，到台北之後再做打算。」

「你現在是邀我跟你一起去嗎？我還以爲你一畢業就會馬上跟我分手呢。」

「說不定喲，只不過我目前還沒有這種想法就是了。」他悠然一笑，「就順其自然吧，用不著搞得這麼緊張兮兮，如果台北待不習慣，再回來就行了，反正在高雄也找得到工作。」

我沒再回應。

彥棨哥偶爾會打電話問候我，他沒有再問起我畢業以後是否要去台北，只是單純關心我在高雄過得好不好？什麼時候會再回去？

這次暑假與芮娜破冰之後，我和她也交換了MSN帳號，雖然不會每天在線上聊天，但碰到特定節日時，比如爸爸生日或是母親節，我們就會主動互傳訊息，問對方週末要不要一起回去慶祝。

但我們的互動也僅止於此，我和芮娜談論的話題始終沒有更深入，只在家裡有事時會告知對方一聲，不曾親近到彼此交心的程度。

就算已經可以面對面好好相處，我和她之間仍然有著一層無形的隔閡存在，要想在短時間內完全破除這種隔閡，並不是這麼容易的事。

我相信芮娜也很清楚這一點。

時光荏苒，在每天忙碌於上學打工的日子裡，大四生活悄無聲息地飛快流逝。

轉眼間，寒假來臨，然後第二學期開始，拍學士照，最後以畢業生的身分參加畢業典禮，一切都快得讓我覺得不可思議，沒什麼眞實感。

在這一年裡，家中或學校都沒什麼大事發生，我和張澔的交往也始終穩定，不曾鬧過分手。

而彥桀哥與芮娜之間，我仍沒有聽說他們有進一步的發展。

考慮了整整一年，我決定離開高雄、離開家鄉，到台北生活。爸爸很支持我，因爲彥桀哥人也在台北，他很放心。至於芮娜，還沒有人知道她確切的打算，但很可能會繼續留在桃園。

八月，我與張澔一同北上。身爲家族事業接班人的他，畢業後就直接進入自家公司上班，也搬回家與家人同住；而我應徵上一間知名連鎖企業的國貿助理工作，住在離公司不遠的一間單人套房，開始社會新鮮人的生活。

彥桀哥經常和我聯繫，假日會邀我出去吃飯，張澔下班後有空也會來住處找我。除了偶爾跟公司同事聚餐，我的生活其實十分簡單，談不上多采多姿，也沒有什麼休閒娛樂，幾乎每天都過著白天上班、晚上在家念書的規律日子；假日不喜外出人擠人的我，也只有與張澔或彥桀哥有約時，才會踏出家門。

至於芮娜，聽說她果然留在桃園工作，雖然她很少跟我和彥桀哥聯繫，不過我們打過去的電話她都會接，彥桀哥有時還會開車載我去桃園找她，三個人一起吃飯。

在這段期間，彥桀哥曾不只一次問芮娜是否有意搬到台北生活，但芮娜從不正面回應，只是淡淡地說：「也許有一天會吧！」便不再多言。

彥桀哥先前從我口中得知，芮娜有個交往多年的對象，兩人感情似乎不太穩定，目前情況如何也不得而知。我跟彥桀哥都察覺出芮娜不想談這件事，所以從不過問，也不會過度關心。

我始終沒有問過彥桀哥，他心中對芮娜眞正的想法。

究竟是不想問，還是不敢問，我並不願意去正視這個問題，只是默默看著那兩人，繼續裝作什麼也沒看見。

然後任憑日子像這樣一天天過去。

「Hello?」

「Hi, What's the business momentum in next quarter?（請問下一季的成長動能爲何？）」

電話那一頭停頓了幾秒鐘，隨即語帶笑意的聲音響起：「幹麼？」

「呵呵，沒有啦，只是前陣子在一本雜誌上看到這句話，突然想對學姊這麼說說看。妳還沒睡吧？」

「還沒，剛洗好澡。台灣那邊現在應該是下午兩點多吧？今天是假日，妳在公司加班嗎？」

「沒有，我在讀書，今天外頭下雨不想出門，所以打算在家把剩下的進度讀完。」

「下個月就考試了吧？眞的考上之後就辭職了？」

「是啊，畢業沒多久，我就決定要參加國家考試，但平常白天得上班，只能利用晚上念書，所以我才給自己兩年時間準備。老實說，我已經好久沒這麼認眞讀書，當初考大學都沒這麼拚命，可是腦袋卻不如高中那麼靈活，我好像老了。」我感嘆道。

曼書學姊輕笑一聲，「喂，妳現在也才二十四歲，哪裡老？我相信念書這種事，不論什麼時候都難不倒妳的，我先預祝妳順利考上，加油。」

「嗯，謝謝學姊。」

在台北的這兩年，遠比過去幾年還要忙碌。

國考前最後幾個月，我的精神開始進入緊繃狀態，跟張澔幾乎只透過電話聯繫，而彥桀哥為了不打擾我讀書，假日也暫時不再與我相約見面，但有時出門買東西或倒垃圾的時候，會突然發現門把上掛著一袋他送來的補給食品，裡頭還有張他寫下的便條紙，總是提醒我要記得休息，別太操勞。

經過辛苦的耕耘，總算讓我在九月放榜那天享受到甜美的果實，我所報考的高普考雙雙順利錄取。

當曼書學姊得知我是以前三名的成績考取時，除了恭喜我，還打趣說我拿下前三名的功力絲毫不遜於當年，彥桀哥則比我還高興，特地跟張澔一起為我慶祝。彥桀哥說他本來也打算找芮娜，但芮娜一直沒接電話。

我並不意外，因為這不是第一次忽然聯絡不上芮娜，雖然我對她的無預警消失早已習以為常，但從一年前開始，她失蹤的時間一次比一次長，甚至曾經將近三個月不見人影，只偶爾收到她報平安的簡訊，幸好最後她總是安然無恙地出現在我們面前。

我不知道聯繫不上芮娜的時候她人在哪裡？又在做些什麼？她從未透露過半個字。不過她都會定期打電話回家關心爸爸和二媽，人看起來也沒什麼異樣，久而久之，我便不再為她的失蹤感到擔憂。

考試分發的結果公布後，我還是留在台北，分發地點甚至離之前的公司不遠。

我把這個消息告訴媽，她在電話裡沒什麼反應，連一句誇獎或是恭喜也沒說。

自從搬到台北，媽對我的態度更加冷淡了，有時我話才講到一半，她就會掛斷電話。她對我仍然漠不關心，只在得知我曾經回家探望爸的時候，她才會耐心聽我說幾句，但如果內容不是她想聽的，她依然會直接掛電話。

我從未向張澔提起關於媽的事，除了我不認為他有興趣知道，也是希望他了解得越少越好。從交往到現在，我也沒有帶張澔回家見過爸爸，他同樣不曾將我介紹給他的家人。

至於張澔的家人，我只知道他爸爸是自家報社的老闆，媽媽是家庭主婦，還有一個在當小學老師的姊姊。

張澔告訴過我，他的母親十分嘮叨，當初他之所以重考一年到高雄念書，就是想圖個耳根子清靜，並暫時擺脫母親的掌控，聽到他這麼說，我更明白了他為什麼會跟我交往。

正因為我們不是任何事都會坦然以告的情侶，所以我一直以為，有些事情只要我不說，張澔就不可能會發現。

「妳是不是喜歡連彥桀？」

有一次，他躺在我床上玩手機遊戲，冷不防拋出這一句。

我停下正在敲打鍵盤的手，不動聲色地回頭，與他對望。

「爲什麼這麼問？」

「也沒什麼，只是覺得他眞的很照顧妳。如果一個這麼好的大哥哥從小就陪在妳身邊，妳會喜歡上他也是意料之中的事。」他氣定神閒，「妳會決定來台北生活，說不定也不是爲了我這個男朋友，而是因爲連彥桀人在台北的關係。」

我沒有接話。

「我說中了？」

「你指的是我對他的感情，還是我決定來台北的眞正原因？」

「有分別嗎？如果第一個問題的答案是肯定的，那麼第二個問題的答案不就不言而喻了嗎？」

我離開電腦走向床鋪，坐在他面前，凝視著他的雙眼，「你想聽嗎？」

張澔莞爾一笑，「不想。」

他一個翻身重重壓住我，將手探進我的上衣裡。

某個週五晚上，彥桀哥說要來接我下班。

當我步出辦公室，就看見他的車停在大樓門外，副駕駛座坐著一個人。

是芮娜。

上次見到她，已經是將近半年前的事，這是我第一次間隔那麼久才見到她。

她身材依舊纖瘦，臉蛋似乎圓潤了些，但氣色不錯，看起來比從前健康。

「好久不見。」她搖下車窗，抬起頭對我說。

我俯視她的臉片刻，緩緩回道：「好久不見。」

坐在她身旁的彥桀哥笑容滿面地揮手，要我趕緊上車。

我們三人到義大利餐廳吃晚飯，主菜剛送上桌沒多久，芮娜忽然端起一杯紅酒，向我舉杯，「抱歉，這麼晚才祝賀妳，恭喜妳國家考試金榜題名。」

我拿起酒杯回敬她，「謝謝。」接著問：「妳這段時間都在做什麼？」

「沒做什麼，但我去了很多地方，也有回家裡看看。前陣子我的身體不太好，所以辭去工作，決定休養一段時間。現在已經沒事了。」

「是嗎？那就好。」我又望向彥桀哥，「你是直接去桃園接芮娜過來的嗎？」

「不是，是芮娜告訴我她今天會來台北，我才到車站去接她，剛好也有好幾天沒見到妳了，我便想乾脆今晚一起吃個飯。」

我點點頭，沒再針對芮娜的事追問下去。

這一晚芮娜的話不多，只是默默啜飲著紅酒，兩片雪白的臉頰逐漸染上紅潤的顏色。

芮娜的酒量不是很好，見她一杯接一杯，彥桀哥卻也沒出聲勸阻，最後芮娜不勝酒力，趴倒在桌上，我跟彥桀哥兩人都安靜了下來，他的目光專注地落在她身上。

「永恩。」

「嗯？」

他微微張口，卻遲遲未說出半個字，只搖了搖頭，「沒什麼。等等我先載妳回去，再送芮娜回桃園。」

「芮娜醉成這樣，你一個人送她回去沒問題嗎？還是讓她今晚睡在我家？」

「沒關係，妳那裡空間不大，要擠兩個人恐怕過於勉強，還是別給妳添麻煩了。妳不用擔心，我會照顧好芮娜的。」

彥棨哥再自然不過的口吻，讓我心神恍然，無法再多言。

那天半夜，我在一陣胃絞痛中醒了過來。

我下床吞了兩片胃錠，抹去額上一層薄薄的冷汗。

胃已經很久不曾再這麼痛過，彷彿有把火在腹中悶燒，疼痛難忍。

回想今晚吃的餐點，並沒有會引發胃痛的食物，跟彥棨哥及芮娜一起用餐時也還好端端的，怎麼胃現在會突然痛成這樣？我百思不解。

就像此刻，屋裡明明沒有半點聲音，我卻覺得很吵。腦中的那些人在我醒來後就開始叨叨絮絮，好似迫不及待想要跟我說話，但他們說的每一句話都模模糊糊，我根本聽不懂他們在說什麼。

「還是別給妳添麻煩了。」

我沒再繼續睡，服完藥後就坐在床上對著黑暗發呆。

等待藥效發作、疼痛退去的同時，我任憑那些人兀自在我腦中吵鬧，他們說的話越來越簡短，卻沒有因此變得比較安靜。

接著，他們開始笑，放肆張狂的大笑，像是遇上什麼史上最荒唐可笑的事。

◆

天色陰暗的星期一中午，我到超商買些簡單的食物裹腹。

正當我想從架上取下一個飯糰時，有人與我同時伸出了手。

「妳先請。」對方直接禮讓我。

「沒關係，這個給你，我選另一個……」抬起頭看清那個人的長相，我驚訝得差點說不出話來。

他似乎也愣了一下，露出困惑的神情。

「不好意思，請問妳……我們見過面嗎？」

我定睛望著面前這個西裝筆挺、五官清秀的男人，緩緩答道：「……我是你的高中學妹，我叫謝永恩。吳學長，好久不見。」

男子聽完一呆，目光盯著我不放，眼神閃過一絲錯愕，並有著藏不住的僵硬。

我沒想過有一天還會再見到他。

這個曾經深深傷害曼書學姊和羽菁學姊的男人。

吳仲謙認出我後，當下沒再開口說話，但也並未匆匆拿了東西掉頭就走，反而跟著我一起去櫃檯結帳。

直到步出店門口，我才發現外頭不知何時已下起了雨，而且有逐漸變大的趨勢。

「妳有帶傘嗎？」吳仲謙在我身後問。

我搖頭。

「那我送妳吧。」

回頭瞥見他手裡的墨藍色摺疊傘，我婉拒他的好意，「不用了，雨勢有點大，學長的傘恐怕不夠兩個人撐。我上班的地方就在附近，等雨小一點我再跑回去。」

他一聽，不假思索地把傘遞給我，溫聲道：「拿去吧，我回店裡再買一把傘就好。」

我先是望著他的臉，又低頭看了那把傘一眼，思索該如何回應。

結果，我們誰也沒使用那把傘。

滂沱大雨中，我與吳仲謙面對面坐在超商裡，一邊留意窗外的雨勢，一邊共進午餐。

「學長的公司也在這附近？」

「不，我是今天上午到附近出公差，事情辦好也接近中午了，打算先來買點吃的再回去。」

「你一直都待在台北嗎？」

「是啊，我在台北工作，沒想到妳也在這裡。」

「你結婚了嗎？」

「嗯？還沒，有交往對象，但是還沒結婚。妳呢？」

「我也是。不好意思，我只是出於好奇才問你的，沒什麼特別的意思，你不要介意。」

他微微一笑，「我知道。」

相隔將近十年再見到吳仲謙，我不曉得該怎麼描述自己的心情。

他依然是個十分迷人的男人，一如高中時期的他，甚至比我記憶中還要更具魅力。

回想起來，像現在這樣與他面對面說話，當年好像只有過一次，其他時候我都是透過羽菁學姊和別人的描述來認識這個人。

在他那樣傷害羽菁學姊之後，我想不起自己有多少次恨不得親手將他推進煉獄，要他爲這件事付出最大的代價。抱著對他的恨意，我詛咒他有一天將得到比羽菁學姊還要痛苦千倍、還要慘烈萬倍的報應。

十六歲的我，不只一次深深希望他會是這個世上最痛苦的人，我認爲自己如果再見到他，就算心情已不像當年那樣激烈，應該也不會想再多看他一眼，更不用說是和顏悅色地與他處一室。

然而此刻，我卻能這樣輕鬆與他交談，儘管心裡還是有些疙瘩，卻沒有一絲反感或厭惡，反而十分平和淡然，連我自己都覺得匪夷所思。

我無法確定時間是否眞能沖淡或帶走些什麼？是不是心中沒有了恨就表示原諒對方？這些問題在我心中都還沒有答案。

也許是心境已經改變，一些看似難以啓齒的話，現在也能自然而然地說出口，「你還有跟曼書學姊聯絡嗎？」

吳仲謙愣怔了一下，但他眼裡不見波動，面容也看不出尷尬和僵硬，彷彿在偶遇我的那一刻，他早已預料到我遲早會問他這個問題，預先做好了心理準備。

「沒有，高中畢業後，我們就沒再聯絡了。」他低聲回答，同時對上我的目光，「妳有她的消息嗎？」

「有，我們一直都有保持聯繫，不過曼書學姊已經不在台灣，大學畢業後她就跟著家人搬去洛杉磯定居，過得很好。她現在是國際會計師，也是企業顧問。」

吳仲謙陷入一陣沉默。

我在他眼中發現一抹淡淡的、像是欣慰又像是感傷的複雜情緒，只見他做了個深呼吸，才態度慎重地對我說：「謝謝妳告訴我這件事。」

「不客氣。」我見外面雨勢小了許多，低頭看了看手錶，告訴他：「抱歉，我午休時間只剩十分鐘，得先走了。」

「嗯。」他也收拾好桌上的東西，跟著我一起走出超商，而且仍堅持把他的傘借給我。

「我沿著騎樓走，轉彎過個馬路，就可以到捷運站，這點雨我只要用公事包遮擋一下就好，我身體健壯，就算淋點雨也不會有事，所以傘還是給妳用吧，別客氣。」

我再也找不到拒絕這份好意的理由，只好接受，「謝謝。」

「不用客氣。那麼再──」他原先打算就此道別，卻突然又遲疑了起來，「……我說這句話妳聽了可能會覺得奇怪，但是，我們還有機會再見面嗎？」

我看著他的雙眼，沒有回答。

他試著進一步解釋自己的意思：「我沒什麼特別的用意，只是今天偶然再見到學妹妳……並聽到曼書的一些消息，我不知道該怎麼說……總之，如果不會造成妳的困擾，我希望以後還能有機會與妳見面，如果妳不願意也沒有關係，真的。」

其實，我沒有非得再見到他的理由。

同樣的，我也沒有和他一起回味高中往事的念頭與心情，只是如果我今天帶走他的傘，之後爲了歸還，勢必得再和他見面。

我明明知道這一點，可是最後，我還是收下了他的傘。

我也沒有將這件事告訴曼書學姊。

或許有一天我會告訴她，等到我想通自己爲何會答應再與吳仲謙見面，而那個答案聽起來是逼不得已、卻又合乎常理的時候。

雖然我不曉得曼書學姊是否會樂意聽見他的消息。

「這個星期六妳沒事吧？中午空出點時間吧。」張澔在電話裡對我說。

「怎麼？又發現什麼好餐廳了嗎？」

「唉，不是。是我爸媽，他們昨天知道了妳的事，吵著說要找妳一起吃飯。」

我有些意外，「你告訴他們了？」

「不是，是我姊看到我跟妳拍的幾張合照，她趁我不注意時偷看我手機相簿，就這樣曝光了。」他說話的語氣滿是無奈，聽起來彷彿我是他養在外頭的第三者，「總之妳有空吧？就勉強出來吃頓飯，簡單應付他們一下就行了。」

聽見他對家人用「勉強」跟「簡單應付」這樣的字眼，我沉默了半晌才開口：「你不是說你媽挺嘮叨的？你確定她見到我之後不會失望？」

「呵呵，雖然我媽是囉唆了點，但她向來喜歡乖巧的女生，妳只要在她面前假裝一下就沒什麼問題，剛好這也是妳擅長的事情，所以用不著太擔心，那天妳只要稍微做個樣子、忍耐一兩個小時就好。」

跟張澔交往久了，我知道他這番話並沒有惡意，因此也沒爲此感到不快，僅淡淡地回答：「知道了。」

於是週六那天，我簡單打扮了一下，化了點淡妝，便讓張澔開車載我去聚餐地點。

那是一間頗爲知名的高級餐廳，一般人大概只有參加喜宴才有機會前往，但張澔已經習慣出入這樣的場所，他們家每個月都會固定到高級餐館舉行一次家族聚會。可能是從小就吃膩山珍海味的關係，張澔現在反而偏愛一般餐館和路邊攤，不過他媽媽不喜歡他常吃這些食物，覺得既不健康也不衛生。

張澔的父親態度和藹可親，有著企業管理高層一貫的穩重，氣度非凡；而張澔的母親則打扮得一身貴氣，妝髮明顯都是經過專人精心打理，雖然她和丈夫一樣全場面帶笑容，但她投來的目光始終犀利，若是個性單純天眞的年輕女孩，多半會在她面前緊張到冷汗直冒。

由此可知，我在張澔眼中並不是這樣的單純女生，他才會放心讓我跟他的家人見面。

「張澔也眞是的，有這麼漂亮的女朋友，居然藏了這麼久不讓我們知道！」張澔的姊姊親切地幫我倒酒，「永恩，我弟弟個性很怪吧？他從小到大都是這樣，一副對什麼事都無所謂的樣子，如果他惹妳生氣，還請妳多多包涵。」

「張琴，妳怎麼這樣說妳弟弟？」張澔的母親不禁念了自己女兒一句，轉頭又和氣地招呼我：「永恩，來，多吃一點，千萬不要客氣！」

這頓飯算是吃得一團和氣，沒什麼尷尬的場面，主要也是因爲有個性活潑、又懂得熱場的姊姊張琴在，所以壓力不至於太大。

但就跟大多數人初次見到交往對象的父母一樣，稍微聊開之後，張澔的父母便探問起關於我的事，比如家住哪裡？目前的工作爲何？爸爸媽媽是做什麼的？在我被拷問時，張澔只是自顧自地吃飯，臉上還擺出一副看好戲的表情，完全置身事外。

兩個小時後我們步出餐廳，張澔的父母在道別之前，熱烈地提出再次聚餐的邀請，態度誠懇，不像只是場面話而已，我想我今天的表現應該還算不錯。

等他的家人離開後，張澔對我揚起欽佩又滿意的笑容，「就知道妳應付得來，妳眞的很懂得掌控狀況，居然能從頭到尾都沒讓我媽皺過一次眉頭，不簡單喔！」

我白了他一眼，絲毫不因他的讚美而高興。

「等等沒事了吧？」

「沒事了。我打算回家補個眠，昨天很晚才睡，剛才吃飯時差點就要打瞌睡了。我送妳回去吧。」

「不用了，我搭捷運就好，我晚點還有約，你先回家吧。」

「誰？又是連彥桀？」

我定睛看向他，「你想聽嗎？」

「不想。」他笑吟吟地捏了捏我的臉，抬頭望向天空，「看這天色好像快變天了，待會兒可能會下雨，自己小心。掰！」說完，他頭也不回地坐上飯店泊車人員替他開到大門口的車，迅速揚長而去。

我走才剛走進捷運站，外頭雷聲大作，瞬間就下起了傾盆大雨。

我在咖啡館坐了一個多小時，手中的書也即將讀到尾聲，和我約好碰面的那人才姍姍來遲。

「學妹，抱歉，等很久了嗎？」吳仲謙氣喘吁吁地坐下，見我搖頭，他撥了撥被雨淋得半濕的頭髮，無奈地勾起嘴角，「出門時明明還是陽光普照，沒想到途中卻突然下起暴雨，還好衣服沒有濕透。」

我從袋中掏出一包面紙遞給他，讓他擦乾額上的雨水。

接著，我又拿出放在椅子下的墨藍色摺疊傘，「我今天把學長的傘帶過來了，不過因爲剛才下雨，來的路上我又打開用了一下，現在先還給你，就算待會兒雨還沒停，你回去也不用再淋雨了。」

吳仲謙看著那把傘，好奇地問：「可是，妳自己有另外帶一把傘嗎？」

「……沒有。」

他噗哧一聲，笑出兩個深深的酒窩。

張澔打電話來找我出席他們家族聚餐的隔天，我收到吳仲謙的簡訊。

他邀我週六下午出來碰面，由於時間上不怎麼衝突，因此結束與張澔家人的聚餐後，我就來此赴學長的約。

我們隨興地聊著工作及生活上的事，我好奇他假日怎麼沒有跟女友一起度過？他表示這幾天女友和家人一起去日本旅遊，並問了我一樣的問題，我坦白告訴他，中午是我第一次與男友家長見面吃飯。

「妳要結婚了？」

「不是，單純聚餐而已，我和我男友還沒認眞考慮過這件事。」

吳仲謙點點頭，「學妹妳現在才二十五歲，除非是早有規畫，不然的確還不用太著急，但第一次跟對方家長見面，難免還是會緊張吧？」

我瞅著他，脣角忍不住上揚，「學長你問得好認眞，像是在關心自己妹妹的婚事一樣。」

「抱歉，我有點太雞婆了。」他摸摸後腦勺，跟著我一起笑起來。

與吳仲謙聊天很愉快，直到桌上的花草茶都回沖了兩次，我們都還聊得不夠盡興，眼看晚餐時間接近，又乾脆一起去吃飯。

那天的雨就這麼一直下到他送我去捷運站搭車，最後跟我道別的時候，他依舊沒把傘要回去。

自那天起，我和吳仲謙持續保持聯繫。每當天氣轉涼或是下雨，他都會傳來簡訊關心，要我注意保暖，或是提醒我出門記得帶把傘。

到後來，我和他約出去的次數，已經比我和張澔見面的次數還要頻繁。

聖誕節的隔日，我跟吳仲謙又相約下班後一起吃飯。

那天晚上我們發生了關係。

沒有驚天動地的事件催化，也沒有天雷勾動地火的過程，就是自然而然地發生了，甚至連半點猶豫或掙扎的心情都不曾出現。

就像當初與張澔交往，不是因爲我有多喜歡他，而是認爲就算跟這個人在一起也沒什麼關係；對我而言，和吳仲謙上床，同樣沒有任何特別的理由，只是不知不覺就走到這一步，我並不覺得有什麼問題，也不覺得有什麼關係。

我沒有不可以這樣做的念頭。

「妳在想什麼？」見我一直望著飯店房間的窗外，吳仲謙問。

「沒什麼。」我目光不動，淡淡地說：「只是發現每次跟你見面好像都會下雨。」

聞言，他沒有答腔，但想必也是轉頭往布滿雨絲的窗外看去。

「你不睡嗎？還是等等就要退房了？」

「現在已經是深夜了，雨也還沒停，如果妳想回家，我就開車送妳回去。」

「眞的？我以爲剛才你女友打電話來以後，你就會先離開了，不打算留下來過夜。」

「我不會留妳一個人在這裡。」

我回過頭，半撐起身體，在黑暗中俯視躺在身邊的他，「學長對這種事好像不怎麼緊張，是因爲已經不是第一次劈腿的緣故嗎？」

他淒然一笑，「妳在挖苦我。」

「哪有？眞要追究起來，我現在也沒資格責怪學長你吧？」

他伸出手，緩慢地撫摸我赤裸的背，沉聲道：「是因爲妳男友？還是曼書跟羽菁？」

與吳仲謙重逢至今，這是我第一次聽他提起羽菁學姊。

我沒有回答他的問題，只是再度躺下，而他也立刻伸長手臂讓我枕在他身上，將我牢牢攬進懷裡，他溫熱的鼻息規律地落在我的臉上。

好安靜。

我忽然發現一件事，當我像現在這樣待在吳仲謙身邊的時候，我的腦中是靜謐一片的。

就像張澔用手捂住我耳朵時一樣，每當我被吳仲謙觸碰，內心居然可以變得寧靜，沒有人在跟我說話，也沒有人在對我笑。

這一刻，我只聽得見吳仲謙胸口的心跳聲，我的心裡非但沒有半點罪惡感，反而十分平靜，睡意也很快就悄悄來襲。

然而，在我意識逐漸遠去時，某個模糊的熟悉聲音仍舊溫柔地飄進我的耳裡。

我緩緩闔上雙眼。

「因爲我信任永恩。」

有一天，我一定會得到報應的。

◆

往後每次與吳仲謙見面，不是約在餐館，就是約在旅館。

在我面前，他永遠表現出最紳士的一面，入座前會先幫我拉椅子、上車會先幫我開車門，深夜回到住處時，他也會再打通電話給我，確認我已經平安返家；感冒生病時，甚至會專程帶我去診所看醫生。

這些都是張澔不曾爲我做過的事。

他和張澔的不同，從各方面都看得出來。吳仲謙的紳士舉動不只表現在日常生活之中，就連在床上抱我的時候也是如此。

他總是以對待易碎品般的方式呵護著我，在我身上落下的每個吻都像是極具意義，既慎重又充滿疼惜。雖然我告訴過他，不需要對我這麼溫柔，他還是從不願讓我覺得痛苦，彷彿把我視作他最重要的珍寶，連吻痕也捨不得留下。

彷彿他眞的已經愛上我一樣。

「我想起一件關於妳的事。」望著懸掛在旅館天花板上的燈飾，吳仲謙說。

「什麼事？」

「高中我擔任糾察隊長的時候，有次午休巡邏經過妳班上。當我看向教室裡，發現妳趴在桌上卻沒有睡著，我和妳不經意地四目相接，那時妳似乎有點嚇到，肩膀還抖了一下。」他的聲音低沉悠遠，像是墜入回憶之中。「妳很可愛。」

「是那時覺得我很可愛？還是現在覺得我那時很可愛？」

「都有。」

「你記性這麼好？」

「我這個人最大的優點就是記性好，無論是多久以前的事，我都能記得。」

「騙人，我跟你重逢的那一天，你明明就沒有想起我。」

他脣角微揚，以呢喃似的口吻說：「我是假裝忘記的。那天妳一踏進超商我就認出妳了，雖然妳給我的感覺和以前不太一樣，但我還是認出妳是謝永恩。當時我會伸手跟妳拿同一個飯糰，也是爲了讓妳注意到我，如果妳看見我之後，卻沒想起我是誰，那我就會給妳一些提示，只是沒想到妳也一眼就認出了我，而且沒有半點遲疑，讓我很意外。」

我沉默了片刻，才問：「你爲什麼要這樣做？」

「我不知道。」他語氣輕飄飄的，彷彿帶著一絲不確定，「說眞的，到現在我仍然不清楚自己當時怎麼會有這樣的念頭？爲什麼不在妳注意到我以前馬上離開？我本來打算一直隱瞞妳這個祕密，現在卻忍不住對妳坦承一切。」

見我遲遲沒有反應，他問我：「妳生氣了？」

「沒有，只是有點不明白，爲什麼連你也要把祕密告訴我？」

「也？」

「當年羽菁學姊偷偷跟你在一起，她把這個祕密告訴了我，然後現在，你也跟我說了一個祕密。」我坐起身子，低頭直視他的眼眸，「爲什麼我從來不曾主動探問，你們卻擅自把自己的祕密告訴我？當你決定說出口的時候，有問過我想不想聽嗎？有想過我或許根本不想知道嗎？」

吳仲謙望著我的眼神毫無波動，卻很專注，「對不起，永恩。」

對不起。

「去你的對不起。」我離開吳仲謙，離開床鋪，走進浴室，雙手撐在洗臉台前，用力深呼吸。

一看見鏡子裡那張蒼白的臉，一對上那張臉上嵌著的那雙眼睛，我腦袋中的那些聲音突然群起尖叫，瞬間吵得不可開交。

儘管我立刻閉上眼睛，不再看向鏡子，那些尖銳的聲音還是快要穿破我的耳膜，連太陽穴都開始發疼，頭痛得彷彿要炸裂開來。

「永恩，妳還好嗎？」

聽到吳仲謙關心的聲音在門外響起，我的眼眶頓時紅了一圈，我趕緊離開浴室，幾乎是衝出去抓住吳仲謙，將他再次壓回床上的同時，那些聲音也瞬間消失。

一個月後，彥桀哥約我吃飯。

由於工作忙碌，這陣子跟他見面的次數不多。

這次聚餐他只找了我一個人，沒有約芮娜。他沒告訴我芮娜最近在做什麼，只告訴我她過得很好，要我不用擔心，並告知我，今年過年芮娜可能沒辦法和我一起回去。

儘管芮娜不回去過年已經是常態，但因爲這次是由彥桀哥口中得知，而且他還說他初一就會從老家返回台北，我敏感地從中察覺到不尋常之處。

儘管那些不尋常早已不是什麼不尋常。

「是因爲芮娜，你才要這麼快趕回台北嗎？」

聽到我這麼問，彥桀哥沒承認也沒否認，只露出不明所以的微笑。

我看著那抹笑，終於在這一刻將藏在心裡多年的疑問給問出口：「彥桀哥，你喜歡芮娜對不對？」

他的眼裡閃過一絲愕然，與我短暫對視後，迅速低下頭，目光落向桌上的茶杯。

「我想照顧芮娜一輩子。」他沉默了一會兒，才低聲說。

我愣愣地望著他，一時無法言語。

「永恩果然很聰明，這件事只有妳發現呢。」他摸摸鼻子，這次的笑容流露出靦腆，「不過妳是什麼時候察覺到的？」

我坦白說出曾見到他在梅子阿姨的房裡哭泣，而芮娜在他身邊安慰擁抱他。

他的臉頓時紅了起來，尷尬地乾咳一聲，「哎呀，居然連妳都看見我那副窘態，眞是丟臉！」

「……所以你們當時就在一起了？」

「喔，不是這樣。那次的狀況算是……一個小小意外吧！」彥桀哥娓娓道來事情的詳細經過：「那天是爲了幫我媽找一樣東西，芮娜也過來一起幫忙，結果我在衣櫃裡發現一個盒子，裡面裝著我爸的遺物，像是他的私人印章、存摺等。除此之外，盒子裡還有一張我之前接受公司表揚時所拍攝的照片，我把那張照片寄給我媽，但它卻躺在我爸專門放置重要物品的盒子裡，照片還被特別護貝起來。」

提起連叔叔，彥桀哥仍然微微紅了眼眶，「我一直以爲我爸對我很失望，總是埋怨我達不到他的期望，直到那一天，我才知道他其實很爲我的成就感到驕傲，雖然他從來沒有親口告訴過我……當下我一時無法控制情緒，就這樣在芮娜面前掉下眼淚，她才會給我一個安慰的擁抱，不過她那時並沒什麼別的意思。」

「但你對芮娜不是這麼想。」我聽見自己的聲音是啞的。

他沒馬上回話，眼神溫柔深沉，那是思慕一個人時才會有的眼神。

「對，也許就是從那時候起，我開始在意芮娜，也常常會想起她，加上從我媽那裡聽到一些關於芮娜的事，知道她曾經過得很辛苦，我就感到很捨不得，也會想要好好疼惜她。雖然她這幾年來都一個人生活，可是她跟妳不太一樣，妳的懂事會讓人打從心底放心，無須爲妳擔憂，但芮娜無論她外表看起來再怎麼堅強，都會讓人覺得她其實很脆弱，至少對我來說是這樣。」

他再度靦腆一笑，「我不曉得妳能不能理解，我是第一次對一個人有這種感覺，雖然芮娜不是我第一個喜歡上的女孩子，但她給我的感受是前所未有的，甚至可以說，在遇見她以前，我從來沒有那麼想守護一個人過，我希望帶給她幸福快樂的那個人可以是我。」

這番有如誓言般的自白，讓我腦中瞬間空白一片，連呼吸都彷彿跟著停止。

凝視著彥桀哥的臉，我再也無法說出一個字。

眼前徹底只見黑暗。

「我有個祕密想告訴妳。」

吳仲謙的聲音低沉悅耳，像是有人在雨中拉著大提琴。

「妳願意聽嗎？」

我坐在床上，望著窗外的雨，「好啊。」

「羽菁是因爲我才會死的。」

聞言，我沒有什麼特別反應，只淡淡地說：「我知道啊。」

「也許還有妳不知道的事。」他不帶情緒地接續往下說：「當年羽菁在學校廁所流產，其實那是我和她的第四個小孩。在那之前，她已經墮胎過三次，第一次是我陪她去的，之後的兩次，她都是一個人去的。當她第一次告訴我她懷孕時，我就要求她拿掉，沒有半點猶豫，還跟她說之後如果又懷孕，也是這樣處理，不必再問我；所以後來那兩次她只有知會我，沒有再要我陪她去醫院。但有一次她做完墮胎手術後打電話給我，希望我能去陪陪她，我卻以隔天要考試爲理由，拒絕她的請求。」

他做了個深呼吸，才又緩緩開口：「後來曼書向我提出分手，她沒說什麼，只有要我別再繼續傷害別人，我頓時就明白她已經知道了羽菁的事。過去羽菁只能偷偷跟我交往，如果我和曼書分手，她就不用再當躲躲藏藏的第三者，可以正大光明跟我在一起，這些我當時都很清楚。」他又停頓了幾秒，「明知羽菁的願望近在咫尺就能實現，我卻不肯答應與曼書分手，甚至打算結束跟羽菁的關係，就在我向羽菁提出分手後沒幾天，她就被人發現倒臥在學校廁所裡，我完全不曉得她竟又再次懷孕。」

他啞著聲音，「眞正把羽菁逼上絕路的人是我，是我奪走妳最重要的學姊，就算妳現在想親手殺了我，我也不會閃躲。」

吳仲謙說完後，我仍對著窗外默不作聲，沒有任何動作。

「眞的嗎？」半晌後，我問：「我眞的可以殺了你嗎？」

沒等他回答，我回過頭走向他，跨坐在他的身上。

當我勒住吳仲謙的脖子，他面容平靜，甚至闔上雙眼，彷彿眞的下定決心任我宰割，甘心在我手中結束自己的生命。

此時我才發現，吳仲謙之所以會刻意接近我，說不定就是爲了這一刻。

就像當年的羽菁學姊一樣，她會把祕密告訴我，其實是爲了讓我揭發一切。

我只是被他們用來成全自己的一顆棋子。

「妳眞傻。」

領悟到這點之後，我便明白自己爲什麼會在這裡了。

或許在我內心深處的某個地方，除了烙印著對羽菁學姊的傷痛和思念，也存在著對羽菁學姊的恨。

我想念她，卻也恨她自私地讓我承受她的所有悲傷，最後還那樣自私地消失，讓我從此活在這份悔恨裡，一生都因這段回憶而感到痛苦。

學姊離開了，我卻留在這裡，用這樣的方式報復她。

在這個只剩下一片漆黑的地方。

吳仲謙睜開眼睛，見我默默流淚，他伸手觸摸我的臉，擦去我的淚。

「我愛妳。」他對我說。

我無動於衷，俯視著眼前這張俊逸的臉，我問他：「有比當年愛曼書學姊的時候還要愛嗎？」

他沒回答。

「你根本不愛曼書學姊，也不愛羽菁學姊。」我冷著聲音，「你誰都不愛，包括你自己。」

我鬆開勒住他脖子的手，從他身上離開，穿好衣服，獨自離開旅館。

搭上捷運末班車，我戴上耳機，將音量開到最大，試圖讓音樂蓋過腦中的喧譁聲。

我望著打在車窗上的雨，聽著那首不知已聽過幾千次的〈黑色幽默〉，感到視線越來越模糊，淚水再度奪眶而出。

「永恩贏了。太好了，我們的約定會成眞。」

「我愛妳。」

「在遇見她以前，我從來沒有那麼想守護一個人過，我希望帶給她幸福快樂的那個人可以是我。」

「我想照顧芮娜一輩子。」

空盪的車廂中只有我一個人，我雖不必強忍著眼淚，卻也不敢肆無忌憚地嚎啕大哭，只能緊咬下脣，發出破碎不堪的嗚咽。

我再也無法阻止自己不哭出來。

◆

在那天之後，我沒有與吳仲謙斷絕往來，仍舊維持平均一星期見兩次面的頻率；而在這段日子裡，張澔的父母也邀請我參加過幾次家庭聚會。

有時是跟他們一家四口，有時則是與他們一整個大家族，因此張澔的親戚們多半都知道有我這個人的存在。

就這樣過了一年多後，張澔的父母開始積極向我和張澔「催婚」，幾乎每次聚餐都會提及。只不過一走出餐廳，我和張澔就不約而同把這件事拋諸腦後，從未進一步討論。以我對張澔的了解，他不會對結婚有興趣，更不會因家人的殷切盼望就將此事放在心上。

但在我二十六歲生日那天，我與張澔單獨吃飯，在晚餐最後，他拿出一個小小的黑色四方盒，遞到我面前。

我沉默了一會兒才問：「這是什麼？」

「明知故問。」他托著腮，悠然一笑，「打開看看啊。」

於是我打開那只絨布方盒，一枚精緻的鑽戒在餐廳燈光下璀璨地閃爍著光芒。

「我們結婚吧。」

聞言，我的目光從戒指轉回到張澔的臉。

「今天不是愚人節吧？」

「當然不是，雖然我早就猜到妳會有這種反應，不過我是眞的在向妳求婚。」

「你是不是被你家人逼得煩了？我以爲婚姻對你來說很麻煩，也以爲你不會把他們的想法放在心上。」

「我的確是討厭麻煩沒錯，但我多少能明白長輩的心情。況且，我很不喜歡一直被人追問同一件事，妳應該也已經不耐煩了吧？既然這一年來妳跟我爸媽處得不錯，他們也對妳很滿意，不如就把婚結一結，反正婚後的生活也不會有太大改變。」

我盯著盒子裡的鑽戒，一動也不動，「你眞的了解結婚的意義？從你的標準來看，這是不是代表你把我視爲眞愛？這輩子唯一認定的人？」

張澔又笑了，「我們之間的關係從來不是建立在這兩個字上，妳不是也很清楚？若我們是所謂的『眞愛』，可能早就走不到現在了。我只能坦白告訴妳，也許我無法認定妳是我這輩子最愛的女人，但我認定妳是能和我一起走到最後的女人。我在乎的從來不是什麼愛情，而是能夠維持一輩子的關係。如果是跟妳，我有信心無論多久都可以這樣走下去，這對我來說才是最重要的。就算我們不能當最相愛的戀人，也能當最適合彼此的戀人，我認爲這其實遠比純粹的愛情更能長久。」

「要是結婚之後，你遇到了你的眞命天女，你會跟我離婚嗎？」

他噗哧一笑，「我說過了，比起眞正愛的人，我更在乎的是可以跟我走下去的對象。就算哪天我眞的又愛上了哪個女人，甚至發現她才是我的眞愛，我也不會拋棄一切和她在一起。自從認識妳，我就知道我們的想法很相似，各方面也很契合，是最適合在一起的對象。我們之間或許不會有所謂的『幸福快樂』可言，但跟妳一起過日子，我有自信永遠不會感到厭倦。如果什麼都非要牽扯到愛，反而會帶給彼此壓力，很快就會厭惡對方了，妳說是不是？」

「所以打從一開始，你就認爲我是最符合你條件的那個人。」

張澔大笑，從盒子裡取出鑽戒，親自爲我戴在左手無名指上，再輕輕牽著我。

「不管妳怎麼想，我是眞的打從心底相信，就算我們結婚了，一切也不會有什麼不同，一樣能過得很好。」他稍稍收起笑意，淡定地說：「妳好好考慮一下吧。」

我望著兩人牽著的手，沒再作聲。

當晚我的腦中始終一片空白，與其說是沒什麼眞實感，不如說我從未想過會從張澔口中聽到這種話。

我始終認爲，張澔是個隨時隨地都能瀟灑說再見的人，就算他前一秒還跟我一起甜蜜地吃飯，下一秒就突然提出分手，我也不會感到驚訝，畢竟從與他交往的第一天起，我就認爲我們遲早會走到這一步，只是在等誰先有了離去的念頭，先向對方開口。

沒想到，張澔竟然希望我能和他共度一生。

「就算我們不能當最相愛的戀人，也能當最適合彼此的戀人，我認爲這其實遠比純粹的愛情更能長久。」

無法成眠的這一夜，我的心裡沒有半分感動及喜悅，我什麼也感覺不到。

我呆呆地凝視盒子裡的鑽戒，耳邊一陣靜謐，沒有誰在跟我說話。

星期三上午的電影院裡，觀眾稀稀落落的。

偌大的影廳裡只有五個人，我坐在偏後方的正中央，前後左右排的座位皆是一片空盪。

電影開演後不到五分鐘，有人進來，走到我隔壁的位子坐下。

我直視著前方的大銀幕，慢慢將頭靠在那人肩上，而他也將手臂繞至我的身後，強而有力地摟住了我。

這兩個多小時裡，我跟吳仲謙就這樣在黑暗中依偎著彼此。

走出電影院，我仰頭望向天空，是個萬里無雲的大晴天。

「謝謝你今天請假來陪我。」我說。

「不會，妳難得請特休。我反而要謝謝妳願意找我出來陪妳。」陽光灑落在吳仲謙身上，讓他輪廓分明的五官看起來更加耀眼。

「你今天可以牽我的手嗎？」

他淡淡一笑，毫不考慮地拉起我的右手，牢牢握著。

中午到餐廳用餐，他依舊先替我拉開椅子，等我入座後再走到自己的座位坐下。

如果有醬汁不小心沾到我的嘴角，他也會主動拿起紙巾，輕輕爲我擦拭。

用完餐後，我們坐進車裡，當他親手為我繫上安全帶時，我問他：「你愛我嗎？」

他停下動作，深深望進我的眼裡，用最溫柔低沉的嗓音回答說他愛我。

「接下來妳想去哪裡？」

「到旅館去吧，我想要抱你。」

如果是張澔，他現在不會出現在這裡。

他不會特地蹺班來陪我、不會這麼輕易牽起我的手、不會在吃飯時為我拉開椅子、不會替我擦拭沾在嘴角上的醬汁、不會時時刻刻都關心著我。

他不會對我說他愛我。

整整一天，我都和吳仲謙膩在一起，不曾分開。

晚上，我們兩人牽著手走在大街上，我又望向天空，很難得的，竟看見一顆星星。

「要回去了嗎？」

我停頓了一會兒，注視著吳仲謙，接著站到他面前，舉起握成拳頭的右手。

「剪刀，石頭——」

當我說出「布」時，吳仲謙眼裡雖然還帶著疑惑，但仍反射性地跟著我的口令出拳。

「為什麼要猜拳？」他好奇。

「沒什麼，只是忽然想要這麼做而已。」我看著自己出的剪刀，以及他出的石頭，

「你常跟別人猜拳嗎？」

「很少。」

「玩遊戲的時候呢？」

「小時候玩遊戲決定誰要當鬼的時候，就會猜拳。」

「那你小時候最常玩的遊戲是什麼？」

他沉默了幾秒，眼神因掉進回憶而變得像海一樣深沉。「一二三木頭人吧。」

我揚起脣角，從包包裡拿出一把墨藍色摺疊傘，慎重地交到他手上。

「這把傘還你，今天沒下雨，我不需要它了。」

「沒關係，這是我送妳的，妳就帶在身上吧，以防萬一。」

我搖搖頭，對著那雙深邃的眼睛，淡淡地宣布：「學長，我要結婚了。」

他當場一愣，眼中全是震驚。

「上個禮拜，我男友向我求婚。」我輕聲說：「昨晚我答應他了。」

將傘還給吳仲謙的那一刻，我一直握著他的手，就像他今天一直溫柔守護我到最後一樣。

「當年羽菁學姊自殺，不是你一個人的責任。她也曾經對我有所期望，希望我可以救她，可是我沒能來得及發現她的訊息，才會害她走上絕路。她失蹤前曾經寄了一封信給我，告訴我她並不恨你，也希望我不要恨你。她一直都知道自己在做什麼，甚至連要離開這個世界，也是她想清楚之後才做出的決定。」

我吁了一口氣，「我有很多年都不願意去面對這個事實，直到再次遇見你，我才發現比起恨你，我心裡更恨的也許是學姊。她選擇不顧一切消失，卻讓留下來的人被困在原地，既不敢逃走也不敢陷下去。記性好其實一點好處也沒有，因爲每想起一次傷心往事，都鮮明如昨，所以我跟你從來不敢眞正原諒自己，只能一直記得，然後一直逃避。」

我緊握他的手，乾啞著聲音說：「學長，我原諒你。雖然我不知道你是不是一直在等我說這句話，不過我原諒你了，而且無須任何人的允許，就算羽菁學姊不肯，我還是會這麼做。但即使我不原諒你，你還是要原諒你自己，因爲羽菁學姊走上這條路是她自己的選擇，不是任何人的責任。今天是我最後一次跟你見面，今晚道別之後，我們就徹底放下學姊，再也不要爲過去的事感到愧疚，過好我們各自的人生。我會祝福學長，眞心祝福你得到幸福。」

我在他脣上印下一吻，正想後退一步時，卻被他拉住了手。

吳仲謙眼眶泛紅，在一陣欲言又止後，他只哽咽地說出一句：「我送妳回家。」

我淚眼模糊，搖搖頭，擠出一絲自認爲最完美的笑容，「我自己搭捷運就好。我回去以後，學長你別傳簡訊、也別再打電話來，因爲我不會再回應了。仲謙學長，謝謝，我不後悔能再見到你。」

從當年與吳仲謙隔著教室窗戶對上眼的那一瞬間，到此時此刻的四目相望，我們之間算是眞正畫上了句點。

每次在他眼中看見羽菁學姊的影子，我總會想，我們之所以再次相遇，會不會是羽菁學姊冥冥之中的安排，讓我們可以拂去過往的痛苦，爲自己找到另一條出路？

我不知道。

但現在的我，終於能好好地對羽菁學姊說一句「對不起」和「再見」，從此斷然轉身，朝另一條岔路繼續前行。

儘管，我仍不曉得在前方等著我的，會是什麼樣的風景，但至少，我已經再也不需要爲誰停留。

第三章

「從見到那個人的第一眼起，我就知道，自己永遠輸了。」

決定跟張澔結婚後，我便搬出原來的單人套房，搬進張澔買下的、距離他父母家僅十五分鐘車程的一戶公寓。

雖然張澔說即使結了婚，我們的日子也不會有任何變化，但是才剛開始談到婚禮的籌備，我就覺得自己陷入畢生所遭遇到的最大難關。

張澔跟我回家向爸爸和二媽提親，自從他知道我家開的是卡拉OK店，就一直覺得很感興趣，來這裡的第一天，還與梅子阿姨和幾個鄰居唱到通宵。

畢竟是成長於大家庭中的人，張澔和長輩相處十分懂得投其所好，光靠一張嘴就能逗得婆婆媽媽哈哈大笑，深得不少鄰居的喜愛，大家都直誇爸爸找到了個好女婿。

爸爸非常開心，特地煮了一頓豐盛的晚餐招待我們，在廚房裡忙進忙出時，嘴角始終是上揚的。

「說起來眞不好意思，我們不是什麼大戶人家，也沒什麼了不起的社會地位。張澔家裡事業做這麼大，但爸爸這兒只有一間小小的卡拉OK店，一直擔心對方會心生嫌棄，感覺像高攀了人家……」

「爸，我不喜歡你這麼說。」我在一旁低頭切菜。

「呵呵，爸爸知道，但爸爸並不是覺得丟臉。恩恩妳從小就很乖、很聰明，所以我認爲妳就是值得這麼好的人。爸爸很高興，眞的！」

爸爸臉上藏不住的喜悅，也讓我覺得欣慰。

只是，當雙方父母首次見面聚餐時，我卻發現一個讓我頭痛萬分的問題。

婚禮舉行的那天，女方家長除了爸爸和二媽，媽也勢必要出席。

一直到張澔來家裡提親，我都還沒告訴媽我要結婚的事，我也沒敢告訴她，爸和二媽已經一起去跟張澔他爸媽見過面了。

至今媽對二媽依舊充滿敵意，與爸的關係也始終不見改善，以媽那樣的個性，三人若碰頭，恐怕會是史上最難堪的局面。

光是想像媽和二媽在婚宴上並肩而立的畫面，我就覺得背脊發涼，幾度心悸，胃痛再度復發。

張澔見我愁眉不展，知道我在爲了媽的事而煩惱，便開口問：「我們也該去見妳媽媽了吧？」

「我知道，再給我一點時間，讓我想想該怎麼跟我媽說。」我撐著頭，這下不光是胃痛，連頭也痛了起來，索性拿出胃藥和頭痛藥一起吞下。

張澔在我面前坐下，有些幸災樂禍地哈哈笑道：「沒想到結婚這麼麻煩，婚宴都還沒辦，我的新娘就快陣亡了。」

我瞪他一眼，「就算幫不上忙，你也別在旁邊說風涼話吧？到底是誰要我跟他結婚的？」

「好好好，知道了。不過，真的想不出解決辦法嗎？」

「沒有，除了不辦婚宴，我想不到兩全其美的辦法了。總不能要我媽或二媽其中一個人不要出現吧？」

「那就取消婚宴嘍，這樣妳跟我都輕鬆。」

「怎麼可能取消？雖然我對辦婚宴也興致缺缺，但你爸媽哪可能答應？如果你沒打算幫我想辦法，就別在一旁添亂了。」

張澔托起腮，凝視伸手揉按太陽穴的我，沒多久便慢悠悠地說：「沒關係，如果妳真的不想辦婚宴，我來處理。」

「什麼？」

「我會說服我爸媽取消婚宴，而且不會說出真正的理由，所以妳不用煩惱，交給我來處理就好。我的老婆已經煩惱到頭痛欲裂了，我怎麼可以再坐視不管呢？」他笑吟吟地親吻了我的額頭一下便離去，留下一臉呆愣的我。

我不曉得張澔是怎麼向他父母解釋的，一星期後，他父母居然真的同意我們不辦婚宴，讓我們直接登記結婚。

毫不意外的，張澔此舉掀起了一場家庭革命。張澔的姊姊事後告訴我，儘管他爸媽發頓了不小的脾氣，最後還是拗不過張澔的堅持，她直嘆這個弟弟從小就沒人能管得住，一旦他決定要做的事，沒有人可以讓他改變念頭。

爲此我心裡對他們很過意不去，卻更感謝張澔。

確定婚宴取消，原本壓得我喘不過氣的壓力才完全卸下。後來爸爸隱約察覺到我們不辦婚宴的眞正原因，曾不只一次擔心地問我，但我都告訴他，這是我和張澔兩人共同的決定，與其他事情無關，不想讓爸因此對我們心懷愧疚。

登記結婚的那天，我才讓張澔正式跟媽見面。

之所以會等到這天，是因爲我知道媽將我的婚宴，視爲能再見到爸爸和二媽的唯一機會，屆時她一定會在二媽面前擺出一副她才是我親生母親的姿態，並向所有人昭告她的元配地位，狠狠地給二媽下馬威，藉此報復二媽與爸爸。

因此當我告訴媽，我和張澔上午已經到戶政事務所登記結婚，之後也不會舉辦婚宴時，她緊閉雙脣，面容鐵青，眼角不時隱隱抽動，看我的眼神更是充滿冰冷的怒意。

那完全是不甘心的眼神，不僅是因爲我先斬後奏，到現在才告知她關於婚宴的事，更是因爲她認爲我不尊重她這個母親。她並不在乎我嫁給誰，也不關心我這段婚姻是否會幸福，她只在乎婚宴當天，她可以正大光明地再見到爸和二媽，而我的做法，無疑讓她期盼多年的機會化爲烏有。

我知道媽已經怒不可遏，若不是張澔在場，她應該早就搧我一巴掌，但自尊心極高又好面子的她，終究還是忍住不發脾氣，只是無法對我們露出什麼好臉色，說出口的話也不是太好聽。

當天直到最後，媽都沒有對我們表示任何祝福，我並不意外，畢竟我清楚自己現在做的事對她而言有多殘忍，這等同於徹底背叛了她。

我知道媽永遠都不會原諒我了。

「我終於了解妳爲什麼那麼不想辦婚宴了，妳媽媽比我媽還要恐怖。」

事後，張澔笑著這麼對我說，我沒有答腔，也無法回以笑容。

度過最難捱的階段，我的生活總算慢慢恢復元有的步調，回歸平靜。

在我和張澔度完蜜月後，彥桀哥邀我們聚餐，而這次聚會也讓我見到久違的芮娜。

「沒想到你們會直接登記結婚，連婚禮也不辦，我還準備了一份大紅包要給你們！」彥桀哥感嘆。

「我和永恩都不喜歡繁瑣的程序與儀式，也不打算收任何紅包，這樣反而省下不少時間跟力氣，把日子過好對我們來說比較重要。」張澔一派悠閒自在。

「但你父母那邊能接受也不太容易吧？畢竟你父親人面廣、事業又做得大，碰到兒子的喜事，一定會想幫你們辦個非常盛大的婚禮。」

「呵呵，是這樣沒錯。但我父母算滿開明的，假如我們沒這個意願，他們還是願意尊重我們的想法。」

聽到這裡，我一時有些食難下嚥，抬起視線，正好和對面的芮娜對上眼。

「妳好像沒吃什麼東西，沒有食欲嗎？」她開口。

「可能是中餐吃得比較多，還沒完全消化吧。」

芮娜今天戴了一副珍珠耳環，並搽上亮粉色的脣膏，更襯托出她白皙小巧的臉蛋，加上她穿了件黑色蕾絲鏤空連身洋裝，看得出是精心打扮，既嫵媚又美麗。

我感到有點恍惚，因爲我忽然想不起上次見到芮娜是在什麼時候？

服務生走過來替我們清理桌面，我遞給他一個空盤，注意到芮娜的目光正投向我這裡。

「那是婚戒吧？」

我順著她的視線望向自己左手無名指上的鑽戒，點點頭，「嗯。」

「可以讓我看看嗎？」

我不假思索地朝她伸出左手，卻在芮娜碰到我的那刻輕顫了一下。

她的手很冷，幾乎就像冰塊一樣，我一度以爲是餐廳空調開得太強，忍不住留意了一下，芮娜的目光卻始終專注地停留在我的戒指上，沒有作聲。

彥桀哥注意到芮娜的舉動，好奇問：「爲什麼妳一直盯著永恩的戒指看呢？」

「彥桀哥，你眞遲鈍，這還有什麼理由？當然是在等某個人快點向她求婚嘍。」張澔朝他投以曖昧的笑。

彥桀哥的臉很快地紅了起來，他連忙乾咳兩聲：「我們不是那種關係。」

「幹麼害羞？你和芮娜兩人很相配。雖然我與永恩沒有舉行婚宴，但我們可是很期待

能喝到你們的喜酒喔！」

在他們兩人的談笑聲中，芮娜終於鬆開了我的手，同時也將一樣東西塞進我的手心。

我定睛一看，發現是片胃錠。

「不舒服的話，就吃吧。」她以嘴型無聲又緩慢地對我說，隨即拿起餐具，安靜地繼續用餐。

我當下怔了片刻，這才明白芮娜可能察覺到我胃不舒服，卻又不想說出來讓大家擔心，因此用這種方式悄悄將藥拿給我。

聚餐進入尾聲時，我和芮娜去了趟洗手間，我在洗手台前洗手，芮娜就在旁邊補口紅。

「剛才謝謝妳。」我開口。

「不客氣，胃還會痛嗎？」

「不會，好多了。」

「那就好，我現在都會隨身攜帶一些藥物，幸好有派上用場。」

「妳身體不舒服？」

「沒有，只是之前偶爾會偏頭痛跟失眠，天氣冷的時候腸胃也變得不太好，所以彥桀哥會幫我準備一些藥，以備不時之需。後來我就習慣帶著這些藥了。」

說完，她從鏡中定定地看著我，「恭喜妳結婚。」

「謝謝。」聽到她慎重地對我表示祝賀，我怔了怔，心情莫名複雜。

那一刻我突然想起來，之前也曾經聽她對我說過恭喜。

那是在我國考錄取的時候，後來她又銷聲匿跡了好一陣子，即使過年也不見她回家。

距離上次見到她，居然已經過了兩年之久嗎？

「妳跟彥桀哥一直都有見面吧？」

「嗯。」

我停頓了半晌，「那你們現在究竟是什麼關係？」當芮娜轉過頭來，我開門見山地問：「妳知道彥桀哥一直很喜歡妳吧？」

她沒什麼表情，果真一點也不意外，就連回答都很平靜，「我知道。」

芮娜如此坦然地承認，反而讓我不曉得接下來該說些什麼才好，也無法像張澔一樣，順勢說些湊合兩人之類的話，於是匆匆應了聲「嗯」，便不再多言。

「彥桀哥希望我能搬過去跟他一起住。」

「咦？」

「彥桀哥對我說，他想和我一起生活。如果我願意，可以從此留在他那裡，就算住一輩子也沒關係。」芮娜看著鏡裡的自己不帶情緒地說：「因爲我打算今年搬來台北，所以他希望我能考慮搬去他那邊。他告訴我，他想一直照顧我。」

我愣了愣，「妳答應了嗎？」

她斂下雙眸，「沒有，我還在考慮。不過，大概這幾天就會給他答案了。」

想起彥桀哥曾在我面前表明想照顧芮娜一輩子，現在，他居然眞的向芮娜開口了。

即使還不是戀人的關係，即使還不清楚芮娜心裡的想法，但彥桀哥提出這個邀約，無疑就是在向芮娜告白。

甚至是求婚。

「彥桀哥對我說，他想和我一起生活。」

這天聚餐結束，回程途中，張澔在車上告訴我：「也許我們很快就能喝到他們的喜酒了。」

我的思緒被他的話拉回，納悶問：「怎麼說？」

「妳和芮娜到洗手間去的時候，連彥桀問我，妳的婚戒是在哪裡買的？我想他可能是看到芮娜那麼認眞地打量妳的戒指，覺得她應該很喜歡，所以打算買下同一款鑽戒，準備向芮娜求婚。」

我沒有接話。

「妳不開心？」

「沒有啊，我幹麼不開心？」

「因爲妳上車後就一直盯著窗外不說話，好像有心事的樣子。害我以爲我老婆可能還在暗戀她的大哥哥，心裡正在傷心呢。」

我冷聲道：「你現在是在吃醋嗎？」

「哎呀，畢竟是老婆曾經喜歡過的人，就算是我，心裡還是會有點介意。不過這玩笑確實開得有點太過了，所以我道歉。」他笑了笑，臉上完全看不出什麼歉意，「總之，期待他們的好消息吧。雖然口口聲聲說沒交往，但畢竟認識了這麼久，又相處這麼多年，就算跳過這個階段直接結婚，也不是什麼奇怪的事。」

聽到這裡，我心裡不知爲何萌生一股異樣感，覺得有哪裡不太對勁。

只是，當下我已經毫無心情與餘力去深究這感覺是從何而來，只能對著窗外的黑夜，再次陷入沉默。

◆

我和張澔婚後的生活，只能用規律跟簡單來形容。

平日兩人下班偶爾一起出去吃飯，或是去看場電影，平淡卻也算輕鬆自在。只不過，由於跟張澔的父母住得近，婆婆常會要我們假日過去吃飯，也會和大姑兩人到我們家用餐，所幸我對料理還算擅長，煮的菜也合她們口味，對我而言倒不是什麼難題；跟婆家的相處也一如以往和諧，不曾出現什麼狀況。

只是，度完蜜月後又過了幾個月，我發現婆婆開始會有意無意地關心我的身體狀況，每次見到我的眼神，都像在期盼著什麼。

我很快就明白，婆婆其實很期待我能懷孕，雖然她從不曾當面提及，也許是不想給我壓力，但她殷切的目光還是說明了一切，讓人難以忽視。

老實說，我沒有想懷孕的念頭，至少到目前爲止還沒有，如果不是婆婆的強烈暗示，也許在婚後的第一年內，我都不會考慮到這件事。

有天我向張澔提起這件事，他的回答卻完全出乎我的意料之外。

「我不打算要有小孩。」他毫不猶豫地宣布，「我不想要孩子。」

我驚訝得張大嘴，「你說眞的？」

「嗯，我從一開始就沒想過要生小孩，只有我和妳兩個人一起生活，不是很好嗎？」

「我是沒什麼意見，但你有告訴過媽你的想法嗎？」

「當然沒有，要是讓她知道，日子就不得安寧了。」

「那怎麼辦？你媽那麼期待我懷孕，你現在才跟我說你不打算生小孩？這樣我要怎麼向你爸媽解釋？」

「不用特別解釋啊，繼續裝傻就好，如果我媽問妳，妳想用什麼說法搪塞過去都可以，我無所謂，總之我們不可能會有孩子，我要的婚姻生活就只有我和妳兩個人而已，不希望再多出第三個人。」

「既然如此，你爲什麼不一開始就告訴我？非要拖到婚後才講？」

張澔凝視了我片刻，燦然一笑，「妳也沒在婚前告訴我，妳並不想辦婚宴啊。」

我頓時全身一僵。

我終於明白，當初張澔爲何會如此乾脆地答應我取消婚宴。

他願意單槍匹馬面對家族的龐大壓力，甚至不惜反抗自己的父母，也堅持要取消婚宴，讓我可以不必再爲媽媽的事煩心，這一切都是有原因的。

張澔並不是無條件爲我做這些，他現在說的這句話其實是在告訴我，這就是他當初幫忙我的交換條件。

我不要婚宴，而他不要孩子。

以張澔的家庭背景而言，結婚不可能只是我和他兩個人的事，因此我也十分清楚，臨時取消婚宴會引來多大的非議，張澔當初承受的指責又有多巨大。他認爲，既然已經先爲我承擔了這樣的壓力，現在換我爲他承擔父母求孫的壓力，也是應該的。

知道了張澔眞正的想法，我居然再也無法反駁，只能木然地望著他的笑容，啞口無言。

「怎麼又嘆氣了？」

「我剛有嘆氣嗎？」聽到彥桀哥的話，我心中一凜，詫異地問。

「有啊，從上車到現在，妳已經嘆三次氣嘍。」他莞爾一笑，轉動方向盤，「有什麼煩惱嗎？還是跟張澔發生了什麼事？難道你們吵架了？」

「沒有，我們沒吵架。」我揉揉太陽穴，心想，這件事不太適合跟彥桀哥討論。

中午去婆婆家吃飯，大姑在餐桌上當著大家的面，問我最近有沒有「好消息」？還挑明了說公公婆婆都很期待早點抱孫子，鼓勵我們要加油。

雖然我知道大姑性情單純，說這些話其實沒有什麼言外之意，但在婆婆隨即投來的目光中，我還是感受到那道視線的重量，而張澔從頭到尾都悠哉地吃著飯，好似事不關己。

事後想想，張澔在婚後才說他不打算生小孩這種做法，簡直可以算是一種詐欺，也許他認爲如果我知道他不想要孩子，說不定就不會答應嫁給他。

雖然我也確實不在乎我們兩人是否有孩子，但面對現在這種狀況，我仍感到有些懊惱，覺得自己實在太天眞、也太大意了。

我居然忘記張澔原本就是這般狡猾的人。

「張澔今晚去哪裡？他知道我和妳出來嗎？」

「他跟朋友有飯局。他知道你有事找我幫忙，所以沒說什麼。你也有跟芮娜說今天你和我出來嗎？」

彥桀哥揚起脣角，「當然沒有，這件事一定要對她保密。」

他帶我來到一間鑽石專賣店。

我們在項鍊的玻璃陳列櫃前停下，彥桀哥將所有款式的鑽石項鍊仔細看過一遍後，回頭問我：「妳覺得芮娜會喜歡哪一條？」

「……不是挑戒指嗎？我以爲你打算向她求婚。」

「呵呵，不是，芮娜下個月生日，我想挑一樣適合她的飾品，作爲她的生日禮物。」

「既然這樣，爲什麼不直接在她生日那天向她求婚呢？你不是已經認定芮娜了？」

「是沒錯，可是我不想逼她。對我來說，只要芮娜願意讓我待在她身邊，結婚就不是當務之急。」他望著櫃子裡的項鍊，沉聲說：「我想永恩妳應該知道，因為父母親離異的關係，芮娜並不相信愛情，更別說是結婚了。我很心疼她父母的婚姻讓她心裡留下陰影，所以希望自己可以給她足夠的安全感，讓她能全心全意信任我。在那之前我不敢太急躁，也不敢勉強她，我怕要是給她壓力，她會選擇離開我，與其那樣，不如用這種方式繼續守護她，即使是這樣我覺得也很滿足。在芮娜決定接受我的那天來臨之前，無論多久我都願意等待。」

再一次，我聽到他對芮娜的深情告白。

那些字句像是一根根尖刺，隨著血液逐漸流進胸口，每一根尖刺都深深扎進我的心房。

最痛的地方。

「我聽芮娜說她準備搬來台北，你希望她能跟你一起住，結果她答應了嗎？」

「芮娜有告訴妳這件事？」他眼裡閃過一絲愕然，搖搖頭，「沒有，她沒答應，她說想自己住。快的話，下禮拜就會搬來台北了。」他啞然失笑，「妳應該覺得我很矛盾吧？才說不想逼芮娜，卻又要她跟我一起住。如果妳是芮娜，知道我打算送鑽石項鍊給妳，會不會覺得有壓力？」

「會，而且壓力更大。」

「真的？」見他像個還不懂得掩飾情緒的年輕大男孩般瞬間垮下了臉，我輕聲一笑，扭頭望向前方的玻璃櫃，「有發現適合芮娜的嗎？」

「嗯……我想要選擇芮娜可能會喜歡的款式，所以今天才麻煩妳陪我一起挑，同樣是女孩子，妳應該比較能了解芮娜的喜好。」

「好。」我走到玻璃櫃前，一一看過裡頭的每一條項鍊。

沒過多久，我的視線停住，請店員拿出其中一條。

那是條以18K玫瑰金打造的蝴蝶項鍊，蝶翼裡一共鑲有八顆鑽石。

我將項鍊放在手心打量了好一會兒，再送到彥桀哥面前，「我覺得這條不錯，芮娜應該會喜歡。」

「我看看。」彥桀哥仔細端詳，眼裡流露出滿意與讚賞，「很漂亮，而且很符合芮娜的氣質。找妳一起來選果然是對的，如果只有我一個人，恐怕一個小時都還拿不定主意。」他點點頭，「那就決定這一條了！」

「這麼快？不用再看一下？」

「不必了，我相信妳的眼光。」他想也不想，語氣裡沒有絲毫懷疑，「妳和芮娜一起生活過，又是芮娜的家人，沒人比妳更了解她。」

我默不作聲，看著他直接到櫃台結帳。

坐在彥桀哥的車上，他喜孜孜地對我說：「謝謝妳，多虧有妳，我才能順利買好芮娜的生日禮物。妳有沒有什麼想吃的？我請妳吃飯，作爲今天的謝禮。」

「不用了，彥桀哥你就直接送我回家吧，說不定芮娜還在等你的電話呢。」我望向他放在一旁的項鍊，「禮物是在她生日那天交給她嗎？」

「嗯，我會帶她出來吃飯。永恩，妳到時候也一起來吧。」

「那怎麼行？既然是你要爲芮娜慶生，我怎麼好意思去當電燈泡？你就和芮娜兩人一起度過，好好增進感情吧。」此時車內響起了一首熟悉的歌曲，我話聲一頓，忍不住問：「你有在聽周杰倫的歌？」

「有啊，我很喜歡他的歌，周杰倫的每張專輯我都有買，現在放的是他的最新專輯。」他眨眨眼，「妳不喜歡？」

「不是，只是聽到他的歌，我忽然想起一件事，連叔叔其實不是很喜歡周杰倫。」

「我爸？爲什麼？」

「因爲他覺得周杰倫咬字不清，聽不懂他在唱些什麼，還說他絕對紅不了多久。」

「眞的？那是多久前的事？」

「周杰倫發行第一張專輯的時候，在我高一那年，有次我去連叔叔家，剛好電視上在播周杰倫的MV，他就說現在的年輕人連歌都不好好唱。」

他大笑，在紅燈前停下車子，「妳那時還是常到我家去？」

「對啊，你去台北以後，我還是經常去找連叔叔與梅子阿姨聊天，只要過去轉個一圈，心情都會變得不一樣，本來覺得煩惱的事，也變得無所謂了。」

彥棨哥沒有接話。

「說到這個我又想到，有件事我始終覺得很神奇，每次坐在你家門口那張長凳，總會遇上晴朗的好天氣，我很喜歡坐在那裡曬太陽，大概是因爲旁邊有棵大樹擋著吧，灑在身上的陽光不論何時總讓人覺得溫暖適中、非常舒服，經常一不小心就打起瞌睡了……」

話未說完，我的身子驀地被一雙厚實的臂膀給攬住。

彥桀哥溫柔卻有力地將我摟近他，輕輕與我貼著頭，此時我瞥見車窗外的紅色號誌燈還剩三十秒就要轉綠，但我卻覺得每一秒都走得極其緩慢。

「抱歉，永恩，妳明明是很輕鬆地說起這些回憶，可是不知道爲什麼，我卻越聽越難過，甚至心酸到有點想掉眼淚。」他的聲音帶著濃濃的苦澀，在我耳邊重重嘆息。「我覺得很捨不得妳，眞的。」

我一動也不動。

「這可能是我自作多情，不過……」他啞著聲音道：「當年我那樣突然離開，沒辦法陪在妳身邊安慰妳、保護妳，是不是曾讓妳覺得寂寞？」

我仍直直地盯著號誌燈上逐漸遞減的數字，思緒卻是繁雜了起來。

「很寂寞。」過了一會兒，我才低低地回答：「後來見不到你的日子，我常常覺得孤單，也很寂寞，因爲當爸媽吵架，或是發生什麼難過的事時，再沒有人會帶我躲起來。可是你不用覺得內疚，那些都是小時候的事了，我現在的心境早已不同，很多事也變得不一樣了。」

他再次嘆息，「是啊，眞的很多事都變了，完全不在我們的預料之中。就像我爸，要是他知道周杰倫非但沒有如他所料，還變成紅遍全亞洲的華語流行音樂天王，應該會拍桌大罵豈有此理吧。」說完，他輕輕地笑著。

彥桀哥的笑聲讓我眼眶漸漸濕潤，我咬住脣，用破碎的氣音說：「我很抱歉。」

「什麼？」周杰倫的歌聲蓋過了我的聲音，所以他沒有聽見我說的話。

我掙脫他的懷抱，露出一抹笑，「沒什麼。彥桀哥你這樣不行，居然隨便對一個已婚女子做出這種曖昧舉動，就算你把我當成妹妹，別人看見還是會說閒話的。」

他呆了呆，朗朗笑了開來，「抱歉，我沒別的意思。不過說眞的，妳在我眼中一直都是最可愛的妹妹，所以像這樣和妳相處的時候，常常會忘記妳已經結婚了。」

「『最可愛的妹妹』這一句也不能說。」

「這也不行？好吧，遵命。」

對彥桀哥的道歉，我只敢低聲說給自己聽。儘管明知他就算聽見了，也不可能明白我的意思。

我永遠永遠都不能讓他明白。

翌日午後，我出門買菜，打算晚上煮點東西跟張澔一起吃。

返家後，我在家門口看見婆婆的鞋子，怔了一下，開門進去，客廳卻空無一人。

結果，婆婆竟然在我和張澔的房間裡。

「媽，妳在做什麼？」

「啊，永恩妳回來啦？沒什麼沒什麼，媽只是來弄個東西，待會兒就走了。」

於是我愣愣地站在原地，看著婆婆將一套小孩子的衣服掛在床頭的牆上。

她笑逐顏開地走向我，「永恩妳看那套衣服可不可愛？那是媽特地跟別人要來的！」

「……爲什麼要把衣服掛在那裡？」

「沒什麼，總之妳就讓衣服掛在那兒，千萬不要拿下來，知道嗎？」婆婆說完，便心滿意足地迅速離開，留下依然一頭霧水的我。

傍晚張澔回來，我告訴他這件事，他看到那件衣服後，也只隨意地點了點頭，說那就讓它掛著，只要婆婆開心就好。

儘管當下不解婆婆是何用意，但察覺到那是件小男嬰的衣服時，我多少也了然於心，因此禮拜一上班，我向生過孩子的同事探問，同事回答我，據說把嬰兒穿過的衣服放在床頭，就能順利求子成功。

果然是我想的那樣。

雖然能明白婆婆求孫若渴的心情，但這次的事卻讓我心裡不太舒服。她居然沒有先知會一聲就逕自拿著鑰匙闖入家裡，還擅自進到我和張澔的臥房，就算再怎麼想要抱孫子，這樣的做法似乎有點過於誇張了。

我並不想用「闖」這個字眼，雖然婆婆給我的感覺就是如此。更糟糕的是，往後只要婆婆過來家裡，就一定會走到我和張澔的房裡，看看那件衣服是否還好端端地掛在原處，無預警拿著鑰匙開門進來的次數也越來越多。

我曾希望張澔能出面與婆婆溝通，但他擺出一副事不關己的淡定態度，讓我放棄與他商量。我也曾想過，是不是該向婆婆坦承我們並不打算生小孩，或者乾脆使出緩兵之計，先找些聽起來合情合理的說法搪塞過去；只是以婆婆這樣的個性，不管是對她坦白以告或是虛與委蛇，我認為對現況都不會有幫助，既然如此，也沒必要引來更多紛爭。

於是我只能睜一隻眼閉一隻眼，如同張澔所說的那樣裝傻，假裝沒有察覺婆婆所作所為的背後有什麼言外之意。

抱持著這樣的鴕鳥心態，半年過去，遲遲等不到我有孕的婆婆，終於開始不高興了。這段期間，無論公公跟大姑，或是其他長輩，都比以前更常捎來關心，可是我和張澔還是沒有對他們做出任何解釋，久而久之，婆婆變得鮮少來家裡，也不再對我笑臉迎人，有時甚至會對我視而不見，藉此表達內心的失望和怒氣。

雖然結果早在我預料之中，但老實說，婆婆這樣做反倒令我鬆了一口氣，就算她會對我擺臉色，但至少不會再頻繁提起生孩子的事，也不再像先前那樣緊迫盯人。

我不想認同張澔當初的說法是對的，但事已至此，我必須承認除了這件事，我們的婚姻生活的確再無其他波折，他並不是全然在騙我。

如果我打從心底深愛著張澔，也許哪天我眞的會因為太痛苦，而無法跟他走到最後吧。

◆

「其實結婚半年沒懷孕也不算什麼啦，妳婆婆可能觀念比較傳統，個性也比較急一點，我有朋友結婚五年後才生小孩呢。如果妳和妳老公本來就有規畫要生小孩那還好，但如果是長輩一廂情願，壓力確實會比較大。」女同事背起包包笑著與我閒聊，見我還沒打算下班，好奇問道：「永恩妳還不走嗎？」

「喔，我得再整理一下公文，很快就好，妳先走吧。」

「好，那麼明天見嘍，掰掰！」

「掰掰。」

辦公室只剩下我一人，我在僵硬的肩頸上按壓了幾下，再揉揉乾澀的眼睛，確定這天的工作都做完了，便關上電腦準備回家。這時手機響起，是爸打來的。

「喂？爸。沒有啊，我不忙，我已經下班了，正要準備回家。」我邊講電話邊整理東西，卻越聽越疑惑，「爸，你聲音怎麼怪怪的？什麼事這麼急？」

掛斷電話後，我呆坐在辦公室裡好幾分鐘，才邁著虛軟無力的腳步離開公司。

坐上計程車，二十分鐘後，我抵達一棟紫色外觀的建築物前。

那是一間私立托兒所，由於早就過了下課時間，裡頭已沒有學生。我走進職員室，向老師說明來意並且確認身分，就跟著對方來到一間教室。

偌大的遊戲區中，只有一個小女孩坐在裡頭玩玩具，還有另一名老師在旁陪伴。

帶我來的那位老師走到小女孩身邊蹲下，輕聲說：「芝言，妳阿姨來接妳嘍。」

我一聽，頓時覺得喉嚨乾澀，心跳也亂了節奏，緩緩地走上前。

綁著雙馬尾的小女孩轉頭望向我，我立刻僵直著身子，呼吸一窒。

芮娜。

眼前的小女孩，長得幾乎跟芮娜一模一樣。

一時之間，我彷彿完全喪失了思考能力，不敢相信眼前所見。當女孩眨著水汪汪的大眼瞅著我，我甚至產生強烈的錯亂感，感到一陣暈眩。

好不容易穩住心神，我走近女孩，俯身朝她伸出手，「芝言……我是永恩阿姨，妳媽媽今天臨時沒辦法來接妳，所以我先帶妳到我家，我們一起等媽媽來找妳，好不好？」

「好！」她以稚嫩的嗓音果斷應答，立刻站起身牽住我遞出去的手。

雖然芝言還只是個兩歲多的孩子，但看到她居然毫不猶豫地跟著沒見過的陌生人走，仍讓我暗自心驚。

接到芝言後，我擔心她肚子餓，便先帶她到附近的百貨公司吃晚餐。

坐在人聲嘈雜的美食區，我看著開心吃東西的芝言，依舊深陷在茫然中，覺得整個世界都靜止了下來。

爸爸在電話裡告訴我，芮娜兩年多前在桃園生下一個女兒，也就是芝言。

芮娜經常帶著孩子回老家探訪爸爸和二媽，但都是挑我不在的時間回去，刻意避著我。如今想來，近幾年我確實不曾和芮娜在老家碰過面。

這兩年來，只要芮娜帶女兒回家，都是由彥棨哥親自開車送她回去，沒有一次例外。

芝言的事，除了爸爸、二媽，隔壁的梅子阿姨也知道。

他們一直都知情，卻沒有一個人告訴我，每個人都選擇隱瞞我，直至今日。

如果不是芮娜突然沒有到托兒所接芝言，又遲遲聯繫不上，而彥棨哥這幾天正好在新加坡出差，因此老師只能聯絡遠在家鄉的爸爸，爸不得已只能找我幫忙，我還會繼續被蒙在鼓裡。

但我怎麼想都不明白，他們爲什麼要瞞著我。

接到爸的來電時，由於時間倉促，我沒能仔細追問，便得先匆匆趕去托兒所。然而現在，我光是看著坐在身旁的芝言，就已令我腦中一片渾沌，彷佛置身夢裡，什麼事都做不了，更遑論打電話向爸問個清楚。

一直到剛才，芮娜的手機仍然打不通，我不曉得她此刻人在哪裡。雖然知道她在幾個月前搬來台北，卻不知道她住在什麼地方，我結婚後也很少再跟她見面。

我還是只能透過彥棨哥知道她的消息。

撐著頭，我一動也不動，直到聽見手機響起才回過神來，只不過來電者不是芮娜，而是彥棨哥，他一從爸爸那裡得知我把芝言接走，馬上打電話聯絡我。

「永恩，對不起，我沒想到會突然發生這種事。」他語氣急促，說話斷斷續續的，我甚至可以想像他現在不知所措的尷尬表情，「我……很抱歉！」

「沒關係。」我開口，同時訝異自己的聲音是如此冷靜，「你還沒回來吧？」

「嗯，我還在新加坡。剛剛才發現叔叔和托兒所老師打了好幾通電話給我……芝言她現在怎樣？還好嗎？」

「很好，她在我旁邊吃晚餐。」我望了眼正在喝飲料的芝言，「對了，你聯繫得上芮娜嗎？她的電話一直打不通。」

「我知道，今天早上我有打給她，那時她就沒接。」他啞著聲說，「永恩，對妳提出這種要求眞的很抱歉，但能不能麻煩妳先幫我照顧芝言？我會盡快回去，等我聯繫上芮娜，會要她馬上去接芝言。」

「好，我知道了，今天晚上我就先把芝言帶回家，芮娜過來接芝言的時候，我會再跟她談談。」

「謝謝妳，我回去以後會好好向妳解釋。」他語氣沉重，「永恩，眞的很對不起。」

短短幾句話，彥桀哥就道歉了四次。

我不曉得爲什麼他非得像這樣對我再三道歉？但我聽得出他還隱瞞了很多事沒告訴我，他也沒要我過去芮娜家裡看看，我便明白他並不想讓我知道她住在哪裡。

一意識到這點，我仔細往回推敲，漸漸理出了端倪，心裡的疑惑也隨之解開。

之前爲了祝賀我結婚，彥桀哥請我、張澔還有芮娜四人聚餐的那一天，是我與芮娜相隔兩年後再見面，再上一次見面是我考上國考、成爲公務員，我們和彥桀哥三人一起吃飯慶祝的時候。

這兩年間，彥桀哥幾乎沒有再帶我去桃園找過芮娜，也沒有再同時邀我和芮娜一起吃飯，以他習慣照顧人的個性跟作風來看，顯然不太尋常。

答案很快就呼之欲出，也許是因爲芮娜當時已經有了芝言，彥桀哥爲了不讓我察覺到芝言的存在，才不再安排我們碰面。

他爲什麼要隱瞞我？我想是因爲芮娜。

我相信這是出於她的意思，不然不會連爸爸都瞞了我整整兩年。

芮娜才是一切的原因。

張澔回家後，看到一個小女孩坐在客廳，一時間愣住。

我簡單向他解釋了原因，並希望他能讓芝言在家裡睡一晚，張澔不僅沒有表現出不悅，反而很乾脆地答應了。

更出乎我意料之外的是，張澔與芝言開開心心地玩在一塊，氣氛非常和樂融融，看著他與芝言的互動，實在感覺不出他是個不喜歡小孩的人。

但我仍然很清楚，他是眞心不想要小孩的。

「這該不會是連彥桀的小孩吧？」

張澔問出這個問題的時候，我已經將芝言哄睡，並繼續緩緩拍撫著她的胸口，讓她睡得更安穩。

「不是。」

「妳問過他了？」

「我沒問，也還不知道芝言的爸爸是誰，但我知道不是彥桀哥。」

張澔挑眉，沒再說什麼，拿起一條薄被就要離開房間。

「你要去哪裡？」

「三個人躺一張床太擠了，今晚妳陪芝言睡吧，我睡隔壁房。」

張澔步出房間沒多久，我起身將燈熄掉，只留床頭的一盞夜燈，躺回芝言身邊。她翻了個身，將臉面向我，嬌小的身軀幾乎撲進我懷裡，呼嚕一聲，睡得十分香甜。昏黃燈光下，我看著芝言烏黑的髮絲，細長的睫毛，粉嫩的肌膚，以及像櫻花般紅潤的嘴脣，不知不覺就忘記時間過了多久。

我始終沒有睡著，就這麼靜靜地凝視芝言的睡顏，任憑夜色越來越深。

隔日早上，在我送芝言去托兒所的途中，我終於接到了芮娜的電話。

下班後，我依約到一間親子餐廳，芮娜已經去托兒所接了芝言，芝言在她懷裡扭來扭去的，掙扎著想下來玩耍。

脂粉未施的芮娜，穿著簡單樸素，她在我面前坐了五分鐘，沒有一句解釋，也沒有一句謝謝或道歉，冷靜的神色讓我看不出她心裡在想什麼。

「妳昨天去了哪裡？」我不慍不火地打破沉默。

「沒去哪裡，就在家。」

「爲什麼沒去接芝言？」

「我喝醉了，在家裡躺了一整天，半夜才醒過來。」

「在家躺了一整天？妳沒去工作嗎？」

「沒有，離職了。」

我非常錯愕，這才意識到她身上的穿著，確實不像剛下班的樣子。

「妳醒來發現芝言還沒回家，都不會擔心嗎？」

「彥棨哥說她在妳那裡。」

我又一陣無語，雖然芮娜一一回答了我的問題，我卻還是越來越困惑，對她的態度感到匪夷所思。

「芝言的爸爸是誰？是妳那個一直分分合合的前男友嗎？」

「嗯。」

「爲什麼要刻意瞞著我？」

這次，她沒有作聲。

「我結婚前最後一次跟妳還有彥棨哥聚餐的時候，其實妳已經生下芝言了吧？」我繼續問：「爲什麼不告訴我？甚至還要爸和彥棨哥一起瞞著我？」

她盯著桌面，不管懷中的芝言怎麼吵鬧也無動於衷，過了好一會兒，她才低聲說：「因爲我不想被妳笑，這個理由不行嗎？」

「妳認爲我會笑妳？」我感到訝異。

「不會嗎？」她淡淡地望進我的眼裡，「妳不是一直都很瞧不起我嗎？」

我驚訝，「我沒有。」

「幹麼不承認？妳本來就打從心底鄙視我，從以前就是這樣。所以妳放心，我不會再給妳添麻煩的。」

面對她漠然的眼神，還有始終淡定的語氣，我心底終於湧起了怒火。

「……妳聽清楚，不管妳相不相信，我不會因為妳未婚生子就嘲笑妳，更不會瞧不起妳。」我嚴肅地向她聲明：「眞正讓我瞧不起的，是一個沒有盡到責任的母親。妳在大白天就喝到不省人事，讓兩歲多的女兒獨自留在托兒所，還害爸和彥桀哥為妳擔心奔波；而妳知道我把芝言接走後，也沒有立刻打電話過來關心女兒的狀況。我沒有要妳感激我，但請妳想想妳身邊那些人為此有多麼緊張焦急。而且，我都還沒怪妳對芝言不聞不問，妳就先把問題歸咎到我身上，妳不覺得很不像話嗎？」

芮娜默默地聽著我的責備，視線回到餐桌上。

「妳說我不像話。」瀏海幾乎蓋住她的眼，使我看不清她的表情，她連說話的聲音都低得我幾乎聽不見，「全天下不像話的母親這麼多，為什麼妳偏偏只罵我呢？」

「什麼？」

「我媽，還有妳媽，都很不像話，為什麼妳從不責怪她們？妳媽明明也做過那麼多過分的事，為什麼妳就不會罵她？還那麼聽她的話？」

我一愣，「崔芮娜，妳突然扯到我媽做什麼？」

她沒再接話。此時，芝言掙脫她的懷抱，嘻嘻哈哈地跑向我，想要喝我桌上的紅茶。

我抱起芝言，不想在孩子面前發脾氣，於是穩住情緒，盡量維持語氣平和，「妳現在沒有工作，又一個人在外租房子，還要照顧小孩，經濟狀況應該不是很穩定吧？我知道彥桀哥有幫妳，但妳不能一直仰賴他的幫助，我不希望妳把他對妳的心意視為理所當然。」

「所以妳在心疼他？心疼彥桀哥爲了我付出一切卻什麼也沒得到？妳認爲我不知好歹，當初他要我搬去跟他一起住的時候，我就應該要答應？」

我又好一會兒說不出話。

僵持到最後，我嘆一口氣，冷著聲說：「妳是否打算和彥桀哥一起生活，跟我沒有關係。但我實在不想看到妳仗著他對妳好就任性妄爲，做出一堆不負責任的事。我不會干涉彥桀哥的想法及決定，我只希望妳能照顧好芝言，別再讓他爲妳擔心，否則我眞的替彥桀哥感到不值！」

「我會照顧好芝言。」她聲音也冷了下來。

「是嗎？但妳現在連自己都照顧不好。昨天托兒所老師告訴我，妳每次都很晚才去接芝言，如果妳已經沒去上班，都待在家裡，那我無法理解妳爲什麼會拖到那麼晚才去接她？而且我發現妳對芝言的照顧也很輕率隨便，她不但身上衣服有味道，指甲又髒又長，甚至還有輕微的感冒症狀，這些妳都沒留意到？」

我低頭看了芝言一眼，繼續把話說完：「連這些小事都做不好，妳告訴我妳會照顧好芝言，我實在沒辦法相信。除非妳能保證昨天的事不會再發生，就算彥桀哥不在，妳也會盡可能照顧好自己跟孩子，否則我不放心讓妳把芝言帶回去。既然是妳自己惹出來的麻煩，那妳就要自己一肩擔起，不過爲了芝言，我也不會就這樣撒手不管，能幫妳的一定會幫，畢竟彥桀哥有自己的工作要忙，不可能時時刻刻都在妳身邊幫妳，而且我不想再讓爸爲了妳和芝言擔心。」

芮娜沒有作聲。

我斂下眼眸，輕輕嘆息，「在妳把自己的狀況調整好，重新找到工作，各方面都穩定下來，並且有能力照顧好芝言之前，芝言就先留在我這裡，彥桀哥那邊我會再跟他說。妳不用擔心，我會好好照顧芝言，這段時間只要妳想見她，隨時都可以過來。」

直到最後，芮娜都沒再開口。

芝言吃飽玩累了，直接趴在我身上睡著。與芮娜在餐廳門口分開後，她頭也不回地緩緩離去，單薄的身影彷彿隨時都會被風吹倒。

我終究沒有出聲叫住她。

當張澔發現我又帶著芝言回家，他的臉上沒有任何表情，也異常沉默。

我拜託他讓芝言暫時住在家裡一段時間，直到芮娜的生活回歸軌道爲止。在我述說的過程中，張澔的目光始終定定地落在我臉上，像是想要看穿我似的。

「連彥桀不是會照顧嗎？」他淡淡地問。

「彥桀哥平常有工作，怎麼可能有辦法每天照顧她？我不認爲這是彥桀哥的責任，再怎麼說我也是芝言的阿姨，發生這種事，我總不能狠下心不管吧？」

張澔一聽，似笑非笑，把玩似的伸手捏捏我的臉，「是是是，知道了。我的老婆最善良體貼了，妹妹有難，做姊姊的當然要拔刀相助才行嘍。」他起身走向浴室，「妳就自己看著辦吧。」

結果，那晚張澔又到隔壁房睡。

就寢之前，我打電話給爸，告訴他現在芝言在我這兒，我會照顧芝言一段時間，他才稍微放下心來，卻也建議我把芝言帶回去由他和二媽照顧，否則怕我會太過辛苦，對張澔也感到不好意思。

在察覺到芮娜無力顧及芝言時，我就曾考慮過是不是要把芝言送回老家，然而爸爸跟二媽年紀都大了，要照顧這麼小的孩子體力恐怕無法負荷，再加上家裡每天都有各式各樣的人進出抽菸、打麻將，若讓芝言在那樣的環境下成長，也不是件好事，因此我只向爸爸保證自己可以應付，要他不必擔心。

但是我婆婆卻為此不太高興。

她得知我白天得先送芝言去托兒所後再去上班，下班又得馬上去接芝言回家，一直照顧她直到入睡，十分不能諒解我為何要這麼做，為何不將孩子送回給家鄉的父母親照顧？尤其當她後來發現我跟張澔為此分房睡時，臉上的不悅之色更是明顯。

彥桀哥週末從新加坡返台。星期日下午，他帶了芝言的換洗衣物和尿布、奶粉到我家。

那時張澔不在，芝言也在睡午覺，他把東西交給我後，又慎重向我道歉，不只為了芮娜的事，也為這兩年來的隱瞞。

「你不用道歉，我知道這是芮娜的主意，也知道她這麼做的原因。」我沉吟了片刻，「你回來後先到她那裡去了對吧？」

「嗯，我去看看她的狀況，順便整理一些芝言的衣物送過來，但就在過來妳家的途中，我打電話去問她晚上想吃什麼？手機就又打不通了。」他嘆息，「妳把芝言接過來之後，芮娜還有再打給妳嗎？」

「沒有，也沒過來看芝言，就像人間蒸發一樣。」我語氣不由得凝重起來，「她為什麼會這樣？」

「早上我去找她的時候有問過她，應該是因為她父親的關係。」

「芮娜的父親？」

「嗯，芮娜跟她父親一直都有在見面，但前陣子她父親突然消失了，不知道搬到哪裡去，連電話都變成空號，芮娜怎麼樣也找不到他。」

「突然搬走？沒有任何原因？」我感到意外。

「我不確定，但芮娜曾經告訴我，她爸再婚的妻子始終不喜歡她，也不喜歡芮娜經常去找她爸爸，她爸爸會突然消失，可能跟這個原因有關。但不管真正的原因為何，被依賴多年的父親如此對待，一定會讓芮娜覺得自己被父親拋棄了，打擊非常大。」

我依稀記得二媽以前曾說過，芮娜是為了將來可以跟住在台北的爸爸一起生活，才會那麼努力準備大學考試，雖然最後她考上的是桃園的學校，但每年過年，她都會去台北和她爸爸一起過，即便大學畢業後也仍是如此。

沒想到現在居然變成這樣？

「雖然對永恩妳很不好意思，但我想芮娜這陣子可能真的需要一個人靜一靜，以她目前的身心狀況，我也擔心她照顧不了芝言。知道她遭受到這樣的打擊，我也不忍心再為芝言的事苛責她。」

我點點頭，聽到彥桀哥又嘆了口氣，忍不住問：「你當初要芮娜跟你一起住，也是爲了想照顧芝言嗎？」

「嗯，因爲芝言已經沒有爸爸，我不忍心讓芮娜一個人照顧孩子，而且芮娜也不想帶孩子回家鄉去，所以我希望她能過來和我一起生活，這樣才能好好照顧她們。雖然芮娜已經是個母親，但在我眼裡，她還是跟個孩子沒兩樣，其實現在我也不會期待芮娜變得多堅強勇敢，只希望她能早些打起精神，重拾笑容。」

我沉默許久，才喃喃道：「你眞的很愛芮娜。」

彥桀哥自嘲，「妳應該認爲我變成大傻瓜了吧？」

我搖頭，「我只是覺得你能夠無條件爲她付出這麼多年，眞的很不容易，也覺得很感動。」

「自從喜歡上芮娜之後，我感覺自己的人生好像找到了全新的目標跟意義，所以從來不覺得委屈。」

「全新的意義。」我複誦，「這就是你對芮娜的感覺？」

「嗯，眞要形容的話，就像眼前出現一條嶄新的道路，周遭風景也截然不同，一切彷彿都變得明亮起來似的。而你清楚知道，這條路就是你接下來最想要走的那一條。」他雙眼含笑地望著我，「永恩呢？遇到這樣的人的時候，妳的感覺是什麼？」

「……你是指當我遇到眞正喜歡的那個人的時候？」

他輕輕一笑，「嗯。」

凝視那雙璀璨如星辰的瞳眸，我動也不動，彷彿隨時都會被吸進去。

「我……」我緩緩開口，啞著聲回應：「從見到那個人的第一眼起，我就知道，自己永遠輸了。」

「輸了？」

我頷首，「不管原本下了多大的決心，但只要見到那個人，原先的堅持就會瞬間消失不見；我可以在遭受任何打擊與傷害時屹立不搖，卻會在那個人的笑容和眼淚裡變得特別脆弱。在那個人面前，我所有的堅強和防備都會潰堤成一片散沙，所以從一開始我就知道，自己怎麼樣都無法贏過對方，只要對象是那個人，我永遠只有輸的份。」

彥桀哥專注地看著我，撫摸我的頭，帶著笑意說：「被妳喜歡上的那個人很幸運，我都有點羨慕張澔了。」

我心中一凜，隨後見他望向日光灑落的陽台，嘆息道：「大概就是這樣吧，不管芮娜會不會選擇我，我都不後悔愛上她。我不敢說我是世上最了解她的人，但是我有信心自己是世上最愛她的人。」

我呆愣不語。

恍惚之中，我這才注意到眼前的桌面仍空無一物，連杯水都沒有，立即站起身招呼，「彥桀哥，抱歉，你來這麼久我還沒拿點喝的給你，你等我一下。」

匆匆離開客廳，進到廚房，我卻只是宛若石化地佇立在流理台前，甚至忘記自己進到廚房裡來要做什麼。

「妳以為妳是誰？」

「好可憐，嘻嘻，嘻嘻。」

從黑暗深處響起的破碎語句，就像銀鈴般清亮，卻也十分刺耳。

我口乾舌燥，呼吸微微急促，渾身血液變得無比滾燙。我低著頭，雙手撐在流理台前，可以感覺心臟正快速跳動。

嫉妒。

當我意識到這份情緒是什麼時，同時也發現自己就快沉沒在這片妒海裡。

我替自己倒了杯冰水，仰頭一飲而盡，眼睛卻因為即將滿溢的淚水，而感覺到強烈的刺痛。

可是淚水始終沒有奪眶而出，只讓我眼前的世界變得朦朧模糊，不給我哭泣的權利。

我連開口說痛的資格都沒有。

「恩恩姨，抱抱。」

晚上睡前，芝言又鑽進我懷裡，緊緊地貼著我，要我抱她。

她現在話說得還不是非常清楚，無法順口地說出「永恩阿姨」這樣有難度的字句，因此只簡單地喚我恩恩姨。

她是個愛撒嬌的孩子，即便我不是芮娜，她也總是膩在我身邊，跟著我打轉，只要我稍一離開她的視線，她就會不安地哭出來。不曉得是在芮娜身邊時就這樣，還是來我這裡後才如此。

我溫柔地哄她入睡，每當她柔軟嬌嫩的身軀貼在我懷中，就宛如一道暖流滑過胸口，尤其她甜甜入睡的表情更是具有療癒的魔力。

我的眼眶又有些濕潤了。

擁著芝言的這一刻，我發現自己的心是滿足且充實的。

彷彿有什麼填補了胸中的殘缺，讓它重新變得完整。

不可思議的，只有在芝言笑著向我張開雙臂時，我才會忘記自己是誰。

之後的日子，我還是沒有接到芮娜的電話，也沒從彥桀哥那兒聽到她想要見芝言。

每逢假日，彥桀哥還是會帶芝言去找芮娜，晚上再把她帶回來我家。而家族聚餐時，張澔一家的親戚見到我帶著芝言出席，都會流露出強烈的好奇與納悶。雖然公公和大姑對我照顧芝言並沒什麼太大意見，可是婆婆每次見到芝言黏在我身邊，面色就有些難看，儘管她知道芝言是我的外甥女，但她認爲芝言的存在會讓我更不容易懷孕，因此總是滿臉不耐地問我還要照顧芝言多久？芮娜什麼時候把孩子接走？

爲了讓婆婆的不滿降到最低，我買了一張小床放在隔壁房間，等芝言睡著後再悄悄將她抱過去，但這麼一來，卻經常讓芝言半夜醒來因找不到我而放聲大哭，當我驚醒的同時也會吵醒張澔，兩人都無法一覺到天明。

「說眞的，妳該不會是盼望有一天我會因爲芝言而改變心意，萌生想要小孩的念頭吧？」

有天晚上張澔如此問我。他的臉帶著微笑，語氣卻聽不出笑意。

我深呼吸，闔上雙眼，「完全沒有，你大可放心。」

「那就好，我想妳應該也不會用這麼蠢的方式來暗示我，不然我可是會失望的。」

「可不可以別這麼說話？你就這麼喜歡看我兩邊不是人？而且你明明知道芮娜和芝言的情況，能不能有點同理心？別故意對我說這種風涼話！」

「有些狀況不適用於同理心，太過氾濫的同理心跟同情心，只會把自己弄得一身腥，甚至讓眞正該負起責任的人越來越習慣接受旁人的幫助，絲毫沒有長進。」

我睜開眼，冷言道：「是啊，就連我也沒什麼長進，居然忘了你本來就不是擁有同情心的人，就算有也是建立在有利可圖的情況之上。大概是因爲結了婚，我的腦袋也變得不太清楚了。」我拿起枕頭走下床，直接到隔壁房睡。

自隔日起，我每晚都和芝言一起睡在隔壁房間，儘管床位空間不大，但爲了避免芝言半夜又哭鬧，我還是決定睡在那裡陪伴芝言，加上張澔那席話確實惹惱了我，因此我也不願再顧慮婆婆的情緒，索性專心照顧芝言。

幾個月過去，我跟張澔已結婚一年，芝言也滿三歲了。

芮娜依然未能接回芝言，親戚們見我始終不見有孕，關切與議論的聲音不減反增，到後來，婆婆甚至要我別再帶芝言出席家庭聚會，以免別人說閒話，也讓人看笑話。

我沒問婆婆那句「讓人看笑話」是什麼意思，反而很乾脆地應允她的要求，畢竟不參加家庭聚會，我就不必面對來自親戚的壓力，直接讓張澔自己去應付。

漸漸的，我知道張澔開始不高興了。

但不是因爲家族的壓力，而是因爲芝言。

我們的生活硬是多出了一個人，他的耐心似乎也被磨光。

「若崔芮娜一輩子不把芝言接回去，妳就打算一輩子幫她照顧孩子？」

他這麼問時，我正在摺剛收進來的衣服。我連頭也沒抬便回：「芮娜不會一輩子不出現。」

「那她這樣不聞不問是什麼意思？一個正常的母親會這樣嗎？」

「你就當她不是個正常的母親吧，本來就不是所有母親都足夠堅強。而且她也沒有對孩子不聞不問，彥桀哥每個週末都會帶芝言回去看她，已經有盡力減輕我的負擔了。更重要的是，芝言現在是由我照顧，我從沒有要你幫忙，有我在旁邊陪伴，她晚上也沒有再哭鬧了，應該不至於吵到你。」我看向他，「反正我們以後也不會有孩子，你就好人做到底，再忍耐一段時間吧。」

張澔聞言，雙手抱胸盯著我，嘲諷地笑了出來，「所以妳是在報復我？因爲我不想要孩子，妳就乾脆把崔芮娜的小孩拿來養？」

「不是，我尊重你的想法。但我希望你能認清一個事實，生孩子不可能只是我和你兩個人之間的事。如果你對我的期望是我可以獨自擺平一切，同時滿足你跟你家人的期待，那我現在就坦白告訴你，我做不到，是你看錯了人，我眞的沒你想得那麼聰明。既然我無法兩邊討好，而你又選擇置身事外，那我也不想再浪費力氣，一個人承擔兩個人的責任。與其那樣，我寧可好好照顧芝言。」說完，我就一把捧起摺好的衣服離開客廳。

我跟張澔之間的不快，就從那時起蔓延在這個家的各個角落。

雖然張澔在外人面前不會表現出任何負面情緒，但我們之間的詭譎氣氛，還是讓某天來接芝言的彥桀哥注意到了。

當他關切地問起此事，我都一概否認到底，不想讓他知道我和張澔是因爲芝言才會鬧得不愉快。

但是芮娜卻打了電話過來。

她語氣平淡地告訴我，她想把芝言接回去。

「妳的狀況好多了嗎？」我問。

「嗯。」

「那妳找到工作了嗎？」

「……」

我吁了一口氣，低聲道：「我跟妳約定過，等妳振作起來、找到工作，讓自己的生活穩定下來，也有餘力照顧孩子的時候，我就會讓妳把芝言接回去。我不知道彥桀哥是不是跟妳說了什麼，但妳用不著在意，我這裡沒發生任何需要妳擔心的事，所以妳不必多想，慢慢調整好自己的生活比較重要。」我叮嚀她：「記得照顧好自己，飯也要好好吃，有需要幫忙的地方隨時打給我。」

聞言，芮娜並沒有作聲，通話在一片靜默中結束。

張澔卻爲此大發雷霆。

「崔芮娜都來跟妳要人了，妳還不把孩子還給她，妳在想什麼？是眞的養出感情了？打算自己撫養芝言？」他質問。

「明明知道芮娜的狀況還很不理想，我怎麼能放心讓芝言回去？」

「如果她一直好不了，妳就打算幫她到天荒地老？我現在才知道原來不是崔芮娜的問題，而是妳的問題。妳是眞的在爲崔芮娜著想？還是想每個禮拜用這種方式跟連彥桀見面？」

我壓抑情緒，閉上眼冷聲道：「我不想回答你這種問題，因爲你現在說的話眞的很過分。還有，別那麼大聲說話，你會嚇到芝言。」

張澔兩手扠著腰，別過頭幾秒鐘，慍色漸漸從他眼裡退去。

「謝永恩，我不管妳到底在打什麼主意，但是我再次對妳聲明，一開始我就說過，我沒打算讓這個家有第三個人存在，這個決定永遠不會改變，妳別想考驗我的底限。」他的聲音恢復淡定，卻也帶著堅決，「這是我最後一次容忍妳，如果妳還要繼續守著妳那莫名其妙的堅持，那麼就算我們走到最壞的結果，妳也不能怪我。」

張澔頭也不回地甩門而去，受到驚嚇的芝言黏我黏得更緊了，我一邊抱著她，一邊對著大門怔怔出神。

自交往以來，我和張澔最激烈的一次爭吵，就是在他對我下最後通牒的這一次。

到後來，張澔待在家的時間越來越少，有時甚至沒有回來睡。

公公婆婆每次來家裡，發現張澔總是不在，漸漸也察覺了不對勁。

婆婆忍不住再度指責我：「妳就是太照顧芝言，所以忽略了張澔，讓他不開心，這樣他當然不想回家。」

向來好脾氣的公公，也難得愼重地勸我：「永恩，妳眞的該多爲張澔想想，也該早點將芝言送回她媽媽身邊，我知道妳妹妹有困難，可是也不能這樣一直幫她。我甚至聽說妳爲了照顧芝言，已經跟張澔分房睡很久了，妳明知道妳婆婆十分期待妳能懷孕，這樣怎麼行呢？而且要是因此影響到妳和張澔的感情，那該怎麼辦？」

面對公公婆婆的不諒解，我始終不置一辭，反而是緊靠在我身邊的芝言，不曉得是否受到氣氛影響的關係，突然間放聲大哭，而且一發不可收拾，讓公婆兩人都一臉不耐地憤然離去。

我始終沒將這些事告訴其他人。

隨著芝言一天天長大、一天天理解更多事，她變得越來越敏感，也更懂得看人臉色，尤其每次看到婆婆的怒容，她都會怕得哭泣，一整天黏著我，連睡覺都會緊抓住我不放，彷彿在擔心我會不要她，連半夜也開始做惡夢，驚醒之際有時嚶嚶啜泣，有時嚎啕大哭。

每當芝言抓著我的衣服、滿臉淚痕地重新入睡，我的心都會一陣抽痛，眼眶也忍不住泛紅，我心疼幼小的她得面對這些事，也怪自己無法給她一個安心成長的環境。

我跟張澔雖然沒再吵架，但說話與見面的次數卻一天比一天少。

起初他只是偶爾在外過夜，之後索性暫時搬去與公婆同住，我和他也從分房演變成分居的局面。

我們分居的時間從一個月、三個月，到後來甚至超過半年。

而這件事也讓我從此被婆家打入冷宮，因爲每個人都氣得對我失望至極。

明明事態已嚴重至此，我卻還是什麼也沒說，也什麼都沒做。

「若我們是所謂的『眞愛』，可能早就走不到現在了。」

「我們之間或許不會有所謂的『幸福快樂』可言，但跟妳一起過日子，我有自信永遠不會感到厭倦。」

就在我與張澔分居進入第八個月，某個深夜，我躺在床上想起他對我說過的話。

也不知不覺地想起了其他事，很多很多的事。

有最近的事，也有很久很久以前的事。

「妳在求救嗎？謝永恩。」

「我若說是，你要來救我嗎？」

「好啊，我救妳。」

四周很安靜，靜到只剩芝言睡在身邊發出的淺淺鼻息。慢慢的，我的雙耳因爲眼角淌落的淚，而濕成一片。

芝言四歲生日那天，我傳訊息給張澔，希望他能回來一趟。他到晚上十一點多才回來，進門後發現只有我一個人，開口問：「芝言呢？」

「睡著了，吃完生日蛋糕後，她玩得有些累了，所以提早去睡了。」

他點點頭，將手上的袋子放在桌上，「生日禮物，我沒買過小孩子的東西，只好隨便挑了。」

打開袋子，見張澔買了一個兔子的布娃娃，我感到有些意外，不禁微笑，「謝謝，芝言一定會很高興，我明天會告訴她這是你送的。」我把娃娃收回袋子裡，「你要吃蛋糕嗎？我有幫你留一點在冰箱裡。」

「好啊。」

張澔畢竟了解我的個性，知道我會突然開口要他回來，就表示有重要的事要說。果不其然，在他吃完蛋糕放下叉子的那一刻，第一句話便是：「妳想對我說什麼？」

「我想問你一個問題。」我與他面對面坐著，「你曾經跟我說，芝言是你對我的最後容忍，若我還是執意要將她帶在身邊，我們就有可能走到最壞的結果。你現在還是這麼想嗎？」

他眼神沒有任何波動，「嗯。」

「那你說的最壞結果是什麼？」

勾起唇角，他淡淡地回：「妳明知故問。」

「我想聽你親口說。」

張澔沉默了一會兒，才緩緩吐出那兩個字。

我也沉默著，整個人坐定不動。

「離婚吧，張澔。」終於，我開口告訴他。

他闔起眼眸，發出一聲深深的嘆息，面容平靜得看不見任何表情變化。

「嗯。」

「明天我會找時間對爸還有媽說，你不需要跟誰解釋什麼，若其他人問起，你就直接把問題推到我身上，這樣你應該會比較輕鬆。」

他挑挑眉，眼裡映著疑惑，「妳不打算告訴我媽事實?讓她知道問題其實都出在我身上?」

我笑了，「你怎麼會這麼問?當初你不就是知道我不是這樣的人，才決定娶我嗎？之前取消婚宴一事，你已經替我當了一次壞人，這一次壞人換我來當，我們就好聚好散吧。只是我對你爸媽眞的感到很抱歉，都是我們的自私任性才讓他們如此失望。如果不是剛好我們都做出了讓對方無法退讓妥協的事，我想我們之間也不會走到這一步，說不定這就是我們兩個的報應吧。」

「報應？」

「嗯，我們對於婚姻的想法可能都太輕率了，雖然我也認同你當時所言，但是我錯在對自己太有信心，以為有些事只要不去看就不會被動搖。我必須向你坦承，我其實把婚姻當作逃避的方式，以為只要結了婚，所有的問題都會解決，卻沒想到正因為我們結婚的動機都不是為了對方，才會讓事情演變成這種局面。現在我想通了，既然無法達到所有人的期望，我也不想再繼續傷害你爸媽，殘忍地讓他們期待一件永遠不會發生的事。」

我脫下左手無名指上的婚戒，小心慎重地放回他面前，「對不起，張澔。」

張澔定定看著戒指許久，低聲問：「所以眞的也是為了連彥桀？」

我平靜地回：「你想聽嗎？」

張澔微微地笑了笑，低頭托著腮，沒有說不想，但也沒說想。

這一次，他沒有回答我。

我和張澔的婚姻僅維持短短兩年，便宣告終結。

公公婆婆都認為我是為了芝言才決定跟張澔離婚，痛斥我簡直把婚姻視作兒戲，完全無法諒解，就連原本待我如親妹的大姑也對我深感失望，指責我實在太不應該。

相較之下，我與張澔兩人從提議離婚到最後，情緒都十分平和，對彼此沒有仇恨及怨對。就算走到這一步，他始終不曾在家人面前爲我說過任何話，但我絲毫沒有怪他。我也不會再怪任何人。

搬出公寓當天，張澔親自開車送我跟芝言到車站。

芝言抱著張澔送她的布娃娃向他道別，張澔也揮揮手，接著問我：「眞的不用再送妳們？」

「不了，就在這裡說再見吧。」我透過車窗看著他，「張澔，你要保重。」

他勾勾脣，沒有留下任何眷戀的話語，或是半點不捨的眼神，立即驅車離去，一如他乾脆灑脫的個性。

那些哭哭啼啼、轟轟烈烈的道別場面，從來就不適合我們。

我跟張澔就此別離。

◆

搬進新家一個月後，我才告訴爸爸離婚的事。

他很震驚，也非常痛心，沒料到最後會演變成這種局面，果然，他馬上問是不是因爲芝言的緣故？

爲了不讓任何一個人因我的處境感到自責，我的回答都是和張澔之間的相處出了問題，與別人無關，而這一點，我和張澔在分開的那一天也達成共識，要是我爸或彥棨哥向他問起離婚的眞正原因，答案永遠只有這一個，沒有其他。

當爸得知我已經在外頭租屋跟芝言同住，生活也穩定下來，這才放下心，但他不捨得我獨自一人帶孩子，於是又提出把芝言帶回家鄉的建議，仍被我婉拒了。

至於彥桀哥，由於他每個周末都會過來接芝言回去看芮娜，這件事自然無法隱瞞他多久，在我跟張澔簽完離婚協議書、並找好新住處後，我就告訴他這個消息了。

起初他和爸一樣震驚萬分，但他見我神色淡然，眼神堅定，便什麼也沒問，一切盡在不言中。畢竟我與張澔之間的不對勁，他不是這時候才知道。

我搬到新住處後，彥桀哥比之前更常來看我，每次除了帶一堆吃的東西過來，也會帶幾件新玩具、新衣服給芝言，就在某天，他告訴我芮娜開始在找工作了。

「眞的？」

「嗯，雖然過去這一年她都處於嚴重的低潮，可是最近她突然像變了個人似的，非常認眞找工作，積極到連我也嚇一跳。」他語帶欣慰，卻又沉思了一會兒，「雖然芮娜沒有說，但我認爲妳和張澔離婚的事，多少有影響到她，所以我不好在妳面前爲此表現得太高興，可是看到芮娜終於重新振作，走出她父親的陰影，我眞的很感動。我相信再過不久，她就可以將芝言接回去，妳也不用這麼辛苦了。」

我低頭看著坐在我腿上吃東西的芝言，認同地附和：「是啊，這樣就好了。」

彥桀哥注意到我看著芝言的眼神，莞爾一笑，「不過，妳應該會很捨不得芝言吧，畢竟妳也照顧她這麼長時間了。」他俯身問芝言：「芝言，要不要搬回去跟媽媽一起住？」

芝言停下動作，開始認眞思考，沒多久便搖了搖頭。

「眞的？妳還想繼續跟永恩阿姨一起住嗎？」

她毫不猶豫地點頭，我跟彥桀哥面面相覷，隨即不約而同噗哧一笑。

「她這時候還比較黏人，再大一點就好了。」

「其實我也有察覺到，最近帶芝言回去看芮娜的時候，芝言很快就會吵著要回來找妳。不過這段時間有芝言陪著妳，我也覺得很好，我相信芮娜同樣這麼認爲。」他溫柔一嘆，「我很慶幸芮娜有妳這個姊姊。」

我沒答腔，只是再次揚起嘴角。

雖然離了婚，換了個地方與芝言兩人一起生活，但我卻覺得這樣的生活比以前更加踏實。

簡單、忙碌，卻很開心，有時早上睜開眼睛，看見芝言已經醒來，眨著水汪汪的眼眸笑嘻嘻地注視我時，我的心裡就會莫名一陣感動，胸口盈滿暖意。

芝言漸漸成了我的精神支柱，甚至說是我每天辛勤工作的動力也不爲過。

芮娜找到工作的那個週末，我帶著芝言一起跟她與彥桀哥吃飯。

再次見到芮娜，她不只氣色極佳、雙頰紅潤，就連雙眸都炯炯有神，完全不像先前頹靡的模樣。

「明天開始上班嗎？」我問她。

「嗯，在大賣場。之前找工作，投出去的履歷幾乎都石沉大海，只有這份工作給出回覆、也願意聘請我，所以我想先做做看，如果做得好，大概一兩年內就可以升遷。」

「這樣很好啊，現在工作不是很容易找，不管怎麼說，有工作就是好事，也是一個新的開始，恭喜妳。」

「謝謝。」她定睛看著我，「我有件事想拜託妳。」

「什麼事？」

「因爲這份工作月休七天，有時還要輪晚班，如果芝言回來跟我一起住，我擔心會影響她的作息，也可能有時候無法準時去托兒所接她。」她問道：「如果妳願意、也不覺得有負擔的話，能不能再替我照顧她一陣子，讓她繼續住在妳那裡？照顧她的費用，等我拿到薪水就給妳。如果妳不願意也沒關係，我會再想其他辦法。」

我發了一會兒愣才回答：「不會，我並不覺得有負擔。沒關係，芝言就先繼續跟我住吧，妳放心去上班。至於費用的部分妳也別操心，剛開始工作先存一點錢在身上比較重要，我會照顧好芝言的。」

聽見我如此說，芮娜臉上浮現笑意，「謝謝。」

此次芮娜轉變的幅度之大，就連我都感受得到。

每當芮娜說話時，彥棨哥都會用深情的眼光凝視著她，尤其是他漾在脣角的笑意，更蘊藏著無盡溫柔。

就在這一刻，我隱隱感覺到這兩人之間的氣氛，似乎有些不一樣了。

我的胃一陣緊縮，緩慢地，靜靜地。

在他們每次眼神交會的剎那，一股伴隨著痛楚的灼熱感，無聲無息自我的胃部向外擴散，在血液裡燃燒。

不論嘴裡吃進哪一樣食物，我都無法再嘗出半點味道。

「你和芮娜怎麼了嗎？」用完餐，趁著芮娜帶芝言進便利商店買糖果時，我在門口問了彥桀哥。「有可能是我的錯覺……但我感覺你們之間的氣氛似乎和平常有些不同。」

彥桀哥先是詫異地看著我，隨即面露佩服之色，笑容裡再也藏不住濃濃的喜悅，「眞厲害，在妳面前眞的很難藏得住祕密。其實……芮娜已經決定接受我，答應跟我在一起了。」

我一時之間默然無語。

約莫幾秒後，我莞爾一笑，舉起手拍了下他的手臂。「眞是的，幹麼不跟我明講？明明是好消息，居然還想保密，該不會又是芮娜要你瞞著我吧？」

「不是不是，我們沒這個意思，我只是……」

「我知道，你是不想在這時候告訴我吧？嘿，就算我離婚了，我也不可能因爲這件事就覺得受傷啊，難道我在你眼中是這麼脆弱的人？彥桀哥你再這樣處處顧慮我，對我這麼見外，我眞的要生氣了！」

「嗯，對不起，是我不好。」他點點頭，愼重保證，「我不會再隱瞞妳任何事了。」

「這樣才對。」我也點點頭，「不過，眞的太好了，芮娜終於感受到你的心意。你一定要好好和芮娜順利交往，我眞的很希望你們可以幸福地走到最後。」

他認眞地注視我，眼眸裡有著對未來充滿希望的光芒，「謝謝。」

這個時候，我發現自己是眞心爲彥桀哥感到高興。

也許是他眼裡的感動太過眞摯強烈，就連我也不知不覺被他的喜悅所撼動。

此刻戴在我臉上的面具，已經逼眞到讓我幾乎忘了這是只面具，而非眞正的我，甚至絲毫沒有察覺自己的內心其實已經千瘡百孔。

我一度想不起自己藏在面具底下的眞實模樣，也逐漸分不清所謂的實話與謊言。

我徹底忘記了物極必反這個道理。

才會在面具被粉碎的那一天，終於鑄下難以挽回的大錯。

◆

芮娜重返職場後不久，生活逐漸回到了正常的軌道。

由於她上班的地點離芝言的托兒所並不遠，因此偶爾有幾次，我會在接到芝言後，順道帶她去看看芮娜。

芮娜的工作狀況良好，態度很認眞，與同事的互動看起來也算融洽，我發現她常與一名五十幾歲的女同事聊天，見過我和芝言幾次之後，那位阿姨再見到我們時，都會親切地與芝言打招呼。

無論芮娜的轉變是否眞的與我離婚有關，但能夠看到這樣精神抖擻的芮娜，我也和彥桀哥同樣感到欣慰。

日子就這麼安穩地過了一年，這中間迎來了一則喜訊，與彥桀哥有關。

但不是他和芮娜的好消息，而是他姊姊彥慈即將在台北舉辦結婚喜宴。

彥慈姊邀請家鄉的親朋好友一起北上參加，因此不只是梅子阿姨，屆時爸爸和二媽也會來台北兩天，就住在彥慈姊舉辦婚宴的那間飯店裡。

婚宴在週日傍晚才舉行，考量到就讀幼稚園的芝言九點就得上床睡覺，我決定不帶她參加婚禮，將她託付給住在隔壁、平時交情不錯的房東太太。由於她的六歲女兒偶爾跑來找芝言玩時，我都會幫忙照顧，這次難得請她幫忙，她也很乾脆地答應了。

到了飯店，我跟爸爸還有二媽一起入席，沒多久芮娜也抵達了。

她與彥桀哥同時現身宴客會場，兩人並肩走在一起，十指緊扣。

這天，芮娜盤起及腰的長髮，露出纖細白皙的後頸，並化上淡雅的妝容，搭配一身粉紅蕾絲澎紗禮服，整個人散發出柔美氣息，不管她走到哪裡，總有人朝她投以目光。

彥桀哥來到我們這桌，熱切地向爸爸和二媽寒暄了幾句，就走出會場幫忙梅子阿姨招呼剛抵達的賓客。

芮娜在我身旁入座，一抹淡淡甜甜的清香也隨之飄進鼻腔，眸光一轉，我看見她脖子上掛著一條項鍊。

那是我和彥桀哥一起為她挑選的蝴蝶鑽石項鍊。

這是我第一次看見芮娜戴上它。

我凝視著項鍊，片刻後才開口：「這條項鍊很適合妳。」

芮娜脣角微勾，低頭撫摸項鍊，「謝謝。這是彥桀送給我的。」

我回以微笑，並點點頭表示明白，心中一時百感交集，無法再言語。

二十分鐘後，婚宴正式開始，美麗的彥慈姊勾著新郎的手，在賓客的掌聲之中優雅地進場。

由於有不少女方親屬受邀參與，在新郎與新娘敬完酒後，許多關心的目光自然落到了彥桀哥及芮娜身上。

彥桀哥帶著芮娜一一向認識的人敬酒，他一手拿著酒杯，一手牽著她，從頭到尾都不曾放開過她的手。

爸爸望著他們的眼神盡是笑意，他開心地對我說：「妳看看彥桀和芮娜，兩個人站在一起多相配。說不定過不久就要喝他們的喜酒了呢！」

「是啊。」我莞爾一笑，目光同樣無法從他們身上移開。

幾個小時過去，爸爸和二媽因為不勝酒力，先上樓到房間休息。

喝了不少酒而面色泛紅的彥桀哥，坐到我身邊替我斟滿酒杯，拿起自己的杯子與我輕輕碰杯，「妳確定今晚不住在飯店嗎？」

「嗯，芝言明天還要上課，我請房東太太替我照顧她一陣子，晚點還是要去接她回家睡覺。」

「好，我知道了。」他頷首，又對我舉起酒杯，「妳真的辛苦了，謝謝。」

彥桀哥的這句謝謝讓我感覺有些恍惚，不知是酒精還是其他的什麼，在血液裡發揮了作用。此時，芮娜走過來對他說：「彥桀，梅子阿姨找你。」

我看著他和芮娜繼續與賓客們敬酒寒暄，彥桀哥不時親密地摟著芮娜的腰，有時他酒喝得急了，酒液不小心滴下來，芮娜還體貼地以紙巾替他擦拭嘴角，兩人互動極爲甜蜜。

這一晚，芮娜面對長輩的應對進退十分得體自然，深得不少親友的讚賞，紛紛樂見兩人修成正果，期待下次可以參加他們的婚禮。

大概是剛才回敬彥桀哥的那杯酒，讓我的喉嚨還殘留著酸澀，想找杯水來喝，桌上卻只剩下一瓶開過的紅酒，不得已只好又飲了一杯，結果這次殘留在喉中的不是澀味，而是苦味。

這一刻，我有點後悔沒帶芝言來參加。

如果有芝言陪著我，或許今晚我就不會一直心不在焉，不會一直將注意力放在那個人身上。

無論今晚婚禮的會場有多少賓客穿梭其中，也無論今晚的彥慈姊有多麼美麗，我的眼中自始至終只看得見那個人，也只聽得見那個人的聲音。那個人的一言一行，今晚徹底占據了我全副心神。

除了那個人，我不曉得自己的目光還能停留在哪裡。

不知不覺，我又喝了好幾杯紅酒，被眼尖的梅子阿姨看到，笑著說我怎麼一個人悶頭喝酒，隨即帶著我，開心地向親朋好友介紹我是她的乾女兒，他們喝得十分盡興，也爭相對我舉杯。盛情難卻的我，只好在阿姨的慫恿下一一回敬。

由於婚宴中間還安排了一些遊戲與活動，一直到晚上九點半，賓客仍未完全散去，仍有人在把酒暢談。

等到我發現狀況不對，我已經醉得腳步踉蹌，感到頭昏腦脹、渾身輕飄飄的。

我趁梅子阿姨沒注意，匆匆到洗手間洗了把臉，卻沒清醒多少。我看著鏡子裡的自己滿臉潮紅、雙眼迷濛，強烈的暈眩感更是讓我覺得隨時都有昏厥的可能。

好不容易勉強振作精神，我扶著牆步出洗手間，正好碰上彥棨哥，他也是醉醺醺的，但看起來比我清醒。眼見我就快軟倒在地，他立刻上前扶住我，無奈笑道：「抱歉，永恩，我媽今天太開心了，她平常不怎麼喝酒的，但一喝起來就沒完沒了了，沒想到還把妳拖下水。妳還好嗎？要不要緊？」

我強忍那股快將我吞噬的暈眩感，吃力回道：「還可以，但時間不早了，我該回去接芝言了。」

「先等一會兒吧，妳現在連路都沒辦法走好了。妳要是回到會場，恐怕又要被我媽抓去喝酒，不如先到我和芮娜的房間稍作休息，等清醒一點我再叫車送妳回去。來，我帶妳上去。」

本來想婉拒他的好意，不過我已經連搖頭的力氣都沒有了，只能由著他攙扶我進入電梯。

抵達七樓後，彥樂哥攙扶著我往房間走，卻在途中輕輕地喚了我一聲。

「永恩，我想對妳說一件事……」他的聲音在耳畔響起時，感覺很貼近，卻又很遙遠，「我本來打算明天再說的，但我想到自己答應過妳，不會再對妳隱瞞任何事，所以我決定現在就告訴妳。」

我抬起眼，好半晌才能吐出一句：「什麼事？」

「就是……芮娜昨天已經答應嫁給我了。我昨天正式向她求婚，並承諾會照顧她一生一世，結果她答應了。」他有些顫抖的低啞嗓音帶著濃濃的幸福感，「我眞的……很高興，高興得不得了。這件事，我就想要第一個告訴妳。」

我沒有回話。

意識彷彿飄蕩在漫無邊際的雲裡霧裡，一時之間連「恭喜」兩個字也說不出口。

會有這樣的結果，其實我並不意外，我知道這一天終究會來臨。

我知道自己總有一天會面對這一刻，所以很早就做好了心理準備，相信自己可以由衷地祝福他們。

我原本是這麼深信的。

然而此刻頭腦昏沉的我，已無力撐起防禦。那些我以爲再也傷不了我的，瞬間就讓我的心崩裂成一片片碎片。

一湧而上的鼻酸嗆得我無法呼吸，眼眶也因滾燙的淚水而刺痛不已，飯店走廊鋪設的灰色地毯，在我眼裡成了一團渾沌的灰色迷霧。

不可以哭。

我不想哭。

儘管發現自己仍舊不願面對這個事實，發現自己還是心如刀割，我也不能掉下眼淚。從很早以前，我就已經沒有哭泣的資格了。

彥桀哥的腳步在某間房門前停下，他單手扶住我，騰出另一手翻找西裝口袋，少了他一隻手的支撐，我卻因此重心不穩，往他身上直接倒去，使他整個背重重撞上牆壁。

「抱歉，永恩。妳等等，我找一下房卡。」他說。

我昏昏然地貼在彥桀哥的懷中，酒精讓我的感官變得分外敏感，隔著白色襯衫，我的臉頰甚至能感覺到他的體溫，鼻間也嗅聞到一股淡淡甜甜的香味。

一股熟悉的果香味。

「好了，門開了。」彥桀哥喘息道：「永恩，我們進去吧。」

在彥桀哥喚出我名字的瞬間，我僅存的最後一絲理智也完全消失。

我沒有移動步伐，反而茫茫然抬起臉，兩隻手開始在他臉上摸索。

一找到他的唇，我的雙手便繞至他的頸後，踮起腳尖。

下一秒，我深深地吻住了他。

◆

我偶爾還是會夢見彥桀哥十七歲那年逃家的背影。

只是我在夢裡看到的，從不是他笑著跑來還我二十塊，不是他握起拳頭要跟我猜拳，也不是離開前他在我額頭上印下的一吻，而是他最後背著包包逐漸奔遠的身影。

長大之後，當我回想起那個背影，才恍然發現，也許當時他早已離開我的生命。

那一次離別，也許就是他在我的世界裡，所對我做的最後道別。

那是一切的結束，也是開端。

可是我一直不斷告訴自己，其實他還在。

是我沒有勇氣去面對這個事實。

一個人說了太多的謊言以後，不是他終於連自己也騙過，而是當全世界的人都遺忘了眞相，他卻仍記得。

說謊的人，才是無法忘記眞相的人。

「只要妳猜拳贏了我，我們就會很快再見面。」

我不記得那時候的我有沒有哭，但夢裡的我卻掉下淚來。

當年，他沒有對我說再見。

這一次，我卻在夢中清楚聽見了這兩個字……

恍惚睜開眼時，由於日光太過刺眼，我又飛快地閉上了眼。

幾秒鐘後，再次緩緩張眸，等到適應光線，我才發現自己躺在飯店的房間裡。

太陽穴隨即傳來劇烈疼痛，就像有人拿著鎚子在我的腦袋裡敲個不停。

伸手揉了揉太陽穴，我在床上坐起。

房間裡只有我一個人，安靜得只聽得見空調運轉的聲音。

一意識到昨晚發生了什麼事，一陣寒意迅速從腳底往上竄，心中不祥的預感一度讓我止住了呼吸。

我雙脣發顫，雙手抱頭，覺得世界就要整個崩塌的時候，有人敲了敲房門。

起身開門，是爸爸和二媽，他們一看見我，連忙問：「恩恩，妳剛醒來嗎？聽說妳昨晚喝了不少酒，有沒有不舒服？」

我抬頭望向門上的房號，確認昨晚自己眞的是在這間房過夜，心頭再度涼了半截，喉嚨乾渴欲裂，我啞著聲音開口：「昨晚彥桀哥跟芮娜睡在哪裡？」

「他們住另一間房。彥桀說妳喝得挺醉的，所以直接讓妳在這間房睡了一晚，他和芮娜又另外訂了房間。」爸爸莞爾一笑，「爲了讓妳休息久一點，他們兩個剛才已經到妳房東家去接芝言，順便送她去上課了。已經八點多了，妳這樣上班沒問題嗎？」

「……沒問題。」我虛弱地點點頭，這才驚覺自己居然把芝言的事忘得一乾二淨，深感懊惱之餘，更感到頭痛加劇。

這天，爸爸和二媽會先陪著梅子阿姨，晚上再跟我、芝言，還有芮娜及彥桀哥一起吃飯，最後才搭車返回老家。

一整天下來，我魂不守舍，完全無法專心工作。

直到下班，我都沒有收到彥桀哥捎來的任何訊息，照他的個性，應該早就打電話來，關心我宿醉後是否無恙。

我眞的犯下了大錯。

拖著疲憊的身心撐到下班，一抵達今晚用餐的餐廳，我便碰上了正好出現在大廳的芮娜。

我呼吸一窒，整個人宛如石化般，無法動彈。

芮娜態度自然，優雅地走朝我走來，「我剛剛和爸媽一起去接芝言，他們已經都在裡面嘍。」

我近乎茫然地看著她，勉強穩定了心神，好一會兒才開口：「……彥桀哥也到了嗎？」

「還沒，但應該也快到了。」她的目光毫不遮掩地落在我的臉上，舉起手往我前額一探，「頭還會暈嗎？妳的臉色還是很蒼白。」

芮娜的手指輕觸到我的那一瞬間，我渾身豎起雞皮疙瘩，忍不住心虛地想逃開。我發現自己再也無法直視這雙眼眸，便搖了搖頭，想藉此別開目光，「還好，今晚再好好睡一覺應該就沒事了，抱歉昨晚害妳和彥棨哥得另外訂一間房。」

「沒關係。」她揚起脣角，表示不在意。

此時，身後的自動門打開，彥棨哥走了進來，見到我們時愣了一下。

「抱歉，我遲到了。」彥棨哥輕輕一笑，目光瞥向我的那刻，我再度全身一僵。

我清楚看見他眼裡映著深深的尷尬。

「我們進去吧。」但他依然對我微笑，態度一如以往。

在餐桌上，他對於昨晚的事隻字未提，但我感覺得出，他刻意避免與我四目相接。

他果然記得我昨晚吻了他。

帶著混亂的心情吃完這頓飯，彥棨哥開車先送爸爸和二媽去車站搭車，再到離車站較近的芮娜家，最後才送我和芝言回去。

我抱著已經睡著的芝言，耳邊聽著周杰倫的歌從音響流洩而出，決定主動開口：「彥棨哥，昨晚很抱歉，給你添了不少麻煩。」

他微微一怔，尷尬地低咳一聲，「不會，沒關係。」

「嗯，如果我有做什麼讓你覺得困擾的事，希望你不要介意。我酒量向來不是很好，加上昨晚眞的喝得太醉了，根本不知道自己做了什麼，但是看到你的表情，我猜你應該是見識到我的酒品有多差了吧？」

聽我用輕鬆的口吻說起這件事，彥棨哥的表情明顯放鬆不少，「妳昨晚是眞的滿醉的，連我都有點嚇到了。」

「果然，我就知道我一定出盡洋相。很久以前連叔叔曾找我一起喝酒，結果我爸說我喝醉了，一回家就抱住他一直狂親，拜託你千萬不要告訴我，昨晚我又做出一模一樣的糗事！」

彥棨哥釋懷地笑出來，「我不知道原來永恩妳有這一面呢，下次絕對不能再讓妳喝醉酒了。我昨晚也喝了不少，今天在公司更是頭痛了一整個早上，呑了顆止痛藥才好些。妳今天上班狀況還好嗎？」

「還可以，跟你一樣有點宿醉，頭也痛了一個上午。」

「我們兩個眞可憐。」

「就是啊。」

在一片笑聲中，彥棨哥臉上的尷尬與懊惱也消失得無影無蹤。

我知道自己又完美地用謊言掩蓋了一個事實，也知道從明天起，他就不會再把這件事放在心上。

我又讓他的身邊多了一個謊言。

這一天過去之後，彥棨哥沒事了，但我不是。

當天半夜我從夢中驚醒，冷汗涔涔地坐在床上喘息。

我感覺呼吸急促、渾身發燙，連指尖都是熱的，但身體卻是顫抖不止。

胃部驟然傳來一陣抽痛，就像被人硬生生地掰成兩半般扭絞，疼得我不斷呻吟，只能忍著不適下床，匆匆吞下兩顆胃錠，等待痛意消失。

之後的日子，我幾乎每一夜都會做同一個夢，夢見那晚在飯店裡發生的事。

而每次從夢中驚醒，隨之而來的胃痛，總讓我只能在黑暗中獨自默默承受。

不管時間過去多久，那場夢境仍會在夜深人靜時占據我的腦海，揮之不去。

有幾次狀況嚴重到吞胃錠也無效，我便試著催吐，但這方式並不是每一次都有用，最後我只好到醫院就診，服藥緩和症狀。

半夜頻繁胃痛一事，不管是對彥桀哥還是芮娜，我都不曾提及，卻在偶然間被芝言察覺到了。

某夜我再次痛醒，過沒多久芝言也跟著醒了，透過夜燈的微光，她看到我滿額頭冷汗，眨了眨大眼睛說：「恩恩姨，妳流汗了！」

她伶俐地下床拿了張面紙，再奔回來幫我擦汗。

往後，只要她看見我彎下腰捧著肚子，就知道我又犯胃痛了，甚至會立刻跑去拿藥及倒水。

等我吃過藥，她會坐在床上默默望著我，一陣子之後才問：「恩恩姨，胃還會痛痛嗎？」

我擠出一絲微笑，摸摸她的臉，「已經不痛了，抱歉把妳吵醒，芝言趕快睡覺吧，晚安。」

她乖巧地點頭，「晚安，恩恩姨。」

在我經歷一番痛苦之後，芝言總能給予我最大的撫慰。

看見她對我展露的甜甜笑顏，我在心裡對自己說：今後只要生命中有她，就算必須拋棄一切、失去一切，我也願意。

對現在的我而言，芝言就是我的全世界。

她是我存在的意義，再沒有人比她更重要。

如果可以，我願意用一輩子的謊言來交換，讓她能夠永遠陪在我身邊。

但這樣的願望是否太貪心了呢？

我這樣的念頭，是否真的太痴人說夢呢？

這個願望，是不是不該從我這種人口中說出來呢？

是不是因為我一生中說過太多謊，才會讓上天再也無法容忍，終於決定懲罰我了？

是不是因為我曾經親手摧毀最重要的人的幸福，所以這一次，就換祂帶走我最重要的幸福？

◆

彥棨哥與芮娜在芝言七歲那年訂婚。

從彥棨哥求婚成功到訂婚的那一天，中間隔了兩年之久，這是因爲彥棨哥的奶奶在前一年逝世，他們並未趕在百日內完婚，而是決定間隔一整年後再擇日訂婚、結婚。

從芝言開始和我一起生活到現在，我心裡始終很清楚，等他們結婚以後，芝言就該回到芮娜身邊，沒有理由繼續與我同住了，就算至今芮娜從不曾開口向我提起過這件事。

但我的理智仍不斷提醒我，我不該再這樣自私下去。

這些年有芝言陪在我身邊，我已經比誰都幸福了，儘管我知道若失去她，我會有多麼寂寞。

很寂寞。

「恩恩姨，妳是媽媽的姊姊，可是妳們年紀一樣大，對不對？」

上班途中，我先送芝言去上學，她仰頭對我提出疑問。

「對啊，我和妳媽媽一樣都是三十一歲。」我好奇地反問她，「怎麼了嗎？」

「那妳什麼時候會跟媽媽一樣結婚？」

我不禁噗哧一笑，故意逗她，「恩恩姨不會結婚，只要有芝言陪著我，恩恩姨就算一輩子不結婚都沒關係。」

她眨著水亮的眼眸，大聲說：「那我要叫彥棨叔叔快點跟媽媽結婚生小寶寶！」

「咦？爲什麼？」

「如果媽媽再生一個妹妹，妹妹就可以陪媽媽，然後我陪妳。彥棨叔叔說，等他和媽媽結婚後，我就可以搬回去跟媽媽一起住了，可是這樣恩恩姨晚上胃痛，我就不能幫妳拿藥，也不能幫妳呼呼了。所以只要媽媽再生一個小寶寶，我就不用回去，可以繼續跟恩恩姨在一起啦！」

我大感驚訝，完全沒料到芝言會說出這樣的話。發現她已經比我想像中明白懂事，甚至說出這番體貼的話，我一時間竟覺得有些哽咽，忍不住微微鼻酸。

「謝謝芝言，妳有這份心意，恩恩姨已經非常非常高興嘍。」我憐愛地摸摸她的頭，「對了，這禮拜五是妳的生日，妳有想好要找哪些同學來家裡玩嗎？」

「想好了，我要請六個同學，因爲我們每天都在一起玩！」她開心地點點頭。

「好，那天恩恩姨會幫妳買一個超級可愛的粉紅色生日蛋糕，再準備一堆點心請妳和妳的同學吃。」

當時我怎麼樣也想不到，那竟然是我和芝言最後的約定。

平時比我早到家的芝言，習慣放學後先到隔壁房東太太的家裡玩，再等我去接她回家。

就在她生日會的前一天晚上，我一如往常去接芝言時，房東太太卻驚愕地跟我說芝言沒來，她正想要打電話問我，是不是已經先去學校把芝言接回家了。

聽到這個消息，我背脊發冷，全身血液彷彿在瞬間凝結成冰。

我隨即趕往芝言就讀的小學，但她已經不在那裡，透過芝言導師的幫忙，我聯絡上常與芝言一起玩的幾個女同學，她們一致表示，這天與芝言在校門口分別後就沒再見到她，也不知道她的去向。

我報警之後，彥桀哥也在十分鐘內趕到了警局，他的神色同樣緊張蒼白，見到我第一句話就問：「還沒找到芝言嗎？」

我驚慌失措地搖頭，無法自制地發抖，「芮娜呢？」

「她接到妳的電話也立刻趕過來了，現在正在路上。妳別急，我們先回學校附近再找找看，說不定她只是跑去哪裡玩了。」他安慰我。

我用力搖頭，「不可能，我不只一次教導過芝言，放學後要直接回家，絕對不能在街上逗留，她都有牢牢記住，所以從來沒有發生過這種事。就算她中途跑去哪裡玩了，也不可能這時候還沒回家。」我再也按捺不住近乎崩潰的情緒，「彥桀哥，怎麼辦？芝言會不會出事了？」

「不會的，妳別亂想，警察已經開始幫忙找了，一定很快就有消息的。」彥桀哥安撫我，就在這時，我的手機響起。

是芝言的導師打過來的。

她告訴我，芝言已經找到了。

我與彥桀哥火速趕回學校，校方的人帶我們來到學校後門附近，那裡偏僻無人，只有一間簡陋的老舊倉庫，我這才知道，原來芝言真的還待在學校沒有走遠。

但我沒有看到芝言開心向我跑來。

我只看見倉庫外的草地上，躺著一個被白布蓋住、一動也不動的小小身影。

儘管臉和身軀都被白布遮掩，但那雙小腳上穿的鞋子，以及被扔在不遠處的書包，我只望了一眼，便認出躺在那裡的孩子是誰。

就那樣輕輕的一眼。

◆

「我還跟爸媽說好下個星期六要一塊去爬山踏青呢，關在家裡太久了，眞的很想出去活動筋骨。等那天回來我再聯絡妳，到時候我們再約見面，好嗎？」

「晚安，永恩。」

很久很久以前，我最摯愛的學姊，用最溫柔的晚安向我道別。

得知她在深山裡失蹤，從此消失，那種心臟驟停、整個世界在我面前突地崩裂瓦解的滋味，就算時間已經如此久遠，我仍清楚記得。

我記得自己那時是怎樣瀕臨崩潰。

記得自己有多少次墜進漆黑冰冷的深淵。

那段不堪回首、總是將我割得遍體鱗傷的回憶，那種曾經讓我悲痛到看不見一絲光明的絕望，如今竟又再次降臨。

「晚安，恩恩姨。」

對芝言犯下凶行的嫌犯很快就落網了。

對方是名四十五歲的陌生男子，過去就曾犯下隨機擄童再加以殺害的罪行，雖然被判刑十幾年，但僅坐牢八年就假釋出獄，而且出獄不到兩年竟又再次犯案。

警方調閱監視器，發現男子從幾個月前開始，便不定時在學校附近徘徊，眼神老盯著學童打轉，因此斷定芝言應該是在返家的途中，遭男子尾隨擄走。

後續的審判結果如何，我不清楚也不關心，更沒有追問。

我只知道一件事，就是我已經永遠失去了芝言。

我再也聽不見她叫喚我的聲音，也沒有辦法張開雙臂擁抱她。

我再次失去我最重要的人。

徹底一蹶不振的我，整整一個月沒有出門、沒有上班，只是把自己關在家裡。

我無法吃飯、無法睡覺，更無顏面對任何人。

我沒有臉見芮娜。

由於許久沒有我的消息，手機也聯絡不上，彥桀哥直接到家裡來看我，並捎來爸的關心問候。

芝言的噩耗讓我們家陷入一片愁雲慘霧，向來疼愛芝言的爸爸，也因難以承受打擊而虛弱倒下，目前仍躺在醫院裡休養。他很擔心我，所以拜託彥桀哥來看看我。

我知道自己讓不少人擔心，也很努力地想要振作，可是我沒辦法。

我不知道該怎麼走出傷痛，每次睜眼醒來，我只能不斷流淚，完全不想做任何事。

除了思念芝言，我不知道自己還能夠做些什麼？

「永恩，別再責怪自己了。」彥桀哥握著我的手，聲音低啞地說：「沒有人會怪妳，芮娜也不會，這不是妳的錯。」

我搖搖頭，失神地呢喃：「……如果那天我能早點回去，說不定正好可以接她回家，就不會出事了。」我已淚流滿面，「我對不起芝言，更對不起芮娜，她永遠都不會原諒我的。」

「妳沒有對不起誰，錯的是傷害芝言的兇手，並不是妳，不論是誰都預料不到會發生這樣的事。這些芮娜也都知道，而且當初決定將芝言託付給妳的人是她，芮娜一直信任著妳，到現在都還是，她也清楚妳有多麼疼愛芝言，所以她絕對不會責怪妳的，相信我，好嗎？」

止住眼淚，我緩緩做了個深呼吸，努力穩住情緒，「芮娜她……現在怎麼樣？」

「她還好，雖然目前也無法回去上班，只能待在家裡，但情緒還算穩定，沒什麼大礙。」他沉聲低嘆，面色凝重，眼裡帶著心疼和憂傷，「可是從事發之後到現在，她一直沒有開口說話，不管我怎麼問她，她始終面無表情，也默不出聲。」

聽到彥桀哥這麼說，我的罪惡感又更深了。

「永恩，妳要加油。」彥桀哥握緊我的手，語重心長地說：「雖然這段日子很痛苦，可是爲了芮娜還有叔叔，妳要堅強起來，雖然芮娜不說，但我知道她很擔心妳，也依然很需要妳。叔叔現在已經住院了，妳不能再接著倒下，不管發生什麼事，我們都會在妳身邊。」

彥桀哥說的道理，其實我都明白。

我知道不能這樣放任自己繼續悲傷，爲了芝言、爲了爸爸和芮娜，我得盡快振作起來。

只是每當夜深人靜從夢中醒來，伸手再也觸碰不到芝言溫暖的身軀，轉頭再也看不見她無邪的睡顏，我的心就會再次粉碎成一片一片，痛不欲生。

這個家的每個角落都充滿她的足跡，彷彿轉個彎就能看見她，因此每次醒來，我都必須花很長很長一段時間，才能重新意識到芝言已經不在這個世界上。

我在無數個黑夜裡反覆地驚醒、流淚、崩潰，彷彿永遠沒有止境。

再一次眼睜睜看著珍愛的人從生命裡消失，這傷痛讓我徹底心力交瘁，怎麼也無法從絕望的深淵裡爬起。

在芝言離開我兩個月後，數不清是第幾個無眠的深夜，我坐在電腦桌前望向螢幕，對著某個人無助哭泣。

透過視訊，我與遠在國外、許久不見的曼書學姊聯絡。

一看見她美麗如昔的臉，我的話語尚未落下，眼淚已先湧出。

我在她面前哭得不能自已，那些在彥桀哥和爸爸面前只能強忍的悲傷，全部都在見到曼書學姊的這一刻宣洩而出，無法控制。

我告訴學姊，這一次我沒辦法堅強。

我告訴她，這一次我撐不下去。

我告訴她我不知道要怎麼辦，接下來該做什麼？又要怎麼做？我的人生徹底失去了方向，眼前只能看見黑暗。

我不知道自己接下來究竟該往哪裡走？

曼書學姊聽著我痛哭了許久，最後緩緩開口：「妳過來找我吧。」

我驟然停止哭泣，抬頭問：「……什麼？」

「妳過來我這裡住一段時間吧，等妳心情平復之後，再決定下一步該怎麼走。」學姊溫柔地望著我，「繼續留在台灣，只會讓妳不斷想起痛苦的回憶，如果妳願意，不妨暫時去其他地方走走，或是來洛杉磯和我一起生活，妳想待多久就待多久，直到妳認爲自己已經能挺過傷痛。妳好好考慮一下我的建議吧。」

感受到學姊體貼愛護的心意，我默默淌淚，陷入長長的思索之中。

幾日後，我打電話給已經出院回家休養的爸爸。

我告訴他，這個週末我會回去看他；而且我打算辭去工作，離開台灣，到曼書學姊那裡生活一陣子，度過這段低潮以後，再回來重新開始。

爸爸沒有阻止我，也沒勸我別辭掉工作，反而給予我最溫暖的體諒與關懷，無條件支持我的決定，讓我再一次熱淚盈眶。

我也告訴了彥桀哥我的決定，他沉默半晌才點點頭，「這樣也好，與其繼續留在這裡觸景傷情，或許換個環境比較好，我很贊成妳這麼做。」

「謝謝。」我低聲回應，隨即又說：「彥桀哥，這件事你先別告訴芮娜，我想等我從老家回來以後，再親自跟她說。」

「好，我知道了。」他莞爾一笑，「妳想怎麼做就怎麼做吧。」

星期五晚上，我搭車回到家鄉。

爸爸雖然已經出院返家，但身體狀況明顯比過去孱弱許多，人也更瘦了些，目前仍需要定期回醫院複診。

隔天一早，我陪爸爸去醫院，看著接受醫生檢查的他，心裡百感交集。

而這一整天，我也發現爸爸始終面色有異，似乎有什麼煩惱的樣子。

回到家後，我問爸爸是不是有什麼心事，他才終於坐正身子看著我，表情欲言又止，眼裡充滿歉意。

「恩恩，爸爸知道這麼說對妳很過分……」他艱澀地開口：「但妳去國外的事，能不能先暫緩一下呢？」

我愕然，「怎麼了嗎？」

爸爸仍語帶躊躇，過了好一會兒，他才緩緩地說：「芮娜懷孕了。」

「……懷孕？你說芮娜？」我瞠大了雙眼，對這消息感到十分意外，「眞的嗎？」

「嗯，前幾天芮娜休假回來一趟，她說她已經懷孕兩個多月了。其實早在芝言出事後一個星期，她就發現自己懷孕了，只是那時大家都爲了芝言的事十分難過，所以她和彥桀才沒有提起。」

我有些不敢相信自己的耳朵，接著問：「然後呢？」

「芮娜說她最近的身體狀況不太穩定，打算暫時辭掉工作，好專心照顧肚子裡的小孩，只不過彥桀下個月被公司派往外地出差，恐怕無法天天陪在芮娜身邊。」

爸爸握住我的手，用懇求的語氣說：「恩恩，妳可不可以先留下來，替彥桀、還有爸爸和二媽，待在芮娜身邊照顧她呢？爸爸知道妳仍爲了芝言的事傷心，但我和妳二媽年紀都大了，只怕沒有能力照顧好芮娜，能夠託付的人就只有妳了。這也是芮娜的意思，她希望妳能與她一起照顧這個孩子。」

我一愣，「這是芮娜要求的？」

「是啊，芮娜很信任妳，她說她覺得自己過去一直沒能照顧好芝言，也沒有把握自己能否照顧好第二個孩子，她覺得很不安，如果能有妳在身邊協助她，她會覺得放心許多，只是她不敢對妳開這個口，怕會讓妳想起芝言的事。」爸的眼角泛起淚光，「恩恩，看在爸爸的份上，再幫芮娜這一次，只要她可以平安將孩子生下來，之後妳想做什麼，爸爸都支持妳，好嗎？」

我久久無法言語。

聽到爸爸如此低聲下氣的請求，我緊咬下脣，淚眼婆娑，心痛不已。

如果芮娜眞的這麼想，那麼就算她不敢跟我開口，彥棨哥應該也會來拜託我才是。但我又想到，也許是因爲彥棨哥還沒來得及跟我提，我便先跟他說了自己打算到國外住一陣子，所以他才決定不向我開口。

「芮娜一直信任著妳，到現在都還是。」

「雖然這段日子很痛苦，可是爲了芮娜還有叔叔，妳要堅強起來，雖然芮娜不說，但我知道她很擔心妳，也依然很需要妳。」

我思考了整整兩個晚上。

回到台北後，我與曼書學姊聯繫，愼重地向她道歉，告訴她我還是不過去找她了。我也主動打電話給芮娜還有彥棨哥，告訴他們我願意留在台灣幫忙照顧芮娜和孩子。因爲芝言的意外，使得芮娜和彥棨哥原訂的訂婚儀式暫延，目前芮娜仍是一個人住。於是我跟芮娜商量好，我先搬去她那裡一起住，方便就近照顧，直到她把孩子生下來，這讓彥棨哥和爸爸都放下了心中大石，對我相當感激。

我並非認爲自己已經走出了悲傷。

只是當我發現，這裡還有需要我去做的事，還有需要我的人，我便沒有辦法如此輕易地說走就走。

更重要的是，我想要彌補芮娜，彌補芝言。

芝言甫離去不久，芮娜便察覺自己再次有孕，不管這只是湊巧還是冥冥中註定，我都想把這個孩子當作芝言，讓他可以平安地誕生在這個世界上，健康快樂地長大。

我希望芝言那短暫如花火的生命，能夠在這個孩子身上，繼續延續下去。

或許這麼做，無法抹滅我心中的傷痛，但至少，我還能來得及爲芝言還有芮娜做些什麼。

在我的前方，終於出現一條目標清楚的道路，指引我該往何處前進。

我相信那是芝言給我的方向。

◆

我搬進芮娜的住處，與她一起生活，時間很快就過了將近一個月。

當我第一次下班回家，進屋時隨口說了聲「我回來了」，而芮娜溫聲回了句「妳回來啦」時，我心頭微微一凜，彎腰脫鞋的手停頓了好一會兒。

恍惚之間，我彷彿重新回到了十幾歲，那段尚未與芮娜分開的時光。

芮娜辭去工作後，除了定期前往診所進行產檢，偶爾彥榮哥會帶她出外走走，她大部分時間幾乎都待在家裡。

爲了替芮娜及寶寶補充足夠的營養，我堅持每天親自爲芮娜料理三餐，假日有空也會爲她多準備一些補品。

「我不喜歡芹菜。」在廚房裡，芮娜悶悶不樂地盯著我切菜。

「我知道妳討厭吃芹菜，可是芹菜對孕婦很有益處，妳就忍耐點吧。」我停下動作看著她，「早上煮給妳的豆漿有喝完嗎？」

「喝完了。」

「很好，繼續保持，我明天再煮，妳要乖乖喝完不可以剩下，也不能趁我不在時偷偷倒掉。」

沒出差的日子，彥桀哥都會過來與我們共進晚餐，每次他見我嚴格監督芮娜的日常飲食，總會露出佩服的神色，「從沒見過永恩這麼嚴厲的樣子呢，非常有魄力喔。」

「沒辦法，芮娜平常愛挑食，又喜歡吃零食，這樣對肚子裡的寶寶很不好，所以彥桀哥你也要好好管管芮娜，不能讓她吃太冰和太辣的東西。」

「是，遵命。」彥桀哥笑呵呵地望向苦著臉的芮娜。

也許是因爲傷心過度吧，芝言離開後，芮娜有很長一段時間不肯開口說話，這個情況倒是在我搬進她家之後好轉許多，她慢慢重拾笑容，只是話仍然不多，也不曾再提起芝言。

我也不願再讓自己沉浸在那些痛苦的回憶裡，便藉由忙碌的生活來轉移注意力，並在這樣平靜規律的日子裡慢慢沉澱自己的心緒，找回內心的安定。

我無意思考未來，只想好好專注於現在。

而我的現在，就是照顧芮娜和她的孩子，所以我傾盡一切心力，只爲做好這件我唯一能做到的事，爲了爸爸、彥桀哥，也爲了我自己。

其餘的事情，我只想等芮娜的孩子出世後，再做決定。

在那天來臨前，芮娜就是我的生活重心，除此之外，再沒別的。

「永恩。」

深夜十二點半，走出房間的芮娜，發現我拿著水杯站在廚房裡。

「妳的胃不舒服嗎？」她關心地問。

「沒有，我只是覺得口渴，出來喝杯溫開水而已。」我搖頭，「妳怎麼還沒睡？」

「我起來上廁所，看到廚房的燈還亮著，以爲妳胃又痛了，過來找藥吃。」

我微笑，「我的胃沒事，妳趕快去睡吧，晚安。」

芮娜回到自己房間後，我吁了一口氣，將藏在左手心的幾顆胃錠迅速扔進口中，再混著水一口氣吞下。

直到現在，我依然會在半夜時突然犯胃痛。

也不知道爲什麼，不管白天有多忙碌，身體有多疲憊，但一到晚上，我躺在床上卻總是遲遲無法入眠，只能睜眼望著一室漆黑，胃也跟著隱隱作痛起來。

吃完藥躺回床上，繼續等待睡意來臨，這時我偶爾會聽到有人在腦中對我輕聲細語。

那聲音非常細小模糊，我完全聽不清，我甚至幾度以爲那只是睡在隔壁房間的芮娜所發出來的聲響。

「妳回來啦。」見我褲管濕透，正坐在客廳沙發上看電視的芮娜問：「外頭雨下得很大嗎？」

「對啊，這場雨一下就是一整天，傍晚時雨勢還突然變大。今天公司事情太多，才會加班到現在才回來。」我吐了口氣。

「妳還沒吃飯吧？彥桀今天有帶點東西過來，我幫妳放在電鍋裡保溫，妳趕快去吃吧。」

我苦笑，搖了搖頭，「我吃不太下，不知道爲什麼，我今天沒什麼食欲。對了，我在回來的路上順道去租了新片，晚點一起看吧。」

「好啊。」

等我洗完澡回到客廳，芮娜已經將DVD碟片放進播放機裡，並遞給我一碗水蜜桃果凍，色澤粉嫩的果凍盛在透明玻璃碗裡，顯得格外誘人。

我好奇地問：「這也是彥桀哥今天帶過來的嗎？」

「不是，這是我做的。今天在家沒事，做了些果凍，等妳回來吃。」她直視著我，「雖然妳沒食欲，但還是要吃一點東西，不要空腹，不然晚上很容易胃痛。」

我愣了愣，才伸手接過果凍，挖下一勺送進嘴裡，一股淡淡的水蜜桃甜香立即在舌尖上擴散開來。

這部影片片長將近兩個小時，在這段時間裡，我跟芮娜誰都沒出聲，也沒離開沙發，始終專注地盯著螢幕。

但就在影片進入尾聲時，我的左肩突然一沉，扭頭看去，一抹髮香正好飄進鼻腔，芮娜已靠在我肩上沉沉入睡。

我靜止不動，視線往下，瞥見芮娜每天都戴在左手無名指上的鑽戒，彥桀哥果真選擇了當年張澔向我求婚的同款鑽戒。

那一夜的雨下個不停。

直到影片全部播畢，我仍直挺挺地坐在客廳裡，讓芮娜輕靠著。

我一邊聆聽窗外的雨聲，一邊任憑時間一分一秒流逝。

某日我在外出公差，主管交代我不必回辦公室，工作結束便可直接下班。

由於出公差的地點離芮娜先前上班的那間賣場很近，因此我順道繞過去買食材，打算回家煮點東西給芮娜吃。

走在賣場裡，突然有人跟我打招呼，我很快認出對方是與芮娜在同間賣場工作、且交情不錯的那位阿姨，她一看到我，馬上放下手邊的工作跑過來叫住我。

她知道芝言遭逢不幸，也知道芮娜現在因懷孕而離職在家休養，已經幾個月沒見到芮娜的她，立刻向我探問芮娜的近況，我告訴她，芮娜現在懷孕五個月了，身體十分健康，一切安好。

阿姨聽了面露欣慰，眼眶卻也忍不住泛紅，「這段期間妳一定也吃了不少苦吧？這麼漂亮懂事的一個孩子……居然發生這種事，眞的太可憐了。」

她沉重地嘆息，以悲痛的口吻說：「要不是芮娜太傻，對那個可惡的人說了不少芝言的事，事情就不會變成這樣……仔細想想，這也是我的錯，當初不應該讓芮娜接近那個人的，說什麼也要阻止她才對。唉！」

對於阿姨說的話，我聽得一頭霧水，「什麼意思？什麼那個人？那個人是誰？」

「就是殺死芝言的那個兇手啊！」她情緒激動了起來，「之前我們賣場後面有塊地在施工，那個男人是那處工地僱用的臨時工，人很客氣，偶爾會來店裡跟我們聊天。後來我聽別人說，那個男人以前殺死過一個小孩子，被關了十幾年，我嚇得再也不敢靠近他。但芮娜完全不怕，不僅還願意跟他說話，甚至連芝言在哪間學校讀書、讀幾年級，都敢讓那個男人知道。妳不是有幾次帶芝言過來這裡找芮娜嗎？當時那個男人就有看在眼裡呀！唉，如果芮娜沒有傻傻相信那個男人，芝言就不會遭遇這麼悲慘的事，要是當初我早點阻止芮娜就好了……」

說著說著，阿姨眼角落下了一滴淚，神情滿是悲憤與懊悔。

我不記得自己後來是怎麼離開賣場的。

我也完全不記得自己是怎麼回到家的，等我回過神時，我已經拿著鑰匙打開芮娜家的鐵門，站在玄關處。

「妳回來啦。」

一如往昔的溫聲招呼，稍稍喚回了我的意識。

走進客廳，芮娜的身影映入眼簾，她對我說：「彥栥今天打給我，說他下禮拜會去香港，問妳有沒有想要什麼東西？他幫妳帶回來。」

我木然地盯著芮娜的臉，雙腳彷彿被釘死在地板上動彈不得。

「永恩？」

直到聽見她再次叫喚，我才奮力張開發顫的嘴脣，卻一點聲音也發不出來。

「崔芮娜。」終於，我僵硬地喚出她的名字，喉嚨乾澀得宛如一根緊繃到隨時都會斷裂的弦，「妳是不是曾經把芝言的事，告訴殺害她的那個男人？」

話一出口，屋內的空氣彷彿瞬間凝結。

這次，換芮娜動也不動地看著我。

「我去了妳之前上班的賣場，阿姨告訴我，殺害芝言的那個兇手，過去就在妳們賣場後面的工地工作，而妳曾經跟他很親近，甚至把芝言的事情告訴他。」我努力維持語氣的平穩，吃力地吐出一字一句：「……妳能不能給我一個合理的解釋？妳明知道那個人有殺害幼童的前科，爲什麼還告訴他芝言就讀的學校和班級？妳是眞的相信那個人是好人，所以覺得就算讓他知道也沒關係嗎？」

面對我的質問，芮娜沒有回應，眼神毫無波動。

「任何一個母親，如果知道這個人曾犯下這種重罪，應該會對他避之唯恐不及——但妳不是，妳不僅不在意，還毫不避諱地向對方透露芝言的一切，這件事我怎麼想都想不透，也完全沒有辦法理解。」我眼眶發熱，幾乎是咬牙切齒地說出每個字，「請妳老實回答我，妳爲什麼要這麼做？」

始終面無表情的芮娜，慢慢別過頭，斂下眼眸。

披散的長髮蓋住她的臉，她像是盯著地板看，卻又像是什麼也沒看進眼裡。

「我沒想到他眞的會去找芝言。」

芮娜開口說出這句話時，聲音是平靜的。

而她的這句話卻讓我理智全失，淚水再也止不住地流下，我吼道：「什麼叫做妳沒想到？這種事妳怎麼可能沒想到？妳難道不曉得這麼做可能會讓芝言陷入危險？就是因爲妳這麼做，才讓那個男人輕而易舉找到芝言。妳怎麼會做出這種事？妳到底在想什麼？」

「我在想什麼？」她目光空洞，低聲地呢喃，「我什麼都沒想，自從搬進妳家的第一天、第一次見到妳，我就什麼都無法再想了。」

她突然粗暴地脫下自己的衣服，我大驚失色，趕緊衝上前制止她，「芮娜，妳在幹麼？妳這麼用力會傷到孩子，妳忘記妳現在是有孕在身的人嗎？」

但她猛然退後，當著我的面掀開連身裙，撕下繫在腹部的束套，最後再將包裹在束套裡的布料，連同束套直接甩到地上。

芮娜原本隆起的腹部變得一片平坦。

我震驚地張大了嘴，不敢相信眼前所見。

「芮娜，妳……」我啞著聲說，「妳沒有懷孕？」

「本來是有的。」她似笑非笑，「只是現在已經沒了，妳搬進來不久後，我就把孩子拿掉了。」

我頓時感到一陣天旋地轉，呼吸困難，「……爲什麼要拿掉？那不是妳和彥桀哥的孩子嗎？」

「是啊，是他的沒錯，可是那又怎麼樣？我從來就沒想過要懷他的孩子啊。」她摸了摸腹部，「不過他很期待就是了，還不知道胎兒是男是女，已經把兒子、女兒的名字都想好了，每天一臉幸福地跟我說，等孩子生下來，他一定會是世上最溺愛孩子的父親。等他知道這個孩子早就被我拿掉了以後，不曉得會露出什麼樣的表情？」

「崔芮娜，妳瘋了！」我再度失控地咆哮。

「我早就瘋了！是誰把我逼瘋的？讓我變成這個樣子的人，不就是妳嗎？」芮娜放聲尖叫，激動得又哭又笑，「妳以爲只要永遠不說出口，那件事就會船過水無痕？以爲只要繼續裝作若無其事，一切就能一如往常？只要騙過所有人，就可以躲一輩子了嗎？謝永恩，妳做夢！妳騙得了別人，可是騙不了我！」

我吶吶地問：「我……騙了妳什麼？」

「妳還想裝傻？兩年前彥慈姊結婚，妳和我在飯店房間裡發生過什麼事，我知道妳心裡一清二楚，雖然妳後來對那晚的事隻字不提，連問都沒問過我一句。」

聽芮娜提起飯店那晚的事，我腦袋瞬間一片空白。

芮娜笑聲發顫，淚流滿面，「謝永恩，妳眞的很卑鄙，也很殘忍，妳明知道我愛妳，卻一直用這種方式折磨我。但更可悲的是，妳明明也愛著我，卻從來不敢承認，不敢老實地說妳也想要我。妳不敢面對現實，所以只好用這種方式逃開我，妳眞的以爲可以逃一輩子嗎？妳不就是因爲發現自己仍然忘不了我，才會想把芝言留在身邊，把她當成我的替代品？妳以爲妳這麼做，我完全不會發現？」

我視線模糊，難掩內心的慌亂，「……不是這樣的，我會撫養芝言是因爲心疼她，而且當時妳沒有辦法照顧她，所以我才——」

「那我問妳，妳爲什麼跟張澔離婚？」

我被問得一句話也說不出來。

「之前連彥桀發現妳跟張澔不對勁，就猜到可能是由於芝言的緣故，他建議我將芝言帶回來。但是，當我對妳提起要接回芝言，妳卻不願意，說是爲了芝言好，堅持繼續把她留在妳那兒。在這之前，妳和張澔都還好好的，爲什麼她一過去跟你們一起生活就變成這樣？再加上，妳和張澔結婚一年多都沒有懷孕，任誰都會懷疑是因爲芝言，你們才遲遲沒有生孩子。」

我焦急地搖頭，「不是，我跟張澔是……」

「怎麼不是？當別人都察覺到妳和張澔的婚姻出現危機，也認定問題就出在芝言身上，妳卻沒有爲了挽救婚姻而把芝言送回來給我，或者找連彥桀幫忙，甚至是向爸或我媽求救，而是選擇與張澔離婚，獨自與芝言一起生活。妳認爲這在常人眼中是合理的嗎？不會覺得奇怪？爲了照顧外甥女，妳不惜賠上自己的婚姻，這代價會不會太大了？更重要的是，直到最後，妳都不願意對我們說出實情。」

芮娜輕蔑地冷笑，「妳是怎麼向別人解釋的？『跟張澔相處出現問題』、『個性不合』？妳眞以爲會有人相信這個說法？最怕遭受別人異樣眼光的妳，明知這麼做一定會遭人非議，爲什麼還是執意把芝言留在身邊？讓別人覺得妳在乎芝言更甚於張澔？」

儘管芮娜這些犀利尖銳的猜測並不全然是事實，我卻無能爲自己辯解。

我完全想不出可以反駁她的說辭。

「妳到高雄念書後，便對我不聞不問。即使後來去到台北工作，若不是連彥桀邀約，妳也不曾主動與我聯絡。多年來始終把我當成陌生人看待的妳，突然那麼關心我的女兒，積極地說要替我照顧她，每天爲她把屎把尿，到哪裡都帶在身邊，把她視爲親生女兒般疼愛，妳認爲我不該覺得奇怪嗎？」

我再度啞口無言。

「在妳第一次拒絕我接回芝言的時候，我就開始懷疑了。在那之前，我以爲妳是眞心愛張澔的，直到妳和他的婚姻只維持了短短兩年便告終，離婚後妳帶著芝言到別的地方生活，從那時候我就懂了。也許有那麼一丁點可能性，妳從來不曾忘了我，才會對芝言如此執著，我一直想要試探妳，我和妳一起待在飯店房間那晚，我的猜測果然得到了證實。」

面對芮娜直勾勾的注視，我連扭過頭都無能爲力。

她走近我，表情似笑非笑，冷聲問：「謝永恩，妳現在敢不敢對我發誓，說當初之所以決定照顧芝言，完全是基於親人間的情誼，而不是因爲她有張跟我一模一樣的臉？」

我渾身發冷，幾乎就要無法呼吸。

在那雙灼灼的目光下，我失去了僞裝的能力，再也無處躲藏，淚水也在不知不覺間撲簌簌滾落。

我依然回答不出任何一個問題，只是哽咽地問：「……爲什麼要這麼對彥桀哥？妳明知道他多麼期待這個孩子的到來，難道妳一點也不愛他？」

芮娜失笑，「對，我不愛他，但我還是答應了他的求婚，既然不能跟眞正愛的那個人在一起，那麼對我而言，和誰結婚都沒有差別。我本來是那麼想的，直到那一晚，我揭穿了妳的假面具，我才發現這麼多年來，自己一直被妳耍得團團轉。既然妳還想繼續裝傻，那我也陪妳一起假裝；至於連彥桀的孩子，那是個意外，其實我從一開始就沒打算生下來，也沒想讓他知道我懷孕了。但後來妳爸告訴我，妳決定暫時出國療傷，我爲了不讓妳離開，拜託他說服妳來照顧我，利用孩子把妳留下，等妳過來跟我一起生活，我再拿掉孩子，反正要解釋起來也不難，只要隨便製造場假意外，讓你們以爲我流產就行了。」

我瞠目結舌，寒意襲上胸口，「妳是在報復我？」

「不行嗎？從妳明白我對妳的感情，妳就開始疏遠我，不願意正眼看我，所以我也只能從此封閉自己的心。」

芮娜緊緊咬住下脣，露出我所見過最悲傷的表情，「可是，就算我知道妳已經不想再見到我，我卻還是想留在妳身邊，高中最後一年我拚命地用功讀書，就是爲了能跟著妳的腳步去台北念大學，結果妳竟然選擇了高雄的學校。從那時起我就徹底死心，因爲我知道，一定是我媽曾經告訴妳，說我想考台北的大學，妳才故意避開我。所以我放棄了，我不想再這樣爲妳痛苦下去，後來即使過年我也不願意回家，我不想讓自己好不容易平靜的心，在見到妳之後又再度陷入混亂。」

我怔怔地望著芮娜不斷流淚。

隨著她所說的一字一句，那些破碎的畫面，開始在我腦海中重新拼湊，逐漸變得清晰。

「從十四歲那年起，我的心就一直留在妳身上，不管分開多久、相隔多遠，我還是忘不掉妳。即便後來再次相見，妳對我再冷漠疏離，我也覺得無所謂，至少妳還願意和我說話。最可悲的是，當妳爲了我沒有照顧好芝言，把我痛罵一頓時，我居然開心得想要落淚，因爲妳還會對我生氣。」

芮娜不停啜泣，連鼻子都哭紅了，卻還是吃吃笑個不停，「十多年來我一直以爲，妳是因爲無法認同我這種感情才會拒絕我，從此跟我保持距離，直到芝言出現，我才發現不是那麼一回事，妳之所以拒絕我，不是因爲不能接受，而是因爲妳不敢，妳想愛我卻又不敢愛，才把對我的感情全都寄託在芝言身上，這樣就算沒有我也沒什麼關係了。果然很像妳會想出來的方法，哈哈哈！」

芮娜淒厲的笑聲讓我的心像是遭到千刀萬剮般難受，我全身打顫，聲音苦澀地問：

「妳知不知道妳這麼做會讓多少人受到傷害？」

「妳只擔心別人，卻從來不擔心我。從以前妳就是這樣，擔心得罪別人，害怕別人的眼光，所以不管別人怎麼傷害我，妳都冷眼旁觀，就算妳媽威脅我，妳也一聲不吭。」

她發出冷笑，咬著牙繼續說：「我恨的就是妳這一點，妳願意那樣愛芝言，對我卻殘酷至極，妳讓我多年來都以爲自己的感情是骯髒的，以爲妳是爲此逃離我，直到最後我才發現，這一切只是因爲妳膽小、妳害怕，才對我的痛苦視若無睹。我恨妳直到現在才讓我發現原來妳也愛我，還打算就這樣欺騙我一輩子，那麼這十幾年來，我每天爲妳流的眼淚算什麼？我每天爲妳承受的痛苦煎熬算什麼？妳到底爲什麼要這麼對我？」

聽芮娜再度尖聲嘶吼，我終於也崩潰地大喊：「妳不該將彥棨哥扯進來，他沒有做錯什麼！」

「那又怎麼樣？我無所謂，我早就沒有東西可以失去，不管是連彥棨還是芝言，我都不在乎，從頭到尾，我在乎的就只有謝永恩這個人。爲了妳我可以連整個世界都不要，但妳爲了我捨棄過什麼？妳不願意傷害別人，所以選擇傷害我。」

她發狂似地大笑，「謝永恩，妳逃避了十幾年、裝傻了十幾年，結果得到了什麼？長得跟我一模一樣的芝言？妳爲了隱藏眞心說了那麼久的謊話，卻在芝言出現後露出馬腳，妳簡直比我還要可悲。」

芮娜說完，拔下左手的婚戒，朝我扔了過來。

我木然地望著那枚戒指滾到我的腳邊。

「我不會生下連彥棨的小孩，也不會跟他結婚。我當初之所以答應他的求婚，只是爲了看妳會不會因此動搖。現在我沒必要再演戲了，我不但會告訴他我不可能跟他結婚，還會告訴他我早就拿掉孩子，讓他知道我從來就沒愛過他。」

「崔芮娜！」

「不只是連彥桀，我也會讓妳爸知道眞相，我會向他坦白，是我故意把芝言的事告訴殺害她的那個男人，因爲我嫉妒芝言奪走了妳，連我和妳發生過的每件事，我都會親口對他說。我什麼都不怕了，更不會再陪妳裝傻下去。過去妳所說過的謊，我會在妳最重視的人面前，一一揭開，讓他們都因爲妳的謊言而變得痛苦不堪。」

她不再掉淚，勾起布滿淚痕的唇角，笑容可怖，「謝永恩，讓事情走到這一步的人不是我，而是妳。是妳親手把我推入絕境、把我逼瘋，讓我每一天都活在地獄裡。妳這一生都在說謊，也終將爲此付出代價，就像妳媽媽曾對我說過的一樣，做錯事的人會有報應的。現在我終於知道，妳跟妳媽一樣自私、一樣可笑，一切都是妳咎由自取，妳爲了芝言而感到萬分痛苦，這只是剛開始，等連彥桀得知眞相以後，我看妳要拿什麼臉面對他。」

芮娜冷靜地說完，快步掠過我，走出了屋子。

四周一片寂靜，我垂下頭，望著芮娜剛才丟在地上的戒指。

原本充斥在胸口、幾乎將我凍結的冷意，不知何時已經完全退去了。

平常總是敞開的大門，這一天卻是牢牢深鎖。

下午一點多，我站在家門口，確定爸爸和二媽不在裡頭，我才拿出鑰匙開門進屋。

空無一人的大廳，空氣裡還瀰漫著淡淡的菸味。

我踏上階梯，打開其中一間房門。

溫暖的日光從窗外傾瀉而入，照亮房間裡的每個角落。

陽光的味道驅走殘存在我鼻腔中的菸味，我走到窗前，看著那個擺在窗台上的小花盆。

花盆裡原先種著一株小小的仙人掌，但現在只剩下裝得半滿的乾涸土壤。

我仔細打量房間裡的每樣東西，視線最後停在那組上下鋪單人床上。

手裡捧著小花盆，我坐在下鋪發了一會兒呆，才輕輕將花盆放在床頭，慢慢側身躺上床，有很長一段時間都只是這樣躺著，一動也不動。

小鳥的鳴叫聲在窗外響起。

不知是否因爲回到了這個房間，我的耳邊開始出現另一道細微的聲響。

而我立刻辨認出那個聲音。

儘管再模糊、再微小，我還是瞬間就聽出來了。

那是我從不曾忘記過的哭泣聲。

◆

芮娜在十四歲那年來到我家。

我知道爸爸與二媽在過去一年間展開交往，也已經與二媽見過幾次面，我也知道二媽有個和我同年的女兒。

二媽帶著芮娜正式搬進我家的那一天，是我第一次見到芮娜。

當時站在二媽身邊的她，明明是初來乍到，看起來卻十分自在，睜著一雙大眼睛好奇地四處張望，相較之下，我反而比她還要拘束許多。

芮娜和我一對上視線，目光就停住了。

她專注地凝望著我，那雙充滿靈性的大眼睛就像在黑夜裡閃耀的寶石，璀璨至極。

芮娜是個非常漂亮的女孩，烏黑的直長髮，白皙的肌膚，紅潤的雙頰，就像芭比娃娃一樣精緻美麗，一想到這樣的人會成為我的家人，緊張之餘，我的心中竟浮起一絲淡淡的、難以言喻的莫名喜悅。

爸爸為了芮娜，特地添購了一張書桌，以及一組上下鋪單人床，從此我和她便共用一個房間，我睡下鋪，芮娜睡上鋪。

個性外向活潑又健談的芮娜，絲毫不怕生，她主動找我攀談，讓剛開始還略顯靦腆的我，也很快就能在她面前暢所欲言，我們甚至在相識的第一天晚上就通宵暢談，到隔天早上還繼續聊，兩人之間就像是有永遠說不完的話。

從此之後，我和芮娜無時無刻都玩在一起，到哪裡都形影不離。

我們每天一起上學，一起回家，假日也會手牽手一塊去隔壁梅子阿姨家買零食糖果，然後搭著連叔叔的小卡車，三個人到港邊釣魚，開心地四處玩耍。

芮娜的存在，一點一滴填補了我內心的缺口。

彥桀哥離家出走後，我成了孤孤單單的一個人，不知道可以找誰訴說心事，也不知道難過的時候可以對誰哭泣，在許多個無眠的夜裡，我只能將對他的思念，寄託在他留給我的那兩枚銅板上，一邊想著和他的約定，一邊黯然神傷。

自從芮娜進入我的生命，每個早上，我都會在她的呼喚聲中醒來，並在睜開眼睛的那一刻看見她從上鋪垂下頭，對我探出一雙古靈精怪的眼睛，露出可愛頑皮的笑容。

這樣的畫面，成了我日常生活中最美的光景，也讓我發現，自己已經不再是一個人了。

我身邊又有了一個在我心中一日比一日重要的人，而彥桀哥那雙帶給我無限安全感的厚實手掌，也被另一雙纖細柔軟的手取代。

我跟媽媽固定每個月會見一次面，她向來對我百般挑剔，只要我被她狠狠斥責，回家後躲在房間裡傷心哭泣，芮娜就會陪在我身邊，緊握住我的手。

可是每當芮娜跟二媽吵架時，芮娜卻從來不會哭，眞性情的她平常總是將情緒表露於外，只有在傷心的時候特別倔強，就算受到再大的委屈，她也不會輕易掉淚，只是眼眶泛紅，咬住下脣不發一語，而那個時候我也會陪在她身旁，同樣握緊她的手。

芮娜的父母離婚後，雖然芮娜與父親的感情比較好，但她的父親無力照顧芮娜，所以她只能跟著母親一起生活。搬來與我們同住後，芮娜與我和爸爸相處融洽，偏偏跟自己的母親合不來，兩人經常發生口角，關係相當差。

芮娜偶爾會向我提起她以前的事。她家裡環境不好，從小她就跟著父母四處打零工，甚至每晚隨著父親去夜市擺攤。在芮娜心中，父親工作認眞，又很疼愛她，稱得上是個好爸爸，因此父女之間的感情十分親近；但令芮娜最氣不過的是，母親一天到晚伸手向父親要錢，又老是嫌棄父親不僅錢賺得不夠多，還成天賭博。最後，父親無法忍受、提出離婚，也導致他們父女從此必須分隔兩地。

「我爸爸說，雖然他現在沒辦法和我一起生活，可是等我長大以後，只要我願意，隨時都可以去找他。」跟我並肩躺在下鋪的芮娜，提起父親時，聲音也跟著輕快了起來，「我以前跟爸爸一起在夜市擺攤，發生過很多刺激的事喔！像是凶惡的地頭蛇跑來強收保護費、喝醉酒的客人把攤架上的貨物統統掃落在地上等等，最驚險的一次是有人突然在夜市裡開槍，槍聲離我們攤子超近的，我當時差點就被嚇哭了！」

芮娜一邊伸手比劃，一邊興奮地說個不停，我卻聽得瞠目結舌、心驚膽顫，彷彿像在聽另一個世界的事，我沒想到芮娜從前過的竟是這樣的生活。

儘管芮娜對二媽有著諸多不諒解，但這陣子和二媽朝夕相處下來，除了愛打牌這一點之外，我並不覺得她有芮娜所言那樣惡劣，我與二媽處得算是頗爲愉快，而且她和爸爸之間的關係也始終和睦。

不管事實是否眞如芮娜所言，只要一想到芮娜從前過得如此辛苦，還必須跟她那麼深愛的爸爸分開，我就爲她感到心酸與心疼，卻也默默生起一絲愧疚，因爲雖然我也與母親分隔兩地，卻沒有像芮娜這般對她懷抱依戀，反而對因此逃開她的羞辱打罵而深感慶幸。

也許是由於芮娜過去吃了不少苦，所以我分外想要珍惜她，並真心希望她今後可以過得幸福快樂。

那種打從心底想保護一個人的心情，是我從未有過的。

就像過去彥桀哥總是守護著我一樣，我也想要待在芮娜身邊守護著她。

生活裡有了芮娜之後，我不再孤單，思念彥桀哥的頻率逐漸不再那麼頻繁，也不再因他的離去而陷入深深的寂寞之中。

一年後，我和芮娜升上了國三，依然一天到晚形影不離。

只是不知從哪一天開始，芮娜有時會忽然在我身邊發起呆來，面無表情，不知道心裡在想些什麼。

我幾次問她是不是發生了什麼事，她總是嘻嘻哈哈地說自己沒事，可是過沒多久，我又見她坐在書桌前對著窗外發怔。我察覺得出她有心事，卻頗感意外，芮娜的個性藏不住祕密，一有任何大小事都會馬上跑來告訴我，這樣的她竟然會選擇把祕密放在心裡，完全沒有要跟我分享的意思。

就在芮娜出現異狀的一個月後，我出了一場意外。

我和班上同學一起搬運體育器材，下樓梯時不慎一腳踩空，整個人連同器材一起摔下樓梯，右額還因此被器材撞傷，血流如注，我也當場昏厥了過去。

在醫院醒來時，我的右額縫了三針，幸好除此之外沒什麼大礙。

芮娜在我清醒之前就趕來醫院陪我，她雙目紅腫，看起來像大哭過一場，而且，自從我醒來之後，她就一直呆呆地盯著我，直到爸和二媽都離開病房了，她仍舊盯著我的傷口不發一語。

我才開口叫了聲她的名字，芮娜的眼淚竟然撲簌簌地滾下臉頰。那是我第一次看見芮娜哭泣，嚇了一大跳，趕緊安慰她：「芮娜，妳不要哭啦，只是小傷而已，醫生說我已經沒事了。」

她的啜泣聲卻始終未停，哭得極為傷心，哭了一陣子，她突地上前緊緊抱住我，全身不停地顫抖，像是在恐懼著什麼一樣。

我們離開醫院後，芮娜的情緒才穩定下來，也恢復平日的開朗，但我始終忘不了她在我面前痛哭失聲的模樣，那樣撕心裂肺的哭泣像是早已隱忍多時，再也無法壓抑。

後來我不曾再見到芮娜哭泣，也不忍再回想，每次回憶起她破碎的啜泣聲，我的心就會跟著隱隱作痛。然而，不知怎麼的，芮娜開始變得喜歡跟我擠同一張床睡覺，像個缺乏安全感的小孩，堅持要躺在我身邊才能入睡。

半年後的某個深夜，我與芮娜一如往常地躺在下鋪的床上聊天。

聊著聊著，也許是倦意來襲，我們有些恍惚，同時間靜默了下來，我緩緩闔上雙眼。

就在這時，我感覺到躺在我身旁的芮娜，慢慢地坐起身。

她烏黑的長髮垂落在我的臉上，我半睜開眼，在昏暗的光線中瞥見她的臉逐漸靠近，兩片溫熱的柔軟貼在我的脣上。

我思緒先是一滯，才意識到芮娜在吻我。

她輕捧住我的臉，雙唇貼著我的唇，接著用舌尖緩慢撬開我的唇瓣，開始更深入地吻我，她的鼻息與香氣，也在那一刻融進我的呼吸裡。

我絲毫不能動彈。

芮娜離開我的唇之後，一個又一個親吻如細雨般落在我的頸側，柔嫩細緻的手伸進我的睡衣裡，那時我依然全身僵硬，腦中一片空白。

她溫柔地觸碰我的身體，撫摸我的每一寸肌膚，在吻著我的同時，也將我睡衣上的鈕釦一顆顆解開。

直到她的吻一觸及我的胸口，我全身劇烈一震，終於用力將她推開。

「崔芮娜！」

她的背抵著牆邊，一動也不動。

我大口喘息，半晌才迸出一句：「妳在做什麼？」

只亮著夜燈的房間裡光線昏暗，我無法看清楚芮娜臉上的表情，只注意到她眸裡閃爍的微光。

與芮娜僵持半分鐘，我匆匆下床，離開房間跑到一樓去。

我獨自在漆黑的客廳待了將近一整夜，無法入睡，也無法回到房間，只能蜷縮在沙發上不斷打顫，一遍遍回想起剛才發生的事。

第二天，我沒有再和芮娜說話。

到了晚上，我躺在下鋪的床上，睜大眼睛盯著牆壁，我知道芮娜就坐在我背後看著我。

床墊一沉，察覺到她又要爬上我的床，我馬上轉身阻止。

「……妳回上鋪去睡。」我啞著聲說，不看她的眼睛。

芮娜沉默了片刻，低聲問：「我不能跟妳一起睡嗎？」

「因爲妳昨晚做了奇怪的事……」我心中惶然，喉嚨乾澀，「妳爲什麼突然這樣？爲什麼要做那種事？」

「因爲我喜歡妳啊。」芮娜緩緩回道：「因爲我喜歡妳，所以才想吻妳，這樣會很奇怪嗎？」

我震驚地瞪大雙眼，「妳說……喜歡？可是妳……」

她直直地望著我的眼，「我不可以喜歡妳嗎？」

「當然不可以！」我慌亂到分不清自己對這樣的芮娜究竟是感到緊張還是害怕，情急之下，口不擇言地大喊：「因爲這樣……很奇怪，眞的很奇怪！妳怎麼能對我做出這種事？我們是家人，妳這樣對我是不對的，妳不可以對我做出這麼不正當的事！」

「……不正當？」芮娜語氣輕飄飄的，眼神茫然，「我的感情，對妳來說是不正當的？」

我愣在當場，一句話也說不出來。

芮娜掉下一滴淚，安靜地回到上鋪，沒再作聲。

從那天起，我們就沒有再睡過同一張床，也沒有再手牽手一起說話了。

我與芮娜一天天漸行漸遠，變得形同陌路。我們不再一塊上學、一塊玩耍，就算待在同一個房間，也不再與對方交談。

我和芮娜的關係就此降至冰點。

然而那段記憶，卻不曾隨著時間流逝，從我心底抹去半分。

少了芮娜陪在身邊的日子，讓我的心就像是空了一半，做任何事都不對勁。

每當我躺在床上輾轉難眠，常會瞥見她坐在書桌前寫功課的背影。

數不清有多少個夜晚，我偷偷注視著她的背影，卻沒有辦法開口喚她。

起初得知芮娜的感情時，強烈的惶恐與不安淹沒了我，然而隨著日子一天天過去，那些我本來不敢回想的記憶，卻總在我獨自待在房裡的時候，在腦海裡越來越鮮明。

我常會不自覺地想起芮娜的吻。

我也常想起她當時貼在我身上的重量與體溫，細嫩的指尖滑過我肌膚時所引起的顫慄，以及她輕吐在我臉上的溫熱氣息。

被芮娜觸摸過的每一寸肌膚，都像被火熨燙過般炙熱。

我所有的思緒全被芮娜占據，不管我人在哪裡、在做些什麼，總是會不由自主地想起她，儘管當時的我還無法釐清這份心情意味著什麼，但我知道自己在瘋狂想著她。

我對這樣的自己感到既陌生又害怕。

兩個月後，芮娜交了男朋友。

她和別班一位男同學交往，我偶爾會在放學時看見她與對方手牽著手，有說有笑地一起離開學校。

除了睡覺跟寫作業，芮娜幾乎不會和我同時待在房裡，她平日總是很晚才回來，假日也時常不在家。

某天晚上，我獨自坐房裡念書，另一張書桌的座位始終空蕩蕩的，遲遲未等到主人回來。

我低頭抄寫筆記，寫著寫著突然聽到「啪」的一聲，一滴眼淚落在筆記本上，字跡因此暈了開來。

得知芮娜交男朋友時，我其實是鬆了一口氣的。

雖然不曉得是爲了自己鬆一口氣，還是爲了芮娜，但無論如何，當我目睹她和別人手牽著手時，我確實覺得心情安定不少，覺得一切似乎已回歸常軌，就算我和芮娜之間已經回不去從前，但至少可以重拾安穩平靜的日子。

我明明是這麼想的。

可是，我卻一個人在這樣的夜晚沒來由的淚流滿面。

「我不可以喜歡妳嗎？」

右手握著筆，左手緊握著兩枚十元銅板，我的淚水啪嗒啪嗒地落在紙上，無法停止。

不知道為什麼，就算將彥桀哥留給我的硬幣緊握在手心，我的腦海裡還是只浮現另一張面孔。

不知道為什麼，只是想到芮娜此刻可能正在誰的身邊、握著誰的手、對著誰展露過去唯獨對我才有的美麗笑顏、用著和那晚一樣的吻親吻著誰，一股濃濃的酸楚就迅速湧進我的鼻腔，淚水盈滿眼眶。

不知道為什麼，光只是這麼想，我就已經難受到快要不能呼吸。

可是我不敢追問自己為什麼。

我和芮娜的十五歲，就在兩人刻意的疏離下，走到了終點。

往後就算我跟芮娜破冰，再次開口交談，兩人的關係也與過去截然不同。

我們有了各自的世界，除了同住在一個屋簷下，生活幾乎是兩條平行線，不再有交集，對彼此漠不關心。

只是，儘管我與她的關係如此冷淡，竟也開始有摩擦出現，我們會吵架，會看對方某些行為不順眼。尤其升上高中後，芮娜有時會拉著幾個朋友一起故意說我的閒話，並對我的朋友表現出不以為然的嘲諷態度，像是羽菁學姊。

芮娜已經從昔日那活潑愛撒嬌、有點傻氣的小女生，變成一個臉上不時掛著冷笑、說話帶刺，傲慢對待他人的少女。我再也沒辦法跟她好好相處，甚至沒辦法和她心平氣和地說上幾句話。

只是，如果這樣可以讓過去那些事慢慢從我心裡淡去，那我願意接受，用這樣的方式讓自己忘記。

我武裝起自己，去逃避所有我害怕的、不敢面對的。那些無法對任何人言說的心情，我相信總有一天都能消失在時光的洪流裡，不留半點痕跡。

所以我也深深期盼，能再見到過去爲我擋住一切傷痛的人。

我期盼有一天再見到彥桀哥，能讓我發現有些事情只是一場誤會。

期盼有一天彥桀哥回來，能讓我發現自己只是因爲失去他而感到寂寞孤單，才會不小心將對他的思念和情感轉移到另一個人身上。我相信只要再見到他，我依然會爲他再次心動。

我想找回當年爲了他悸動不已的自己。

懷抱著這樣的念頭，高中畢業後，我逃去了高雄，逃到一個看不見芮娜的地方展開新生活，在那裡認識了和彥桀哥有著相似笑容的張澔，與他交往。

張澔是個不曾讓我感到有負擔的人，他不介意我無法全心全意對待他，也不介意我心裡有著別人，他完全接受並包容我的自私，和他在一起，我的心總是可以十分平靜，不需要爲任何我無能爲力的事，給對方一個交代。

在這樣安定的日子下，我以爲我逃得夠遠、也躲得夠久了。

帶著以爲已經平穩下來的心，在連叔叔去世的那年暑假，我回到曾經與芮娜一起生活的那個家，除了見到芮娜，也和彥桀哥重逢。

站在多年不見的彥槊哥面前，我發現自己很是緊張，也心跳加速；但見到芮娜時，我的情緒反而沒有什麼明顯的起伏，甚至可以平心靜氣地與她好好對話。

「想不到妳還願意跟我說話。」

連叔叔告別式當晚，失眠的我們到港邊吹風看星星，芮娜如此對我說。

那一晚，我們聊了許多過去的事，像是連叔叔曾經帶我們來釣魚，以及他半夜著開卡車載我們遊田園，我們彷彿回到無話不談的從前。

我心裡想著，應該沒事了。

我以為自己的心再也不會有所動搖。

直到芮娜冷不防地將頭倚在我的肩上，溫順地靠著我，四周驟然一片寂靜，我連呼吸都不敢。

那個時候，我才赫然發現自己的心其實早已停在懸崖邊。

芮娜的舉動讓我的心從高處急速墜下，瞬間摔得粉碎。

我忍不住哭了。

因為就在那一刻，我絕望地發現，過去所有的偽裝和武裝，都只是我自欺欺人。

因為芮娜而在心中留下的傷痕，不曾因這些年的逃離而痊癒，反而在與她重逢的那一日，再度被狠狠撕裂。

我沒有辦法忘記芮娜。

就算心緒再平靜，就算思念已久的彥桀哥就在眼前，我的目光還是會不由自主地找尋著芮娜的身影。

我始終沒有一刻忘記過她。

自那天起，我的肩膀就一直隱隱發燙，即便是彥桀哥，也已經無法抹去芮娜在我身上留下的痕跡。

然而，我只能看著彥桀哥愛上她。

看著對我而言最重要的兩個人，在我面前相愛。

所以我不得不再度從芮娜身邊逃開，並且逃進婚姻裡，埋葬所有對她的渴求，放棄對幸福快樂的追尋，我以爲只要不抱任何期望，就不會再受傷，也不會再心痛。

但不管我再怎麼逃離這一切，面對同樣深愛著芮娜的彥桀哥，我的心還是會因他輕描淡寫的一句話，而不斷淌血。

「在芮娜決定接受我的那天來臨之前，無論多久我都願意等待。」

「我不敢說我是世上最了解她的人，但是我有信心自己是世上最愛她的人。」

我無法不羨慕能理所當然說出這些話的彥桀哥。

我無法阻止自己不去嫉妒能這樣坦然說出自己深愛芮娜的他。

我無法控制自己不去妒恨彥桀哥，卻又因此對他深感歉疚。

如果不是因爲芝言當時已經陪伴在我身邊，我不知道自己該怎麼走過那段煎熬。

芝言的存在，讓我無法宣洩的心情找到了出口。

當我第一次看見芝言，我腦中驀然浮現的，竟是十四歲時初來乍到我生命中的芮娜。

所以我無法放開芝言的手。

無法不將想愛芮娜的渴望，傾注在她身上。

如果不是芝言，我不會知道自己有一天還能因爲感到幸福而眞心微笑。

我太沉浸在這樣的幸福裡，幸福到變得脆弱，一旦芝言不在身邊，我就會開始惶恐，覺得無所適從。

尤其是在芮娜和彥桀哥面前。

彥慈姊結婚的那天，當我看著芮娜和彥桀哥出雙入對、甜蜜牽手的模樣，我彷彿雙腳懸空，無法找到立足點。

那晚的芮娜比會場中的任何一個人都還要美麗耀眼，從頭到尾，我的目光都無法自她身上移開，卻也無法對彥桀哥始終溫柔牽著她的手視而不見。

我無法假裝聽不見每個人對他們的關注，也無法假裝看不見他們含情脈脈凝望彼此的眼神，無法不因芮娜在我面前那樣溫柔呼喚彥桀哥的名字，而覺得心如刀割。

所以當彥桀哥告訴我，芮娜終於應允他的求婚時，我再也無法忍住眼眶裡的淚。

我的防備、我的堅強，全在酒精的催化下潰不成軍，崩塌成碎片。

而我的感情也終於忍耐到了極限。

「永恩。」

當我在彥桀哥身上聞到芮娜的香水味，並聽見他呼喚我的名字時，我竟恍然以爲是芮娜在叫我。

我錯把彥桀哥看成了芮娜。

後來發生的事我記不太得了，我只記得自己似乎做了一場很長很長的夢。

在夢裡，我坐在一片昏暗中，不時聞到那抹熟悉的果香。

我隱約感覺有人正溫柔地按摩著我的太陽穴，不久，一股清新的薄荷味飄進我的鼻腔，漸漸喚醒我的意識。

我睜開眼睛，原本模糊破碎的光影，慢慢拼湊成一張面孔。

是芮娜。

她用指尖輕揉著我的額際，「有覺得舒服一點嗎？」

我沒有反應，始終呆呆地盯著她，一動也不動。

芮娜也靜靜地凝望著我，良久，她的臉湊近，將溫熱的吻印在我脣上。

那個吻就像是一道開關，不但撕裂了我的面具，同時也掩沒了我的理智。

我當場將芮娜用力撲倒在身下，近乎粗暴地扯開她的衣服。芮娜熱烈地回應我，捧住我的臉與我舌尖交纏，她原本盤起的長髮如瀑布般傾瀉而下，隨著四周的微光灑落在她雪白的美麗胴體上。

那場夢漫長得恍如隔世，卻又短暫得像是只有一刻。

從此每一個深夜，我都會再做一次相同的夢。

而清醒之後伴隨而來的劇烈胃痛，都像是在提醒我，那是我應得的懲罰。

懲罰我說的謊話不只毀了自己，也把我最愛的人再度推入絕境。

「那些犯了錯的人，最後都會遭到報應。」

我想起有人曾對我說過這句話，我忍不住想：究竟誰才是誰的報應？

如果時光能夠倒轉，我該回到哪一段過去，才能不讓我和芮娜的故事走到現在這個結局？

直到有一天，我才終於明白，儘管我戴著面具逃得這麼遠、躲得這麼久，我還是失去了所有。

不管時光倒轉幾次，過去重來幾次，故事重寫幾次，只要再見到芮娜，我還是會愛上她的。

◆

「恩恩？」

爸爸看到我出現在家裡，嚇了一跳，他驚訝地問：「妳怎麼突然回來了？也沒先打電話跟爸爸講一聲。」

「抱歉……因為突然想家，所以我就直接回來了。」我笑了笑，隨即問：「你和二媽去哪裡了？」

「爸爸剛才去醫院，妳二媽陪我去拿藥。」他關心地問我：「妳今天沒上班嗎？芮娜呢？」

「這幾天芮娜的大學同學來看她，並暫住在家裡幾天。芮娜的身體狀況很好，你不用擔心。」我面不改色地說出事先想好的謊話，「我今天休假，所以想回來看看你跟二媽，你們吃過飯了嗎？」

「我們都吃過了，妳吃了沒？巷口最近新開了一間小吃店，妳想不想去吃吃看？爸爸陪妳去吃。」

我莞爾一笑，「好啊。」

前往巷口的路上，陽光已經不若中午那樣刺眼，照在身上有種溫和的暖意。

在小吃店用過餐後，我勾著爸爸的手，和他一起在附近散步，享受寧靜悠閒的時光。

「爸，我有件事想問你。」

「什麼事？」

「前一陣子……芮娜告訴我，她說媽媽曾經威脅過她。」我問道，「你知道這是怎麼一回事嗎？」

爸爸頓了頓，思索了好一會兒，才恍然大悟地說：「啊，確實是有這麼一回事。」

「是什麼時候？我怎麼完全不知道？」

「因爲當時爸爸怕影響妳的心情，也擔心如果告訴妳，會影響妳和妳媽的感情，所以才沒有跟妳說。」他無奈嘆息，「妳還記得很久以前，妳曾經在學校受傷昏倒送醫嗎？」

「嗯，我記得。」

「我和芮娜一起在醫院裡等妳醒來，那時她告訴我，妳媽有一段時間會故意半夜打電話到家裡來，只要是芮娜接到電話，她就會對芮娜說出很多不好聽的話。妳媽媽那時常告訴她，是因爲妳二媽的介入，才害得我們家庭破碎，也害妳失去母親。她還對芮娜說，如果她和妳二媽繼續留在這個家，遲早有一天會得到報應，甚至威脅說她很快就會把妳接走，讓芮娜再也找不到妳。」

爸爸面色凝重，「這就是我爲什麼一直沒辦法再跟妳媽聯絡的原因，她到現在仍然不了解，我和她之所以離婚，還有更多其他的原因。就算沒有妳二媽，我跟她也不可能再走下去。如果不是芮娜因爲太害怕才告訴我這件事，我怎麼也想不到，妳媽居然會對一個十幾歲的孩子做出這種事情，我對她眞的很失望。連叔叔後來知道這件事，還氣得打電話罵了妳媽媽一頓。」

他拍拍我的手，「那時候爸爸還有點擔心，因爲妳仍然有和妳媽定期見面，芮娜可能會誤以爲妳也知情，甚至認爲妳眞的打算跟妳媽走也說不定。唉，爸爸到現在都還記得當年妳被送進醫院的時候，芮娜有多害怕，她一直哭個不停，一直問我說妳會不會死掉？妳突然受傷被送去醫院，再加上妳媽當時持續不斷的騷擾電話，應該是把她給嚇壞了。爸爸從未見過芮娜哭成那個樣子，實在也覺得很心疼。」

爸說完事情的始末後，我沒再出聲，陷入一片恍惚之中。

那天晚上，二媽難得下廚，我站到她旁邊幫忙削起胡蘿蔔皮。

「我來做就好，永恩妳去看電視吧，難得回家一趟，別這麼累。」二媽說。

「沒關係啦，我不累，而且我也想陪二媽聊聊天。」我低頭一邊削著胡蘿蔔皮，一邊緩緩開口：「二媽，我有件事一直想問妳，妳爲什麼會和芮娜的爸爸離婚？」

二媽看著我，淡淡一笑，「芮娜應該有跟妳說過吧？」

我坦然點頭，「很早以前曾經提過，但我想，芮娜說的或許與事實有些出入，因爲我始終不覺得二媽妳會是那樣的人……」

二媽停下切菜的動作，過了好一會兒才答：「我和芮娜的爸爸會離婚，是因爲當時我們一家生活困頓，每天都得想盡各種辦法掙錢，可是芮娜的爸爸卻在外面有了別的女人，甚至還把辛苦賺來的錢拿去給外面的女人花用，幾乎不曾考慮過我與芮娜，所以我不得不經常向她爸爸要錢，逼他多拿出一些生活費，如果不這麼做，我與芮娜的日子會過得更辛苦。當時光靠我一個人的能力賺錢，實在沒辦法應付全家的開銷，等到經濟狀況稍微好轉之後，我和她爸決定離婚。看在芮娜眼裡，我應該只是個一天到晚向她爸爸伸手要錢、最後害得她爸爸跑掉的壞人吧。」

我疑惑地望著她，「爲什麼不對芮娜解釋呢？」

「因爲芮娜向來十分依賴她爸爸，她爸爸過去也很疼愛她，所以我不想破壞她父親在她心目中的形象，也不想讓她知道她爸爸的心早已不在我們母女身上，總有一天，她遲早會發現她爸爸是個什麼樣的人。」二媽吁了一口氣，「芮娜是我女兒，我比誰都了解她的個性，也知道倔強的她，有一天可能會做出傷害自己和別人的事。就算她永遠都不原諒我也沒關係，我已經累了，過去該盡的責任我也都盡了，我無法再干涉她的人生，只要她能爲自己的行爲負起責任就好。」

停頓了半晌，我又開口問：「那妳和我爸在一起幸福嗎？」

她莞爾一笑，「到了這把年紀，早就不會思考什麼幸福不幸福的事情了，我只知道自己奔波了大半輩子，如今除了你爸爸身邊，我沒有別的地方可去。」

聽到二媽這番話，讓我眼眶一片濕潤。

我輕聲對她說：「謝謝。」

兩天後，爸爸開車送我去車站搭車。

下車之前，我緊緊擁住他許久，才向他道別。「爸，保重喔。」

「妳也是，替爸爸好好照顧芮娜，下次妳們再一起回來吧。」

「好。」我吸吸鼻子，開門下車後站在路邊對他揮揮手，目送他的車子逐漸駛遠。

在火車上，我的手機響了起來。

看著螢幕上的來電顯示，我猶豫了一下，才決定接起。

「永恩，是我。」彥棨哥聲音清亮，聽起來沒什麼異狀，「妳現在方便接電話嗎？會不會打擾妳上班？」

「不會，我現在人不在辦公室，什麼事？」

「上次我託芮娜問妳有沒有想要什麼東西？我現在人在香港，下禮拜一就回去了，我想幫妳帶份禮物，卻一直沒等到妳的回應，所以就直接打來問妳了。」

我的喉頭突然一哽。

「永恩？」

「沒關係，我都可以，只要是你送的我都喜歡。」說完，我停了一停，才出聲喚他：「彥棨哥。」

「嗯？什麼事？」

「……現在突然問你這件事，可能有一點奇怪，」我的話聲帶著乾啞，「但我想知道，彥慈姊結婚那天晚上，你送我回飯店房間休息的時候，芮娜是不是也在旁邊？」

彥棨哥愣了一下，似乎沒想到我會問這個問題，過了幾秒鐘後才回答：「是啊，那天我送妳進房間沒多久，芮娜也上來了，她很擔心妳，跟著過來看看妳的情況，後來她留在房間裡照顧妳，我就先回會場了。」語畢，他好奇問：「怎麼了嗎？」

我緊抿著唇，又做了個深呼吸，無聲地吐出一口氣，「沒什麼，只是發現自己好像一直在給你添麻煩。」

「怎麼會呢？妳從來沒有給我添過任何麻煩，應該是我和芮娜一直在麻煩妳才對。」他笑著說，「因爲有妳在芮娜身邊，我才可以安心去到外地出差，我眞的很謝謝妳。」

我竭力維持語氣的平穩，「芮娜……這幾天有跟你說什麼嗎？」

「這幾天？沒有。不過前兩天和她通電話，她說等我回去後，有事情要告訴我……」此時，他的話聲突然一停，「永恩，妳在坐車嗎？我好像聽到車子行駛的聲音。」

「嗯，我今天跟別人有約，現在正要去赴約。」

他又笑，「我知道了，那不打擾妳了。在我回去前，如果有任何東西想買，隨時都可以跟我說，千萬不要客氣，我們下禮拜見。」

「好，下禮拜見。」結束通話後，我轉頭望向車窗。

外頭景色彷彿蒙上了一層厚厚的霧。

無論我再怎麼細看，都只能看見一團團模糊的影子。

傍晚，我與許久不見的母親一起吃飯。

臉上多了不少皺紋的她，這次再見到我，仍然沒什麼好臉色。

「自從妳離婚後就不怎麼出來見我，怎麼？是覺得丟臉，怕被我笑嗎？」她優雅地以刀叉切下一塊煎得恰到好處的牛排，嘴上仍不忘奚落我，「也是，結婚之前連自己母親都不事先知會一聲，這種婚姻怎麼可能會幸福長久？不光是妳，妳那個前夫也不是什麼好東西，一點也不把長輩放在眼裡。」

我沒有答腔，只是低頭用叉子緩慢攪動盤子裡的義大利麵。

「媽。」良久，我才打破沉默，「妳以前威脅過芮娜嗎？」

她停下動作，眼神閃過一絲愕然，隨即緊緊擰眉，「妳胡說什麼？」

「我念國中的時候，妳是不是曾經偷偷打過好幾次電話到家裡，故意對芮娜說一些不該說的話？」我冷靜地直視她的雙眼，「妳當時是不是對她說，如果她和她媽媽繼續留在我們家，遲早會得到報應？甚至說妳會把我接走，讓她再也看不到我？」

面對我的質問，母親愣住了。

她面色微微泛白，又漸漸變成鐵青色，她咬著牙問：「是妳爸告訴妳的？」

「妳爲什麼要這麼做？」

「妳那是什麼眼神？妳現在是想教訓我嗎？」她眼中盛滿被羞辱的怒火，「對那種人的女兒還需要客氣什麼？就算我真的打電話罵她又怎麼樣？我說的本來就是事實。她媽媽確實是狐狸精，要不是她們母女倆，我和妳爸最後會變成這樣嗎？就該讓她親眼看看她媽媽有多沒水準，專門搶別人的丈夫！」

「妳和爸爸之間的事，從頭到尾都與芮娜無關，這並不是芮娜的責任。」我淡淡回道，「妳不應該這樣傷害芮娜。」

「妳現在是翅膀硬了？胳臂往外彎了？爲這麼久以前的事莫名其妙跑來教訓我，妳眞的是腦袋不清楚，從以前到現在都沒有半點長進，居然還站在外人那一邊。她們如果沒有做虧心事，難道還怕別人說話？」母親飛快地罵著，注意到我的淚水沿著雙頰淌下時，她怒氣更盛了，「妳在哭什麼？謝永恩妳到底是在發什麼神經？妳知不知道我最討厭妳這種個性，只會扯我後腿，沒有一件事做得好，一點用處也沒有！」

我抹去臉上的淚，閉起眼痛苦地說：「媽，妳做錯了一件事。」

「什麼？」

「妳不該對芮娜做出這種事。」我的語氣淡漠，「就因爲妳一直這樣，才會讓爸始終無法諒解妳，也無法再繼續容忍，是妳親手毀掉爸對妳的信任，以及對妳的感情。破壞妳和爸的婚姻關係的罪魁禍首，從來就不是別人，而是妳自己，但妳絲毫不懂得自我反省，反而不斷傷害別人，最後才會得到報應。」

我望進她的眼眸，冷聲道：「永遠只能活在憤怒及仇恨裡，無法再擁有任何幸福，這就是媽妳的報應。」

她迅速站起身，狠狠地搧了我一個耳光，力道之大讓我瞬間頭昏眼花，差點跌在地上。

母親漲紅了臉，怒氣騰騰地瞪視著我，我緩緩從座位上站起，卻沒有看向她。

「媽，再見了。」

我頭也不回地轉身走出餐廳，就此離開母親的世界。

我永遠都不會再見到她了。

回到台北，我獨自走在街頭。

街邊燈火五光十色，路上車陣川流不息，我漫無目的地走在人群裡，任憑這座城市的喧囂將我淹沒。

一次次穿越人行道、橫過斑馬線，我走著走著，記不得自己究竟走過了多少條街。

我分不清自己此時置身在哪一個路口。

「陳易楷！」

不遠處突然竄出一聲宏亮的呼喊，我停下腳步，望向附近那間超商門口，一群年輕男女站在那裡聊天，談笑聲不絕於耳。

我怔怔地看著其中一人。

他站在那群人中間，穿著牛仔褲及運動外套，身材高䠷，皮膚黝黑，正神采飛揚地和身旁的朋友說話，眼睛因爲開懷大笑而彎成兩道弦月。

我的腦海深處浮現出一張模樣青澀的面孔，男孩的聲音也同時在我耳畔響起。

「因爲妳的名字也常出現在公告欄上啊。全校前三名的常客，一年忠班的班長，謝永恩。」

我的心跳漸漸加速，雙腳動彈不得。

「謝永恩，妳的手眞的很冰耶！妳的血液究竟是不是冷的？」

「因爲妳是我第一個喜歡上的女生，意義當然不一樣！」

眼前逐漸一片模糊，我的目光始終無法從那個人臉上的笑容移開。

「我會喜歡妳，不是因爲妳有多漂亮、多聰明或多了不起，跟那些都沒關係，單純是因爲妳是妳，所以我才會喜歡上妳的。」

「我轉學過那麼多次，也算是交過許多朋友，但就只有妳，是我未來還會想要再見一面的人。」

一滴眼淚沿著我的臉龐滑了下來。

沒過多久，與他同行的一名女子走到馬路邊招了招手，一輛計程車隨即停下。

「如果有一天是妳先在路邊看見我，妳一定要叫我喔！」

我默默看著他們一群人陸續坐上計程車。

一直到陳易楷也上了車，關上車門，我終究沒有開口喊住他，就這麼站在原地，目送那輛車漸駛漸遠，消失在街道盡頭。

我早已淚流滿面，卻也不禁露出微笑。

當年那個宛如蒲公英般隨風四處飄蕩的男孩，因爲無法在一個地方久待，所以從不輕易打開心房，與人深交，但這樣的他，如今身邊圍繞著一群相談甚歡的好友，看到他舉手投足間自然流露出的開心模樣，我由衷爲他的改變感到高興。

儘管陳易楷可能早就不記得我了，但是能再見他一面，並知道他過得很好，我已經心滿意足。

有他在身邊的那段時光，是我此生最美好的回憶之一。

◆

芮娜在翌日午後回到家裡。

臉上帶著倦容的她，發現我在廚房切水果時，愣了一下。

「回來啦。」我看向她。

她沒有反應，只是安靜地瞅著我把一盤水果切好，端了出去。

「我這幾天回去探望爸和二媽了。」我站在客廳問：「妳吃過飯了嗎？」

她仍默不作聲。

「吃點水果吧？」

她搖搖頭，面無表情，「……我不想吃。有沒有水？我有點渴。」

我走向餐桌，拿起水壺倒了杯水給她，「妳身體不舒服嗎？妳的臉色很差，是不是感冒了？」

「沒什麼，只是這幾天沒睡好，有點睡眠不足。」芮娜舉起玻璃杯一飲而盡，聲音沙啞地說：「我去睡一下。」

「嗯。」我看著她回到房間，過沒多久便聽見一陣音樂聲從門後傳出，芮娜正在聽歌。

是周杰倫的歌。

我坐在客廳，一邊望著桌上的水果，一邊聽著熟悉的歌聲。

過了半個小時，我從沙發上站了起來，走過去打開芮娜的房門，小型音響流瀉而出的音樂旋律變得更清晰。

而芮娜正躺在床上。

她睡得很深、很沉，胸口規律緩慢地微微起伏，也許這幾日難以成眠時，她都是這樣讓音樂伴隨在旁。

也許她是在等我回來。

我凝視著芮娜的睡顏許久，從口袋裡拿出一枚鑽戒，抬起她的左手，小心翼翼地將戒指套入無名指。

那是她先前丟掉的戒指，如今我替她重新戴上，並輕輕吻住她的手心。

我曾夢見一件發生在很久很久以前的事。

我夢見芮娜站在講台上，被高中老師虎姑婆用藤條毒打。虎姑婆將她原本白皙美麗的雙手打得又紅又腫，而芮娜神色自若，狀似毫不在意，卻緊咬下唇，倔強地不願讓自己皺一下眉頭。

就在那晚，睡在上鋪的她將左手伸出了床沿外，躺在下鋪的我，瞥見幾道傷痕在她的手心交織成一片猙獰的紫紅色。

我的胸口湧起一股劇烈的疼痛，那些傷痕就像是落在我的心上。

我無法忘懷自己當時有多麼想像現在這樣親吻她的手，恨不得替她吻去所有疼痛，替她承受所有傷害。

芮娜手上的傷痕早已痊癒，卻仍深深烙印在我的心頭。

我痴痴凝視著她的睡顏，握住她的手，將吻落在她的唇上。

很長很長一段時間，我的唇始終沒有與她分開。

幾分鐘後，我走出芮娜的房間，關上門，在房門口坐下，雙臂環抱膝蓋，背貼著門一動也不動。

隨著周杰倫反覆播放的歌聲，許多埋藏在記憶深處裡的畫面與聲音，又悄無聲息地浮現腦海。

我拿起放在一旁的包包，打開皮夾，從最隱密的夾層抽出一張泛黃的便條紙。

那是羽菁學姊提議與我交換祕密時，我所寫下的紙條。

在離開這個世界之前，羽菁學姊將這張紙條寄還給我，她一直守護著我的祕密直到最後。

我緩緩打開摺起的紙條。

我好像喜歡上一個女生。

短短十個字，便已道盡當時年僅十六歲的我，心中滿滿的徬徨與不安。

但羽菁學姊能夠明白我的心，並對我的痛苦感同身受，所以她始終不曾將我的祕密丟棄，反而比我還要更珍惜它。

她一直比誰都要珍惜著我。

「謝永恩，我這樣吻妳，妳會覺得心跳加速嗎？」

「就像我覺得謝永恩妳的祕密其實也沒什麼，可是我知道那對妳而言很重要，所以從沒想過要妳親口說出來。」

曾經有個男孩親口對我說，他是眞的喜歡我。

哪怕他知道我心裡眞正愛的是誰，他也毫不在意。

他是第一個看穿我的人，並且無條件包容這樣的我。

他知道我總是要求他跟我牽手，是爲了忘掉某個人留下的痕跡。

那時的我天眞地以爲，只要這麼做，我就可以忘記芮娜，以爲只要習慣了別人的體溫，總有一天能抹去她留在我身上的記憶。

當時的我相信，要是可以輕易地喜歡上別人，我就不會再那麼痛苦了。

或許在我內心深處，始終期待有個人能將我拉出這潭深不見底的泥淖。

我一直期待有個人可以揭穿我層層的謊言。

「妳在求救嗎？謝永恩。」

「就算我們不能當最相愛的戀人，也能當最適合彼此的戀人，我認爲這其實遠比純粹的愛情更能長久。」

只要能讓心不再被動搖，就算那裡沒有所謂的幸福快樂，我也願意前去。

然而，儘管知道最好的那條路就在前方，我還是轉身走上了另一條路。

懦弱的我，終究無法忽略心裡的殘缺，無法忽略自己想要得到更多的渴求。

我終究無法如自己所希望的那樣堅強。

「我不會留妳一個人在這裡。」

芮娜的房裡響起了〈黑色幽默〉的旋律。

我專注地聆聽，直到我再也數不清周杰倫反覆把這首歌唱過了幾遍。

整整三個小時，我都坐在房門前，自始至終寸步不離。

而芮娜還沒有醒。

我知道她再也不會醒。

她喝下我摻入安眠藥的開水，陷入熟睡後，我便進到她的房裡，從她床底下取出一盆事先準備好的木炭，再將她房內的門窗封死，甚至用衣服塞住門縫，不留一絲空隙。

我知道芮娜再也不會睜開眼睛。

昨天我寄了一箱新書給曼書學姊，並寫下一封長信，向她表達對她的感激。

如果不是她，我無法度過失去羽菁學姊後，那最煎熬的一年。

如果不是她，我不會在面具底下，看見自己最眞實的模樣。

直至這一秒，我仍深深愛著芮娜。

但唯獨芝言的事，我無論如何都沒有辦法原諒她。

我無法就這樣眼睜睜看著她繼續傷害更多人，看著她將所有眞心愛她的人，推入最殘酷的地獄裡。

所有的恨與罪，都將由我一個人承擔。

在我迄今爲止的人生裡，芮娜從來不曾離去。

往後的餘生中，我依然會記住芮娜，將她永遠鎖進我心裡的最深處。

而這就是上天給我的懲罰，也是我的報應。

「我不可以喜歡妳嗎？」

淚水浸濕我的臉，我緊緊抱住自己，痛哭失聲。

我似乎眞的如芮娜所言，是那個最自私的人。

這是我第一次，發現自己沒有在想著誰。

沒有在乎誰的眼光，沒有在乎誰的想法，沒有在乎無法達成誰的期望。

我第一次沒有半點恐懼與顧慮，只想著自己，想著此後只有芮娜的自己。

光是這麼想，我居然就感到無比幸福，幸福到即使知道自己傷害了許多人，仍忍不住由衷笑了出來。

我再也不用說謊了。

從今以後，我再也不需要活在任何謊言裡。

不用害怕自己的感情，會讓誰掉下眼淚。

我再也不用害怕了。

我的腦中再也沒有人對我說悄悄話，也沒有人對我訕笑。

而長久以來，因疼痛而讓我時時刻刻清楚感受到它的存在的胃，不知何時，已全然感覺不到一絲疼痛。

它靜默了下來，彷彿從一開始就不存在於我的體內。

全文完

後記　將心比心，減少遺憾

我向來相信個性決定命運。

除了天生性格之外，家庭教育及自小身處的環境，都足以影響一個人的思想，於是思想決定選擇，選擇自己將往哪一條路走。

這次故事的主角永恩，就是一個不斷在面臨抉擇的人。

而她所做下的每個選擇，最終帶領她走向了這個結局。

編輯在讀完這個故事之後，告訴我永恩是個悲劇人物，我心裡是認同的。

在我寫下的故事裡，她是第一個讓我無法果斷地說出「喜歡」或者「討厭」的女主角，卻是到目前為止影響我最深的一個角色，更甚於《深海》的丁凱岑，以及《姊姊》的秦海昀。

由於書中是採第一人稱敘述，所以這個故事只能局限在永恩的角度裡，無法像第三人稱敘述那樣將故事全貌說得更清楚、更完全。只是在決定寫這個故事的時候，我所重視的從來就不是謝永恩的愛情刻畫，而是像她這樣的一個人，會如何面對她所碰到的掙扎與苦痛？以及在沒有退路的時候，她會做出什麼樣的抉擇？

儘管知道這樣的詮釋方式無法詳盡，我還是想堅持自己的想法。

熟悉我的讀者應該知道，這算是我第二次以同性愛作爲創作題材。跟《深海》不同的是，《剪刀石頭布》直到最後才終於眞相大白，或許有敏銳的讀者在閱讀過程中就察覺到了，但若讀完故事後再回頭去看，相信會發現更多小細節。

在這個故事裡，永恩的母親是影響她最深的人。

自小看著母親身影長大的她，不知不覺間也受到母親的影響。母親的高壓教育讓她變成一個極度害怕犯錯、道德感極重、不敢輕易反抗世俗眼光及權威的孩子，哪怕她有多麼想逃離母親，極度想擺脫母親的掌控，但在面臨許多重要抉擇的時候，仍可看出她被母親的思想深深箝制與約束，而這樣的陰影通常不會隨著長大消失。她依然會害怕，依然會因爲無法承擔別人的異樣眼光而停滯不前，她畏懼面對自己，因此她只能不斷做出違背自己眞心的決定，傷了自己，也傷了別人。

而當這樣的她遇見了芮娜，或許就註定只能是一場悲劇。

永恩的悲劇在於她的個性，她的恐懼讓她對芮娜的感情永遠只能存在於最深最深的心底，卻又無法完全壓抑，才會在最後將兩人都逼上了絕路。

不管是永恩還是芮娜，她們對彼此的感覺都無法用單一的愛與恨來表達。尤其這段感情最初萌芽於兩人的青少年時期，無法成熟應對的永恩，只能用最殘忍的方式抗拒並拒絕，因此傷及芮娜的自尊，更讓芮娜從此對永恩抱有難以抹滅的自卑。

我深深希望，永恩的故事，只會發生在小說裡。

不管這是不是個能讓讀者滿意的故事，但像這樣的同性愛情題材，我想將會是我最後一次創作。

如今時代早已不同，我不認爲每個同性愛情故事都非得帶著悲劇成分，將來若還有機會再寫以同性愛爲題材的小說，我也不會再走這樣的路線。

我希望永恩與芮娜的悲劇，永遠永遠都不會發生在現實世界裡，也期盼在未來的社會裡，同性愛不再是壓抑和悲劇的代名詞；更希望這世上再沒有人會爲自己的感情感到自卑。如同編輯在讀完後告訴我的：「學著將心比心，未來在面對情感時，更能看清自己與體諒他人，或許就能少掉一點傷心遺憾。」

願讀完這故事的每個人，都能比永恩更勇於面對自己的眞心，不過度壓抑自己，不爲自己的選擇而感到遺憾。

雖然《剪刀石頭布》是一部幾乎不見光明面的故事，卻給了我一個重新審視並面對自己的機會，所以我把這故事視爲一個祝福，對我，也對你們。

謝謝馥蔓，謝謝怡年，謝謝POPO原創，更謝謝所有一路支持我的讀者朋友。

下一部故事的主角，是這故事裡的其中一個角色，屆時也請大家多多指教。

晨羽

城邦原創 長期徵稿

題材

(1) 愛情：校園愛情、都會愛情、古代言情等，非羅曼史，八萬字以上，需完結。
(2) 奇幻/玄幻：八萬字以上，單本或系列作皆可；若是系列作，請至少完稿一集以上，並附上分集大綱。

如何投稿

電子檔格式投稿（請盡量選擇此形式投稿）

(1) 請寄至客服信箱service@popo.tw，信件標題寫明：【投稿城邦原創實體書出版／作品名稱／真實姓名】（例：投稿城邦原創實體書出版／愛情這件事／徐大仁）
(2) 稿件存成word檔，其他格式（網址連結、PDF檔、txt檔、直接貼文於信件中等）恕不受理；並請使用正確全形標點符號。
(3) 請附上真實姓名、性別、聯絡電話、email、POPO原創網會員帳號、作者簡介與出版經歷。
(4) 請加入POPO原創市集(www.popo.tw/index)申請成為作家會員，並將投稿作品公開放上該網站至少4萬字，若想全文公開也可以。

紙本投稿

(1) 投稿地址：10483台北市民生東路二段141號6樓
城邦原創實體出版部收
(2) 請以A4紙列印稿件，不收手寫稿件。
(3) 請附上真實姓名、性別、聯絡電話、email、POPO原創網會員帳號、作者簡介與出版經歷。
(4) 請自行留存底稿，恕不退稿。
(5) 請加入POPO原創市集(www.popo.tw/index)申請成為作家會員，並將投稿作品公開放上該網站至少4萬字，若想全文公開也可以。

審稿與回覆

(1) 收到稿件後，約需2-3個月審稿時間，請耐心等候通知。若通過審稿，編輯部將以email回覆並洽談合作事宜，如未過稿，恕不另行通知。
(2) 由於來稿眾多，若投稿未過，請恕無法一一說明原因或給予寫作建議。
(3) 若欲詢問審稿進度，請來信至投稿信箱，請勿透過電話、部落格、粉絲團詢問。

其他注意事項

(1) 請勿抄襲他人作品。
(2) 請確認投稿作品的實體與電子版權都在您的手上。
(3) 如果您的作品在敝公司的徵稿類型之外，仍然可以投稿，只是過稿機率相對較低。

國家圖書館出版品預行編目資料

剪刀石頭布／晨羽著．-- 初版．-- 臺北市：城邦原創，2016.06
面；公分．--（戀小說；61）

ISBN 978-986-92937-8-5（平裝）

857.7 105010340

剪刀石頭布

作　　者／晨羽
企畫選書／楊馥蔓
責任編輯／施怡年

行銷業務／林政杰
總 編 輯／楊馥蔓
總 經 理／伍文翠
發 行 人／何飛鵬
法律顧問／元禾法律事務所　王子文律師
出　　版／城邦原創股份有限公司
台北市南港區昆陽街 16 號 4 樓
電話：(02) 2509-5506　傳眞：(02) 2500-1933
E-mail：service@popo.tw
發　　行／英屬蓋曼群島商家庭傳媒股份有限公司城邦分公司
聯絡地址：台北市南港區昆陽街 16 號 8 樓
書虫客服服務專線：(02) 25007718・(02) 25007719
24小時傳眞服務：(02) 25001990・(02) 25001991
服務時間：週一至週五 09:30-12:00・13:30-17:00
郵撥帳號：19863813　戶名：書虫股份有限公司
讀者服務信箱 email：service@readingclub.com.tw
城邦讀書花園網址：www.cite.com.tw
香港發行所／城邦（香港）出版集團有限公司
地址：香港九龍土瓜灣土瓜灣道86號順聯工業大廈6樓A室
email：hkcite@biznetvigator.com
電話：(852) 25086231　傳眞：(852) 25789337
馬新發行所／城邦（馬新）出版集團 Cité(M)Sdn. Bhd.
41, Jalan Radin Anum, Bandar Baru Sri Petaling,
57000 Kuala Lumpur, Malaysia.
電話：(603) 90563833　傳眞：(603) 90576622
email: services@cite.my

封面設計／黃聖文
印　　刷／漾格科技股份有限公司
電腦排版／陳瑜安
經 銷 商／聯合發行股份有限公司
電話：(02)2917-8022　傳眞：(02)2911-0053

■ 2016 年 6 月初版
■ 2024 年 6 月初版 29.7 刷
Printed in Taiwan

定價／270元
著作權所有・翻印必究
ISBN 978-986-92937-8-5

城邦讀書花園
www.cite.com.tw

本書如有缺頁、倒裝，請來信至service@popo.tw，會有專人協助換書事宜，謝謝！